LE TUEUR DE TEMPS

DU MÊME AUTEUR
CHEZ LE MÊME ÉDITEUR

L'Aliéniste
L'Ange des ténèbres

Caleb Carr

LE TUEUR DE TEMPS

Traduction de Jacques Martinache

Roman

PRESSES DE LA CITÉ

Titre original : *Killing Time*

ISBN 2-258-05562-8

Je n'ai qu'une lampe pour guider mes pas, et c'est la lampe de l'expérience. Je ne connais aucun moyen de juger l'avenir, excepté le passé.

Patrick Henry, homme d'Etat
américain, 1775

1

Quelque part dans les monts Mitumba,
Afrique centrale, septembre 2024

Nous partons au lever du jour, je dois écrire vite. Tous les rapports indiquent que mes ennemis sont proches : les éclaireurs de retour de mission parlent d'un large andain de terre brûlée qui progresse régulièrement depuis le nord, en suivant la route que j'avais l'habitude de prendre pour venir ici. Mon hôte, le chef Dugumbe, a enfin cessé d'insister pour que je laisse ses guerriers m'aider à faire front et me propose maintenant une escorte de cinquante hommes pour couvrir ma fuite. Bien que je lui en sois reconnaissant, je lui ai répondu qu'un groupe aussi nombreux attirerait trop l'attention. Je ne prendrai que le fidèle Mutesa, l'homme qui a traîné mon corps épuisé pour le faire sortir des profondeurs de cette jungle, avec deux ou trois autres équipés des meilleures armes automatiques françaises et américaines. Nous irons droit sur la côte, où j'espère trouver un moyen de me rendre dans un lieu encore plus reculé que ces montagnes.

Il me semble qu'il y a des années que le sort m'a jeté dans la tribu de Dugumbe, alors qu'en réalité il ne s'est écoulé que neuf mois, mais il faut dire que la réalité a cessé d'avoir beaucoup de sens pour moi. C'est le désir de retrouver ce sens qui m'a fait choisir, pour me cacher, ce coin hargneux de l'Afrique où des hommes s'entre-tuent en invoquant des griefs tribaux transmis oralement de génération en génération. Autrefois, j'aurais méprisé de tels êtres ; je vois maintenant dans la jungle qu'ils habitent un endroit où je peux être au moins un peu sûr que les conduites humaines qui m'entourent ne sont pas manipulées par la main invisible qui me poursuit, cette même main qu'un an plus tôt j'ai serrée en toute amitié, pour la voir ensuite semer la mort et le chaos sur la planète.

Ici, il n'y a ni journaux, ni télévision, et surtout pas d'ordinateurs, ce qui signifie pas d'Internet. Dugumbe les interdit sans distinction. L'explication qu'il fournit est simple, et non dépourvue de profondeur malgré sa simplicité : l'information n'est pas la connaissance, soutient-il. Les leçons transmises par les anciens, enseignées par les plus sages d'entre eux mais inscrites uniquement dans l'esprit, voilà le véritable savoir, a toujours maintenu Dugumbe. Les médias que j'ai mentionnés ne peuvent que détourner l'homme de cette sagesse et l'asservir à ce que Dugumbe appelle le pire des démons : la confusion. Je l'ai dit, il fut un temps où l'Occidental que je suis, possesseur non pas d'un mais de deux doctorats, se serait gaussé de ces croyances. Mais dans un monde truffé d'informations délibérément déformées, de « vérités » fabriquées qui ont déclenché des conflits bien plus grands que les guerres tribales de Dugumbe, je m'aperçois maintenant que j'adhère aux idées du vieux roi plus que lui-même ne le fait peut-être.

Là — je viens de l'entendre. Lointain, mais aisément reconnaissable : le roulement de tonnerre qui annonce leur approche. Il surgira bientôt du ciel, leur vaisseau spectral ; ou peut-être émergera-t-il des eaux du lac Albert. Et puis l'incendie commencera, en particulier si les étranges et cependant extraordinaires frère et sœur qui commandent le vaisseau détectent les stocks d'armes que Dugumbe et ses ennemis ont constitués dans ces montagnes. Oui, le temps file, je dois écrire plus vite... quoique le dessein que ces pages pourraient servir ne soit pas tout à fait clair. Est-ce pour ma propre santé mentale ? Pour me convaincre moi-même que tout cela est bien arrivé ? Ou s'agit-il, dans la poursuite d'un objectif plus vaste, de créer un document que je pourrai fournir à ce qui est devenu mon propre démon, l'Internet, combattant ainsi le feu par le feu ? Cette dernière hypothèse implique naturellement que quelqu'un me croira. Mais je ne peux laisser le doute m'empêcher d'essayer. Il faut qu'il y ait *quelqu'un* pour écouter, pour comprendre...

Car c'est bien la plus grande vérité de notre ère : l'information n'est pas la connaissance.

2

Rétrospectivement, on discerne un schéma que toute personne suffisamment attentive aurait pu déceler. Une remarquable série de « découvertes » en histoire, en anthropologie et en archéologie qui ont fait la une des journaux pendant plusieurs années. Mais elles étaient toutes, en apparence, attribuables aux énormes progrès rendus possibles dans chacun de ces domaines par l'avancée continue de la technologie bio-informatique, et ceux d'entre nous qui auraient pu détecter une présence criminelle à l'œuvre ont simplement continué à mener la même vie. Oui, même moi j'avais une vie avant que tout cela ne commence...

En fait, selon les critères du capitalisme moderne, je menais une vie agréable, récompensée à la fois par l'argent et le respect des confrères. J'enseignais la psychologie criminelle à New York (la ville où je suis né et où j'ai passé mon enfance), à l'université John Jay, autrefois faculté de justice criminelle relativement modeste qui s'était développée — au cours du mouvement de privatisation des prisons qui a pris une telle ampleur dans les deux premières décennies de ce siècle — pour devenir l'un des établissements d'enseignement les plus riches du pays. Même le krach de 2007 et la récession mondiale qui en résulta n'avaient pas suffi à arrêter l'expansion de John Jay : elle continua à former les meilleurs gardiens de prison d'Amérique et, vers 2023, lorsque les condamnations pour trafic de drogue et atteinte à la qualité de la vie devinrent si nombreuses que 2 % de la population se retrouvèrent derrière les barreaux, le pays eut un immense besoin de personnel pénitentiaire. Ces circonstances permirent à ceux qui, comme moi, enseignaient les matières les plus captivantes à John Jay, de toucher un salaire plus que décent. En outre, j'avais récemment écrit un best-seller, *Histoire psychologique des Etats-Unis* (j'ai obtenu mon second doctorat en histoire), et j'avais maintenant les moyens de vivre à Manhattan.

Ce sont ces deux domaines de compétence — criminologie et histoire — qui amenèrent à mon bureau une femme mystérieuse et belle, le 13 septembre 2023. Remarquant immédiatement qu'elle était bouleversée, je m'efforçai de la traiter avec le plus de ménagement possible en l'invitant à s'asseoir. A mi-voix, elle me demanda si j'étais bien le Dr Gideon Wolfe. Après en avoir reçu l'assurance, elle m'informa qu'elle s'appelait Vera Price, et je me souvins aussitôt qu'elle était la femme d'un certain John Price, qui avait été l'un des plus éminents spécialistes en effets spéciaux pour l'industrie du cinéma et les parcs à thèmes, jusqu'à ce qu'il se fasse assassiner devant son immeuble new-yorkais quelques jours plus tôt. Assassiné de manière particulièrement déplaisante, ajouterai-je : le corps déchiqueté par une arme inconnue en fragments si petits que seule une analyse de son ADN avait permis de l'identifier. Je présentai mes condoléances à sa veuve et lui demandai si l'enquête avait progressé... pour l'entendre me répondre qu'il n'y avait eu aucun progrès et qu'il n'y en aurait probablement jamais si je ne l'aidais pas. « Ils » ne le permettraient pas, semblait-il.

Tout en me demandant qui « ils » pouvaient être, je continuai à écouter Mrs Price expliquer qu'elle et son mari avaient eu deux enfants, dont le premier était mort, comme quarante autres millions de personnes dans le monde, pendant l'épidémie de staphylocoques de 2006. Le second, une fille, fréquentait un lycée de la ville et, même elle, « ils » l'avaient menacée, déclara Mrs Price.

— Qui, « ils »? finis-je par demander, soupçonnant un cas de paranoïa hystérique. Qu'est-ce qu'ils veulent? Et pourquoi vous adresser à moi?

— Je me suis souvenue d'une interview que vous avez donnée à la télévision la semaine dernière, répondit-elle en fouillant dans son sac. Le crime et l'histoire : ce sont vos domaines, n'est-ce pas? Alors, tenez. (Elle jeta sur mon bureau un disque argenté.) Ils ont pris l'original, mais j'ai trouvé cette copie dans le coffre de dépôt de mon mari à la banque.

— Mais...

— Pas maintenant. Je suis simplement venue vous apporter le disque. Passez chez moi ce soir si vous pensez pouvoir m'aider. Voici l'adresse.

Un froissement de papier et elle ressortit, ne me laissant rien d'autre à faire que secouer la tête et insérer le disque dans le lecteur de mon ordinateur.

Il me fallut moins d'une minute pour regarder les images qui y étaient gravées, et je me retrouvai ensuite cherchant fébrilement mon téléphone portable dans mon portefeuille. Je commençais à composer une suite de chiffres familière quand les propos de Vera Price sur « eux » me revinrent en mémoire. Je rangeai mon portable, décrochai le téléphone de mon bureau. Qui qu'« ils » soient, ils ne pouvaient l'avoir mis sur écoute. Pas encore.

Je refis le numéro, entendis une voix renfrognée :

— Max Jenkins.

— Max, dis-je à mon plus vieil ami, un ancien flic devenu détective privé. Ne bouge pas.

— Comment ça, « ne bouge pas » ? C'est une façon de parler aux gens, sale Anglo-Saxon anémique ? Je descends déjeuner.

— Ah ? Suppose que je t'informe que je suis en train de regarder un document selon lequel Muhammed Khaldun n'a pas tué Forrester ? ripostai-je.

Un silence et puis :

— Cette déclaration délirante est censée me couper l'appétit ?

— Non, Max.

— Parce que c'est pas...

— Max, tu veux bien la fermer ? Nous parlons du meurtre de la Présidente.

— Non, *toi* tu en parles. Moi je parle de déjeuner.

— Et si j'apportais la bouffe ? soupirai-je.

— Et si tu l'apportais *vite* ?

3

Vingt minutes plus tard, Max et moi étions assis en face d'une rangée d'ordinateurs qui couvrait quasiment une vieille table de son bureau de la 22e Rue, près de l'Hudson. En regardant l'écran principal, nous faisions un sort à deux hamburgers végétariens que j'avais achetés au *deli* d'en bas, trop fascinés par ce que nous voyions — même ce blasé de Max — pour nous lancer dans notre habituelle évocation nostalgique de l'époque d'avant la dévastatrice épidémie de *Coli E,* quand on pouvait encore manger un vrai hamburger ailleurs que dans les restaurants les plus pointilleux (et les plus chers) de la ville.

Sur l'écran devant nous s'inscrivait la scène macabre et désormais familière qui s'était déroulée cinq ans plus tôt : la tribune de la salle de réception de l'hôtel de Chicago ; la silhouette impressionnante de la présidente Emily Forrester se levant, essuyant quelques gouttes de sueur sur son front et se préparant à être désignée par son parti comme candidate pour un second mandat ; au loin, le visage, le visage de l'assassin, agrandi et connu de chaque homme, femme et enfant du pays depuis la découverte, il y avait juste un an, de cette vidéo amateur filmée par une personne aujourd'hui encore anonyme. Un visage qui, après deux mois de recherches seulement, avait reçu un nom : Muhammed Khaldun, petit fonctionnaire du consulat afghan à Chicago. La justice avait fait vite : Khaldun, qui n'avait cessé de clamer son innocence, avait été condamné en quelques mois et venait récemment de commencer à purger une peine d'emprisonnement à perpétuité dans un pénitencier de haute sécurité à la sortie de Kansas City. Bien évidemment, les relations diplomatiques, déjà fragiles, entre les Etats-Unis et l'Afghanistan avaient frôlé leur point de rupture.

Mais Max et moi avions d'autres sujets de préoccupation ce jour-là, en particulier le fait que sur le disque que m'avait remis Mrs Price, les images, au lieu de montrer la scène de panique qui avait suivi l'assassinat, disparurent soudain : l'écran devint noir pendant quelques secondes, puis s'anima de nouveau avec une reprise de la scène du crime, mais là où l'œil avait pris l'habitude de voir le visage de Khaldun, il y avait un blanc aux contours nettement tracés. L'écran s'assombrit de nouveau puis une troisième version de la même scène apparut, mais, cette fois, l'homme tenant l'arme à l'arrière-plan était totalement différent : asiatique, chinois peut-être, mais certainement pas afghan.

Je me tournai vers mon ami barbu.

— Qu'est-ce que tu en penses ?

Les yeux rivés à l'écran, Max répondit :

— Je pense qu'ils font cuire ces frites dans de la crotte de lama.

— Le disque, m'impatientai-je. C'est la preuve qu'il y a eu falsification ou non ?

Il jeta son cornet en papier, haussa les épaules.

— Ça se pourrait. Il n'y avait pas meilleur que Price en manipulation d'images, et nous savons tous qu'on ne peut plus croire à ce qu'on ne voit pas de ses propres yeux. Mais le disque ne déclenche aucune sonnette d'alarme sur *mon* logiciel.

Fait significatif. Max, comme la plupart des détectives privés actuels, en était venu à s'en remettre exclusivement à l'ordinateur pour tout ce qui allait de l'identification d'un faux à l'analyse d'ADN. Si ses programmes — et ils étaient les meilleurs — ne décelaient aucun indice de manipulation délibérée des images que nous regardions, il se passait quelque chose de très troublant. Et comme ce quelque chose concernait l'un des actes de violence politique marquants de notre temps, les implications du disque, ainsi que la cause du comportement et des propos désespérés de Vera Price dans mon bureau, devenaient désagréablement manifestes.

— Si Price était vraiment mêlé à quelque chose, marmonna Max, nous devrions aller jeter un coup d'œil à l'endroit où il a été tué.

— La police a inspecté soigneusement les lieux.

— J'ai fait partie de la police, Gideon, me rappela mon ami en se caressant la barbe. Il vaut mieux qu'on aille voir nous-mêmes. Et encore un truc... (Il plissa les yeux, rapprocha de l'ordinateur son corps massif.) Je sens quelque chose d'autre sur ce disque. Un message codé. Il faudra un moment pour le déverrouiller, mais il est là, j'en jurerais...

— Une chose à la fois, recommandai-je. Si ce

disque n'est pas simplement l'idée qu'un génie des effets spéciaux se fait d'un moment de rigolade, nous avons déjà largement matière à nous occuper. Pas la peine d'en rajouter...

— Hé, c'est toi qui m'as rapporté cette histoire, Sherlock. (Il éructa, fronça les sourcils en se mettant à taper sur son clavier.) Bon sang, je n'aurais jamais dû te laisser rapporter aussi la bouffe...

4

Ce soir-là, Max arpentait le trottoir devant l'immeuble des Price, dans Central Park West, à l'endroit précis où Price avait été abattu, tandis que je montais à l'appartement sur le toit en terrasse pour rendre visite à la veuve de fraîche date. Je la trouvai blottie contre sa fille dans le spacieux séjour donnant sur le parc et l'informai qu'après avoir vu les images du disque, je comprenais ses craintes. Mais j'avais toujours besoin de savoir qui étaient ces « ils » dont elle m'avait parlé avec tant d'insistance dans l'après-midi. Elle m'expliqua que sa première réaction, en trouvant le disque parmi les affaires de son mari, avait été de prévenir le FBI. Qui le lui avait aussitôt confisqué, en lui laissant entendre, sans beaucoup de subtilité, que toute allusion de sa part à ce disque pouvait se révéler dangereuse, à la fois pour elle et pour sa fille. Plus tard, après avoir découvert la copie, elle avait pensé qu'elle n'avait personne vers qui se tourner et l'aurait sans doute détruite si elle ne s'était rappelé l'interview que j'avais donnée à la chaîne publique.

Quand je lui demandai si elle savait que le disque recelait apparemment une seconde série d'informations, elle répondit qu'elle l'ignorait, mais que cela ne la surprenait pas. Son mari avait récemment effectué un travail pour un particulier, et bien qu'il l'eût laissée dans le vague sur la nature de ce travail, elle avait découvert qu'il percevait en échange des honoraires astronomiques. « Astronomique », pour quelqu'un dont le salaire lui permettait déjà de s'offrir un appartement dans Central Park West, une vieille maison bourgeoise à L.A. et l'une des quelques rares villas des Hamptons qui avaient survécu aux ouragans de 2005, cela représentait à l'évidence pas mal d'argent, mais bien que ce détail piquât ma curiosité, Mrs Price ne put m'en dire plus. Je quittai donc la veuve affligée et sa fille après avoir reçu l'assurance de toucher moi aussi des honoraires qui, à l'aune de mes modestes ressources, étaient eux-mêmes assez astronomiques.

Dès que je fus de retour dans la rue, Max posa sur mon cou le joug d'un de ses bras lourds.

— Filons d'ici, dit-il en coulant un regard au portier de l'immeuble puis à l'étendue sombre de Central Park, de l'autre côté de la rue.

Je trébuchai quand il m'entraîna vers un taxi libre, au bout de la rue.

— Pourquoi?

Il ouvrit la portière, me poussa à l'intérieur du véhicule.

— Parce que tu m'as entraîné dans une salade sérieusement assaisonnée, Wolfe, répondit-il.

Sur ce, il se laissa tomber sur la banquette à côté de moi et ordonna au chauffeur indonésien de nous ramener à son bureau.

Max refusa de discuter d'autre chose que du choix d'un plat à emporter pour le dîner tandis que nous roulions vers le bas de la ville, ce qui incita notre chauffeur à l'air revêche à chanter les louanges de la cuisine de son pays natal. Ces commentaires non sollicités ne pouvaient que déboucher sur une diatribe contre le sort injuste infligé à son pays, devenu, après avoir sombré dans l'anarchie et la violence consécutives au krach de 2007, un protectorat des Nations unies. Max lui enjoignit de se taire et de se contenter de conduire, ce qui amena le petit homme amer à manier le volant et le frein d'une manière indubitablement destinée à nous lever le cœur. Au total, j'avais envie de vomir et j'étais passablement irrité quand nous parvînmes à l'immeuble de Max, et mon humeur ne s'améliora pas quand celui-ci sauta du taxi, claqua la portière avant que je puisse le suivre et m'assena :

— Ça prendra quelques heures. Rentre chez toi, je t'appellerai.

Avant que je puisse protester, il était dans l'immeuble, me laissant avec le fanatique indonésien. Je résolus de régler la course et de tenter ma chance avec un autre taxi pour retourner à Tribeca. Mais le monde grouille de gens animés de ressentiments, et une proportion excessive d'entre eux finit toujours au volant d'un taxi new-yorkais, si bien que le trajet sur le niveau supérieur de la voie express du West Side ne fut pas plus agréable que ne l'avait été la première partie du parcours depuis Central Park.

Je pensais encore à ces ressentiments quand je regagnai mon loft. Pour tuer le temps en attendant le coup de téléphone de Max, j'allumai mon ordinateur, imprimai la première partie de la dernière édition du *New York Times,* puis m'installai sur mon canapé avec une bouteille de vodka lituanienne et commençai à feuilleter le journal, mes expériences de la journée me faisant considérer les articles qu'il contenait avec une attention prononcée. Soudainement, plus aucune information ne me semblait sûre, et je me rappelai l'avertissement de Thomas Jefferson, pour qui un citoyen ne pouvait être véritablement informé que s'il ne tenait aucun compte des journaux. Le *Times* détaillait en particulier la situation dans une demi-douzaine de points chauds du monde où les Etats-Unis étaient engagés sur le plan militaire ou diplomatique, et il semblait de moins en moins exclu qu'après l'affaire Khaldun l'Afghanistan vienne bientôt s'ajouter à la liste. Je me surpris à me demander s'il existait des disques contenant des informations étranges et inconnues sur toutes ces autres crises, et c'est dans cet état d'esprit troublé que je glissai dans le sommeil.

Quelques heures plus tard, je fus réveillé par le bruit de mon aspirateur jaillissant du placard de l'entrée pour aller accomplir son programme de nettoyage. Ce genre d'incident survenait avec une fréquence croissante, ces derniers temps. N'ayant jamais été porté sur le ménage, j'avais déboursé une fortune pour une de ces installations d'« appartement intelligent »... et avais vu celle-ci devenir folle dès les semaines suivantes, nettoyant, faisant le café, réglant la lumière et Dieu sait quoi d'autre à toute heure du jour et de la nuit, généralement avec une inefficacité stupéfiante.

Maudissant l'esprit brillant qui avait réduit les micropuces à la taille de molécules et rendu possibles ces systèmes prétendument « intelligents », je me lançai d'un pas incertain à la poursuite de l'aspirateur. Je n'avais pas plus tôt acculé et arrêté l'engin que le téléphone se mit à sonner. Je parvins à décrocher juste avant que mon répondeur, probablement presque aussi inspiré que mon aspirateur, ait eu le temps de transférer l'appel sur mon portable. J'entendis de nouveau la voix de Max :

— Amène-toi, j'ai percé le code, et j'ai aussi une flopée d'autres trucs ! Bon Dieu, Gideon, ça devient vraiment effrayant...

5

Après un autre trajet détestable en taxi, je trouvai Max en train de brancher les divers systèmes qu'il utilise pour brouiller et déjouer les dispositifs d'écoute. Il m'entraîna ensuite vers une pile de séquençages d'ADN et du matériel d'identification installés près d'une fenêtre offrant une vue magnifique sur l'eau.

— Pendant que tu cuisinais la veuve, j'ai trouvé quelques cheveux enfoncés dans le mur de briques à l'endroit où Price a été abattu, m'expliqua Max en montrant ses appareils bourdonnant. J'ai interrogé mon terminal quand nous étions encore là-bas, mais comme la réponse ne tenait pas debout, j'ai essayé de nouveau ici avec le gros matériel. Les résultats sont identiques : plusieurs des échantillons appartiennent à John Price, mais le reste... Le reste provient d'un type qui se trouvait en prison au moment où Price a été buté...

— En prison? Alors, comment...?

— Ne commence pas à poser des questions, Gideon, sinon nous y passerons la nuit. En essayant de comprendre comment un gars déjà enfermé avait pu supprimer Price, j'ai trouvé ça. (Il laissa tomber dans ma main quelques grains de métal gros comme des crottes de souris.) Tu as une idée de ce que ça peut être ?

— N-non, bredouillai-je.

— J'en avais aucune non plus, jusqu'à ce que j'y cherche des taches. Il y a du sang de Price, dessus.

Max inspira profondément avant de poursuivre :

— Tu sais dans quel état on a retrouvé le corps ?

Je hochai la tête.

— Presque désintégré, d'après l'un des flics.

— Par ces petits machins, dit Max, qui me reprit un des grains de métal et l'étudia. Tu as une idée de la vitesse à laquelle il faut les envoyer pour faire ça à un corps humain ?

— Ils *peuvent* faire ça à un corps humain ?

— Bien sûr. En théorie. Si je te jette un morceau de plomb, ça ne te tuera pas ; si je le tire avec un fusil, c'est une autre histoire. Tire une volée de ces grains à une vitesse suffisante, et, ouais, le corps peut être pulvérisé. Mais il faudrait une sacrée vitesse. Et personne n'a entendu de coup de feu, pas même le portier. Du moins, c'est ce qu'il prétend.

— Quel engin pourrait... ?

— Gideon, je te l'ai dit : plus tard, les questions, me rappela Max. (D'un air décidé, il retourna à sa rangée d'ordinateurs.) Ça m'a pris un moment, mais j'ai fini par percer le code de la seconde série d'informations du disque de Price. Quant à savoir pourquoi il s'est donné autant de mal pour les dissimuler, ça, ça me dépasse.

Tapotant sur un clavier, il fit apparaître une image sur l'écran principal : extrait d'un vieux document en noir et blanc graineux, vision de ce qui semblait être — de ce qui *était*, je m'en rendis bientôt compte —

un camp de concentration allemand vers le milieu du xxe siècle. Après un plan montrant des prisonniers faméliques s'échinant au travail, panoramique sur quelques officiers SS puis sur... une silhouette. Une forme humaine grisâtre, aussi impossible à identifier que la silhouette fantomatique sur la deuxième des trois versions de l'assassinat de Forrester que nous avions vues.

— O.K., dit Max devant mon expression interdite. Maintenant, tu peux poser des questions.

— Dachau ? balbutiai-je.

— Bonne pioche, professeur. J'ai téléchargé un document analogue il y a une demi-heure. Celui de Price n'a rien de particulier. Excepté l'invité mystère.

Je continuai à fixer la silhouette.

— Quelque chose dans son maintien me paraît familier, fis-je d'un ton songeur. Là, quand il est de profil...

— Alors, tu peux peut-être m'expliquer le rapport avec les cheveux d'un type déjà en prison, ou avec une arme ultra-perfectionnée qui a transformé John Price en charpie sans faire le moindre bruit.

J'avais peine à détacher mon regard de l'écran de l'ordinateur, où la même scène repassait en boucle.

— Comment il s'appelle ? Le type qui est en prison ?

Max s'approcha d'une autre table.

— J'ai trouvé ça aussi... en piratant les banques de données du système pénitentiaire. Kuperman. Eli Kuperman.

Je tournai vivement la tête.

— Eli Kuperman, l'anthropologue ?

— Lui-même. Tu le connais ?

— Je connais ses travaux. Très controversés. Brillants, cependant. Les origines des cultures primitives.

— C'est pour ça qu'on l'a mis au trou. Il s'est fait pincer en Floride en train de violer des sépultures indiennes, d'après les autorités de la réserve. Kuperman n'a pas nié. La tribu a approuvé le verdict du tribunal : cinq ans au pénitencier local.

Le visage de Max prit une expression perplexe quand il ajouta :

— Chose curieuse, le lendemain du jour où on l'a enfermé — la semaine dernière — les Indiens ont coulé du béton sur toutes les sépultures. Tu parles d'un respect...

— Ils voulaient peut-être empêcher d'autres profanations.

— Peut-être, convint Max avec un haussement d'épaules. En tout cas, ça ne nous dit pas ce que des cheveux de ce Kuperman faisaient sur le lieu du crime.

— Tu es sûr que ce sont les siens ?

— La base de données universelle d'ADN ne ment pas. A moins qu'il n'ait un frère jumeau...

— C'est de ça que je parle.

— Hein ?

— Kuperman. Il a un frère jumeau.

Max me regarda, bouche bée, puis se ressaisit.

— Va te faire foutre, Wolfe.

— Mais si ! *Jonah* Kuperman. Il est archéologue, presque aussi connu que son frère

— Eh ben... il n'était pas mentionné dans ce que j'ai trouvé.

— Bon Dieu, Max, fis-je en retournant à l'analyseur d'ADN. Ce foutu Internet est censé offrir la somme de toutes les connaissances humaines. Tu penses qu'une chose aussi fondamentale que *ça* leur aurait échappé ?

— Gideon, ne recommence pas avec le Net...

La fenêtre qui se trouvait devant moi explosa soudain en centaines d'éclats. Instinctivement, je me jetai par terre. Quand je relevai la tête, je vis que Max — l'idiot, pensai-je sur le moment — était resté debout. Je lui criai de se mettre à l'abri mais il ne fit qu'osciller étrangement à la lueur de son ordinateur. Je remarquai alors une perle de sang sur son front. Regardant derrière lui, je vis que l'écran de son ordinateur était éclaboussé d'une matière plus épaisse et plus vitale encore que le sang. Crabe pathétique, je rampai vers Max, qui tomba à genoux avec une grâce macabre puis bascula en avant, me permettant de voir que le projectile qui avait pénétré si nettement dans son front avait, en ressortant, arraché une bonne partie de son cerveau et de son crâne.

6

Ce ne fut que deux jours plus tard, dans un vieux 737 sale et bondé reliant Washington à Orlando, que je ressentis pleinement le choc de la mort de Max. Jusque-là, j'avais été trop occupé à prendre connaissance des rapports de police et à faire disparaître les traces de nos activités pour en prendre réellement conscience. Mais quand, dans l'avion, j'aperçus assis trois rangées devant moi un passager de la même corpulence que mon ami et qui aurait pu être son double, j'eus l'impression d'avoir été frappé par un maillet en pleine poitrine. Perdre le dernier lien vivant avec l'enfance n'est pas chose facile ; le perdre dans de telles circonstances est le genre d'événement qui vous fait vouloir des réponses... et vous rend capable de presque tout pour les obtenir.

Ma première halte sur la route qui, j'y étais déterminé, devait me conduire à une explication, je la fis dans les bureaux de plusieurs connaissances du siège central du FBI à Washington. Là, on me mit fermement en garde contre toute enquête sur les morts de John Price et de Max Jenkins. Apparemment, le ministre de la Justice et le directeur du FBI n'avaient pas apprécié l'audace avec laquelle, dans mon livre, j'avais examiné au microscope psychologique quelques-unes des grandes figures de l'histoire américaine, engrangeant du même coup un modeste pécule. Mais ce fut plus que de l'animosité personnelle qu'on me témoigna pendant les entrevues, et quand celles-ci prirent fin, je me sentis désorienté et désemparé. Dans mon domaine, il n'est pas rare d'être en butte aux menaces voilées de la police locale, qui considère toujours les profileurs avec une profonde méfiance, mais quand on se fait tirer le tapis sous les pieds par les fédéraux, on se sent terriblement seul.

Persévérant néanmoins, je me rendis en Floride pour tenter de rencontrer le Dr Eli Kuperman, anthropologue et repris de justice. Il était détenu au pénitencier d'Etat de Belle Isle (à la sortie d'Orlando), autre prison privatisée. Le bâtiment avait été construit à l'origine pour être un lycée, mais compte tenu du niveau de violence moyen des adolescents dans les banlieues de plus en plus ghettoïsées de la plupart des grandes villes américaines, la conception des lycées n'était pas très différente de celle des prisons. Aussi, lorsque la Floride rejoignit le reste du pays en accordant à la répression et à la manie de punir la priorité sur l'éducation, transformer le bloc de pierre quasiment sans fenêtres du lycée de Belle Isle en pénitencier n'avait pas posé de problèmes insurmontables.

J'arrivai à midi, présentai ma demande et découvris, à mon étonnement, que le Dr Kuperman n'était pas seulement d'accord pour me voir mais qu'il le souhaitait vivement. Il insista cependant pour que notre rencontre ait lieu pendant les heures de visite du lendemain. Lorsque je m'assis devant un panneau transparent à l'épreuve des balles au premier étage du bâtiment des visites, le lendemain soir à sept heures, il faisait presque noir. Par une porte située de l'autre côté du panneau, un gardien entra bientôt, suivi d'un homme de taille et de poids moyens qui avait le teint sombre, des cheveux châtains bouclés et d'élégantes lunettes à monture d'écaille de tortue : Eli Kuperman. Il me reconnut aussitôt lui aussi et s'empressa de s'asseoir en face de moi. Le gardien brancha un interphone pour nous permettre de parler.

— Dr Wolfe, dit Kuperman avec un sourire. C'est un honneur. J'ai lu votre livre : fascinant, vraiment.

Il ne semblait pas affecté le moins du monde par son emprisonnement.

Accueillant le compliment par un hochement de tête, je répondis :

— Je connais très bien vos travaux, moi aussi... et j'avoue que je n'arrive pas à comprendre comment ils vous ont conduit *ici*.

— Vraiment? fit-il d'un ton enjoué. Vous ne tarderez pas à le découvrir. Oh, à propos... (Il déboutonna le poignet de sa chemise bleu ciel, révélant ce qui semblait être une montre ordinaire. Après avoir appuyé sur une série de petites touches, il reboutonna sa manche avec un autre sourire et releva la tête.) Là... Il nous reste quelques minutes, à quoi voulez-vous les consacrer?

Présumant qu'avec ce « quelques minutes » il se référait au temps de visite qui m'était accordé, j'attaquai sans détour :

— Et si vous me disiez ce que votre frère a à voir dans la mort de John Price?

Il écarta la question d'un geste amical.

— Nous aurons tout le temps d'en parler plus tard. Et Malcolm vous l'expliquera bien mieux que je ne puis le faire.

— Malcolm ?

— Ne vous inquiétez pas, vous comprendrez. Désolé pour Mr Jenkins, a propos. Nous espérions qu'il pourrait nous accompagner, lui aussi.

— Vous... accompagner ? répétai-je, complètement perdu à présent.

— Oui. (Il s'approcha de la paroi de verre.) Je sais que vous êtes dérouté, mais essayez d'entretenir la conversation, voulez-vous ? Sinon, le gardien...

L'anthropologue s'interrompit soudain en entendant un bruit étrange, un bourdonnement profond, insistant, qui semblait provenir de partout, y compris de l'intérieur de ma propre tête. Il crût en volume et en intensité à un rythme rapide mais régulier, jusqu'à ce que les tables et les chaises métalliques de la salle se mettent à vibrer.

Kuperman leva les yeux vers le plafond puis consulta de nouveau sa montre.

— Ils ont fait vite, dit-il d'un ton étonnamment désinvolte. Ils devaient être plus près que je ne le pensais.

Je me précipitai à l'unique fenêtre du parloir et scrutai l'obscurité. Il n'y avait pas grand-chose à voir, hormis les lumières en haut des murs de la prison. Puis quelque chose les masqua : une masse sombre, longue comme deux wagons de chemin de fer et deux fois plus haute.

— Qu'est-ce que... ?

Ce fut tout ce que je parvins à murmurer. J'entendis

alors la voix de Kuperman sortant de l'interphone et me criant, par-dessus le bourdonnement :

— Dr Wolfe ! Dr Wolfe, éloignez-vous de la fenêtre, *s'il vous plaît* !

Je m'exécutai, et juste à temps, car les barreaux extérieurs de la fenêtre, descellés par les vibrations croissantes, s'envolèrent soudain, tandis que les carreaux éclataient. Je retournai en courant au panneau de verre et vis que le gardien, les mains plaquées sur les oreilles, hurlait de terreur.

— Qu'est-ce que c'est? criai-je par l'interphone. Kuperman, qu'est-ce qui se passe?

Il sourit, mais avant qu'il ait pu me fournir une explication, le mur se mit à vibrer violemment derrière lui. En quelques secondes, la pierre s'écroula, laissant une trouée de trois mètres carrés ouvrant sur la nuit. Une fois la poussière retombée, j'aperçus par la brèche ce qui semblait être une paroi métallique, à un mètre environ du bâtiment des visites, et par-dessus le bourdonnement j'entendis le bruit de coups de feu tirés en bas, dans la cour de la prison.

— Tout va bien, Dr Wolfe ! Ne vous inquiétez pas ! Mais glissez-vous donc sous une de ces tables ! me recommanda la voix de Kuperman par l'interphone.

En suivant promptement les conseils de l'anthropologue, j'évitai à nouveau d'être blessé, cette fois par les éclats du panneau transparent qui nous séparait l'instant d'avant. Lorsque j'émergeai de dessous la table, Kuperman agitait un bras pour m'inciter à enjamber les débris du panneau afin de le rejoindre. Trop abasourdi pour refuser, j'obéis... et me retrouvai face au gardien, épaulé maintenant d'un collègue. Tous deux avaient dégainé leur arme.

— Mr Sweeney, je vous en prie! intervint Kuperman. Vous croyez vraiment que ça vous avance à quelque chose? Si vous et Mr Farkas partez maintenant, je vous promets que...

Avant que Kuperman puisse achever sa phrase, nous fûmes témoins d'une autre scène extraordinaire : la délimitation, par une série de points lumineux verts, d'une porte dans la paroi métallique, de l'autre côté du trou dans le mur du bâtiment. Puis, avec un chuintement, cette porte s'ouvrit, ou plutôt elle disparut à mes yeux. Derrière, dans un couloir faiblement éclairé, se tenaient plusieurs silhouettes. Deux d'entre elles étaient masculines, la troisième nettement féminine. Les hommes portaient des combinaisons, la femme un body qui collait à son corps avec une constance qu'en d'autres circonstances j'aurais qualifié de séduisante.

Avec agilité, elle sauta par-dessus un mètre de vide pour se retrouver dans la prison, et la lumière de la salle nous fit immédiatement découvrir deux choses extraordinaires : en premier lieu, ses cheveux courts, surmontant des traits délicats, avaient une étrange couleur argent; deuxièmement, elle tenait dans les mains un engin — une arme, pouvait-on supposer — manifestement plus perfectionné que tous les pistolets que je connaissais.

Elle braqua l'engin sur l'un des gardiens puis sur l'autre. Sweeney eut le bon sens de laisser tomber son arme et de battre en retraite vers la porte encore intacte de la salle. Mais son collègue, Farkas, fut assez stupide pour faire feu, bien que sa peur évidente rendît un tir précis tout à fait impossible. La balle toucha le mur au-dessus de la femme, qui baissa un instant la tête. Elle fixa ensuite le gardien avec, me sembla-t-il, autant d'amusement que de colère. Pointant de nouveau son engin sur Farkas, elle parut sur le point de tirer mais pivota brusquement vers un bureau situé près de la sortie de la salle. Elle pressa ce qui devait être la détente et, presque sans bruit, le meuble fut criblé par une série de projectiles à haute vélocité qui le réduisirent en miettes. Eût-elle pris pour cible le corps du gardien qu'il se serait désintégré, comme celui de John Price.

Tenant intelligemment compte de l'avertissement, Farkas lâcha son automatique et s'enfuit Après son départ, la femme releva son arme, fit passer d'un pied sur l'autre le poids de son corps et nous sourit.

— Messieurs, nous dit-elle avec un hochement de tête. (Elle toucha le col de son body.) Tout va bien! lança-t-elle en direction du plafond. Je les ai! (Elle se tourna de nouveau vers nous, indiqua la brèche d'un mouvement de menton.) Désolée de vous bousculer, Eli, mais...

— Bousculez moi autant que vous voudrez, Larissa! répondit Kuperman, qui prit son élan et sauta par le trou. Pressez-vous, Dr Wolfe! me cria-t-il une fois en sécurité à bord de ce qui, je m'en rendais compte maintenant, devait être une sorte de vaisseau.

— Oui, pressez-vous, dit la femme en s'approchant de moi d'une manière aguichante. Mon frère était impatient de vous rencontrer, et moi aussi. (Elle me dévisagea, eut un autre de ses petits sourires narquois.) Vous n'êtes pas aussi séduisant au naturel que sur la couverture de vos livres.

Encore hébété, je ne pus que marmonner un « Comme tous les auteurs » qui la fit éclater de rire. Elle me prit la main.

— Vous pouvez sauter? Ou vous voulez que nous nous rapprochions encore?

Je secouai la tête, finis par reprendre le contrôle de moi-même.

— Je peux, répondis-je. Mais qu'est-ce...?

— Sautez d'abord, m'enjoignit-elle en m'entraînant vers le trou. Tout vous paraîtra beaucoup plus logique ensuite.

Tenant sa main délicate mais ferme dans la mienne, je sautai, laissant derrière moi à jamais le monde et la réalité tels que je les avais toujours connus.

7

Il faisait froid à l'intérieur du vaisseau, un froid rendu plus mordant encore par le contraste avec la moiteur de la Floride et l'air renfermé de la salle des visites de la prison. Avant même de m'être redressé après mon saut sur le pont du vaisseau, je me mis à frissonner et, comme j'en prenais conscience, une main entreprit de me frotter le dos.

— Ça secoue un peu, n'est-ce pas? fit la jeune femme qu'Eli Kuperman avait appelée Larissa.

Relevant la tête, je plongeai le regard dans deux immenses yeux noirs contrastant avec l'étrange couleur argent de la chevelure qui les entourait. Déjà vaguement amoureux, je ne parvins qu'à approuver de la tête. Mon visage devait cependant refléter ma curiosité muette — pourquoi, me demandais-je, des gens capables de construire un tel vaisseau choisissent d'y vivre dans un tel inconfort? — car Larissa enchaîna aussitôt :

— Mon frère est, plus que n'importe quel autre savant, près de mettre au point des supraconducteurs opérant à une température compatible avec la vie normale... mais pour le moment, nous devons encore maintenir la plus grande partie du vaisseau sous 7 °C. (Elle remisa son arme remarquable dans un étui accroché à son flanc, me fit à nouveau sa moue charmeuse, coula un bras sous le mien.) Il faut rester *chaud*, Dr Wolfe. .

Avant que je puisse trouver les mots pour demander où nous étions, Eli Kuperman glissa son visage jovial entre nous puis tira par la manche l'un des hommes en combinaison qui étaient restés postés près de la porte pendant notre évasion. Les traits de ce dernier étaient presque identiques à ceux de Kuperman mais, légère différence, il portait des lunettes à monture de métal et non d'écaille de tortue. J'avais probablement devant moi le frère jumeau archéologue dont les recherches de Max sur l'Internet n'avaient pas trouvé trace.

— Dr Wolfe, je vois que vous avez déjà fait la connaissance de Larissa, reprit joyeusement Eli Kuperman, et voici mon frère Jonah...

Jonah Kuperman me tendit la main.

— Ravi, Dr Wolfe, assura celui-ci d'un ton aussi engageant que son frère. Nous étions impatients de vous rencontrer : votre livre était au centre de toutes les conversations à bord, la semaine dernière.

— Et là-bas, dit Eli, indiquant les deux hommes se tenant un peu plus loin dans le couloir, vous avez le Dr Leon Tarbell, expert en documents... (je serrai la main d'un quadragénaire de petite taille mais d'allure farouche, dont les yeux rouges flamboyaient même lorsqu'il souriait)... et le Pr Julien Fouché, spécialiste en biologie moléculaire.

Un grand barbu bien bâti d'une soixantaine d'années s'avança, et mon cœur sauta un ou deux battements, réaction compréhensible quand on rencontre un homme qui est non seulement un des esprits les plus féconds de son époque, mais qui est aussi censé avoir trouvé la mort quelques années plus tôt dans un accident d'avion.

— Ce n'est pas possible, murmurai-je, secouant sa main puissante et pleine de vie. Vous êtes... mort!

— Pas tant que ça, répondit Fouché avec un rire bourru. Une ruse nécessaire pour justifier ma soudaine disparition. Mon travail avec Malcolm et Larissa prenait trop de mon temps, on commençait à poser des questions embarrassantes...

— Bon, bon, messieurs, vous aurez tous le temps d'échanger des compliments plus tard, dit Larissa. Pour le moment, nous ferions mieux d'être vigilants. (Les autres hochèrent la tête, s'éloignèrent d'un pas décidé.) Eli, préparez la tourelle. J'arrive, Leon. Il nous faudra tourner à plein régime pour les manœuvres de combat!

La tête de Tarbell réapparut dans le couloir.

— De combat, Larissa? fit-il avec un regard entendu. Vous ne voulez pas plutôt parler de manœuvres d'évitement?

Les lèvres de la jeune femme se retroussèrent tandis que Tarbell repartait au pas de course, ressemblant à s'y méprendre à l'un des joyeux serviteurs de Satan.

Les hommes s'empressèrent de regagner leurs postes, criant des ordres et des réponses, le tout composant un chœur excité et excitant qui aurait pu accompagner l'appareillage d'un vieux trois-mâts. Entendant un léger sifflement, je me retournai et vis une porte fermer l'ouverture par laquelle nous avions sauté. Une lumière douce s'alluma dans le bas du couloir, révélant une vue surprenante : au lieu du plastique et du métal poli qu'on s'attend à trouver dans les environnements high-tech, les murs étaient couverts de superbes boiseries, ornées, tous les trois ou quatre panneaux, d'un petit tableau élégamment encadré et subtilement éclairé.

— Magnifique, murmurai-je, bouche bée.

— Merci, docteur, fit Larissa, qui baissa les yeux et passa les mains sur ses hanches et sur ses cuisses. (Elle eut l'air déçue quand, relevant la tête, elle comprit ce que j'avais voulu dire.) Oh ! le *vaisseau.* (Elle me reprit la main, m'entraîna dans le couloir.) Décidément, c'est Malcolm qu'il vous faut : il *adore* tout ce qui est incongru.

— Vous n'êtes pas non plus exactement ce à quoi je m'attendais, Larissa... si je peux vous appeler comme ça.

— Vous pouvez, répondit-elle, marchant d'un pas résolu. Larissa Tressalian, pour être exact. Vous pouvez risquer un commentaire sur la consonance agréable du nom, encore que, je vous préviens, ce genre de remarque soit assez éculé.

Un moment, je cherchai à déterminer pourquoi son nom, aux sonorités effectivement agréables, me semblait familier, mais je fus distrait de mes pensées quand Larissa porta sa main libre au col de son body, signe qu'elle captait une autre communication.

— Cher frère ?... Oui, je le conduis à ses quartiers pour... pour un brin de toilette... (Elle me lança une œillade plus qu'un peu suggestive puis se détourna brusquement, s'immobilisa.) Où ?... Des unités terrestres et aériennes ?... D'accord, je monte à la tourelle

Lorsque Larissa se tourna de nouveau vers moi, son expression avait changé : la chatte minaudière s'était transformée en prédatrice

— Le brin de toilette devra attendre, je le crains, docteur. (Elle serra ma main plus fort et s'élança dans le couloir.) Une autre sorte de distraction nous attend !

8

Nous suivîmes l'étroit couloir jusqu'à un escalier en bois sculpté recouvert d'une épaisse moquette. Comme nous gravissions les marches, le ronronnement du système de propulsion du vaisseau — alimenté, comme Larissa venait de me l'expliquer, par des générateurs magnétiques supraconducteurs capables de produire une énergie inimaginable (et propre) — s'intensifia et je sentis que nous avancions. Notre progression s'accompagnait d'un léger tangage — pas dérangeant mais perceptible — et lorsque nous arrivâmes au pont supérieur, je me retrouvai devant un panneau transparent ovoïde serti dans la coque. Baissant les yeux, je vis que nous nous déplacions à trente mètres du sol, comme un énorme missile de croisière, en suivant les contours d'un paysage de banlieue.

Larissa me tira par le bras.

— Pas le temps de vous émerveiller maintenant, dit-elle. Un détachement de la police locale fonce vers nous, et les fédéraux ne doivent pas être loin derrière.

— M-mais, bégayai-je quand nous parvînmes au pied d'une échelle s'enfonçant dans le plafond du couloir, vous n'avez que ce vaisseau, comment ferez-vous pour...

Elle fit volte-face, posa un doigt sur mes lèvres, les yeux positivement chatoyants.

— Jetez un coup d'œil là-haut, m'enjoignit-elle en indiquant l'échelle.

Je montai et découvris un espace circulaire d'environ cinq mètres de diamètre, ressemblant assez à la tourelle d'un char gigantesque, à ceci près que la coque en était transparente. Le centre était occupé par un canon auquel était fixé un siège, vide. A gauche s'alignaient des appareils de repérage devant lesquels Eli Kuperman était assis. Examinant de nouveau le canon, je lui trouvai quelque chose de familier : c'était en fait une version géante de l'arme de poing de Larissa.

Déchiffrant à nouveau mon expression, elle me rejoignit sur une marche et, pressée contre moi, dégaina son pistolet.

— Ce sont tous les deux des engins à rail, expliqua-t-elle. Le principe est simple : les projectiles sont propulsés en suivant un circuit entre deux barres conductrices au lieu d'être chassés par une explosion de gaz. Le champ électromagnétique créé derrière les projectiles accroît l'accélération : vous en avez vu l'effet. Bon... (Elle rengaina son arme, me tapota le visage.) Je resterais bien à discuter de puissance destructrice avec vous pendant des heures, mais Malcolm est vraiment impatient de vous rencontrer.

— Ecoutez, Larissa, dis-je, la proximité de la jeune femme me troublant assez pour que je me laisse aller à révéler mon désarroi. Qu'est-ce que c'est que tout ça? Pourquoi suis-je ici?

Elle sourit.

— Ne vous faites pas de souci. Contrairement aux apparences, vous vous trouvez dans l'un des derniers endroit sûrs de la planète. Et vous êtes ici parce que nous avons besoin de vous. (Elle se coula entre le mur et moi, pénétra dans la tourelle, s'installa sur le siège du canon.) Continuez tout droit, vous reconnaîtrez la porte quand vous la verrez.

Eli Kuperman se retourna, le visage grave.

— Les premiers arrivent, prévint-il.

Larissa agrippa les poignées de l'arme.

— Vous feriez mieux de filer, docteur, me lança-t-elle. Je serais navrée de vous décapiter alors que nous venons à peine de... faire connaissance.

Elle inclina les poignées vers la gauche et toute la base de la tourelle se mit à tourner : dans quelques secondes, elle fermerait l'écoutille dans laquelle je me tenais. Je descendis tant bien que mal, atterris dans le couloir avec un bruit sourd. Puis je repartis, passant devant d'autres boiseries, d'autres tableaux, jusqu'à une porte que j'identifiai comme celle dont Larissa m'avait parlé : plus raffinée que les autres, elle portait cette inscription en élégants caractères noir et or : MUNDUS VULT DECIPI.

Je fis défiler dans ma tête le latin médical que j'avais appris des années plus tôt, mais en vain. Il ne me restait qu'à entrer et à rencontrer mon hôte, perspective qui ne laissait pas de m'intimider. Compte tenu du vaisseau dans lequel je me trouvais, de la sœur que je venais de quitter et des actes dont je savais cet homme responsable, j'imaginais ce Malcolm Tressalian — là encore, le nom avait quelque chose de familier — comme un personnage impressionnant, voire écrasant, à la fois sur le plan physique et intellectuel. Mais la rencontre était désormais inéluctable et, résigné, je frappai à la porte et entrai.

Le nez du vaisseau était une superstructure conique entièrement recouverte du même matériau transparent que la tourelle de Larissa, et les trois niveaux qu'il abritait — un dôme d'observation en haut, un poste de commande et de guidage au milieu, une salle de réunion en bas — étaient reliés par de simples escaliers métalliques. En fait, d'une manière générale, l'endroit avait ce style high-tech que je m'attendais à l'origine à trouver à bord, mais, venant après le décor plutôt anachronique du reste du vaisseau, il était inattendu et même discordant.

La porte par laquelle j'étais entré se trouvait à l'arrière du poste de commande. Malgré le manque de lumière, je discernai deux formes masculines assises devant la console de guidage. Au-delà s'étendaient les centres commerciaux à l'abandon et les cités décrépites d'une banlieue de Floride. Je m'avançai, tout excité, et l'homme de gauche m'accueillit d'un ton plutôt amène mais sans se retourner :

— Dr Wolfe ! Excellent, vous avez réussi à échapper à Larissa : un exploit dont je doute que nos poursuivants soient capables.

Il se retourna alors, ou plutôt tout le siège qu'il occupait tourna, car c'était en fait un fauteuil roulant. Malgré la pénombre, je constatai que ce fauteuil ne contenait pas le redoutable spécimen physique auquel je m'attendais mais une frêle silhouette, assez pitoyable, qui ne cadrait pas avec la voix sonore qu'elle émettait.

— Je devrais probablement vous réserver un accueil

mélodramatique, ajouta-t-il du même ton aimable, mais nous ne sommes portés ni l'un ni l'autre sur ce genre de chose, hein ? Non, je suppose que ce que vous souhaitez vraiment, c'est avoir des réponses... Je m'appelle Malcolm Tressalian. Ma sœur est-elle parvenue à vous communiquer au moins cette information, ou avez-vous subi une séance de séduction ininterrompue depuis que vous êtes à bord ?

— Oui, enfin, non. Je veux dire...

Avec un grand rire, Tressalian fit rouler son fauteuil vers moi, et son visage devint pleinement visible.

— Elle ne s'intéresse presque jamais aux hommes, mais quand elle s'y met, Seigneur...

Bien que plus intéressé par le visage de Tressalian que par ce qu'il disait, je souris de la remarque. Ses traits rappelaient ceux de Larissa par leur joliesse, leur finesse, et ses cheveux avaient la même couleur argent. Ses yeux, toutefois, d'un bleu particulièrement clair, presque surnaturel, différaient totalement. Mais surtout, surtout, le visage de Malcolm Tressalian avait une expression que j'avais souvent vue chez des enfants ayant purgé de dures peines de prison ainsi que chez des malades schizophrènes ayant vécu trop longtemps sans traitement. C'était le reflet d'une profondeur insondable causée par des tourments physiques et mentaux implacables, marque aussi reconnaissable que n'importe quel angiome.

— Et toutes mes excuses pour la façon dont vous avez été amené à bord, poursuivit Tressalian.

En prononçant ces mots, il entreprit de se lever, effort qu'il estimait apparemment indispensable étant donné la souffrance visible que le mouvement provoqua. Il tendit les bras vers une paire de béquilles en aluminium fixées de chaque côté du fauteuil, les glissa sous ses aisselles et parvint à se mettre debout. Je ne savais comment lui venir en aide, et je devinais qu'il ne le souhaitait pas. De fait, une fois debout, il parut très satisfait d'être capable de s'approcher seul pour me serrer la main.

— Vous comprenez cependant, je n'en doute pas, que nous ne pouvions vous laisser connaître le même sort que Mr Jenkins, dit-il. Je présume qu'Eli vous a présenté ses condoléances, permettez-moi d'y ajouter les miennes. C'était un acte révoltant, même pour ce monstre impossible à tuer que nous appelons la Central Intelligence Agency.

— Alors, c'était la CIA, fis-je à voix basse, le visage de Max m'apparaissant brièvement en pensée.

Tressalian eut un hochement de tête compatissant.

— Vous vous intéressiez de trop près, tous les deux, à la mort de John Price.

— A sa mort? dis-je, circonspect. Ou aux images sur lesquelles il travaillait?

Le sourire de Tressalian réapparut.

— Les deux ne font qu'un, docteur, vous l'avez sûrement deviné. *Votre* mort, en revanche, aurait causé des remous dérangeants. Mais si vous aviez persisté, ils auraient certainement trouvé un moyen discret de vous éliminer.

— Mais pourquoi? demandai-je malgré moi. Qu'est-ce qui se p...

Je fus interrompu par l'homme assis devant la console de pilotage, qui annonça d'une voix ferme :

— Larissa se prépare à engager le combat. Ils sont à

notre portée, et elle a transféré les commandes au poste de la tourelle.

Tressalian soupira, bien qu'il ne parût pas très préoccupé.

— Eh bien, colonel, puisque cela ne vous laisse rien à faire pour le moment, venez donc faire la connaissance du Dr Wolfe.

L'homme assis devant la console, momentanément privé de commandes, se leva et, avant même qu'il tourne la tête, je remarquai son maintien militaire, accentué par un costume à col montant qui était plutôt un uniforme embelli. Quand il finit par se tourner, d'un mouvement vif et raide, ce que je découvris me coupa le souffle.

D'épais sourcils surplombaient des yeux pénétrants dans un visage à la peau sombre, et sa mâchoire se serait peut-être bien brisée s'il l'avait serrée un peu plus. Mais ce qui suscita ma réaction, ce fut une horrible cicatrice courant sur tout le côté droit de la tête, tirant sur un œil et relevant le coin de la bouche en un rictus perpétuel. Une bande blanche comme neige prolongeait la balafre dans une chevelure par ailleurs noire comme jais.

— Dr Wolfe, dit Tressalian, je vous présente le colonel Justus Slayton.

— En retraite, ajouta l'officier de cette voix basse, presque menaçante, qui me convainquit que je ferais bien de le traiter avec la plus grande prudence dans tous nos contacts.

— Le colonel Slayton qui a failli changer l'issue de la campagne de Taïwan ? m'enquis-je en lui tendant la main.

La question parut lui ôter un peu de sa raideur et il

prit ma main, qu'il serra avec une force impressionnante.

— Rien n'aurait pu changer l'issue de cette campagne, déclara-t-il. Mes hommes et moi ne pouvions opposer à l'ennemi qu'une résistance symbolique. Des animaux sacrifiés, rien de plus...

— Sur l'autel du développement des relations commerciales avec les communo-capitalistes de Pékin, enchaînai-je. Vous vous êtes quand même battus avec acharnement.

— Excellent, docteur, apprécia Tressalian. Rares sont ceux qui comprennent les données de cette campagne. Ce que vous ne savez peut-être pas, c'est qu'après avoir été blessé à Taïwan, le colonel est devenu l'un des experts du Pentagone pour la mise au point d'armements. C'était, bien entendu, avant que je le persuade de...

— Malcolm, le coupa Slayton, avant d'aller plus loin, nous devons régler la question de la disquette ADN du docteur.

Tressalian parut un peu embarrassé.

— Oh. Oui, exact, colonel. Je vous renouvelle mes excuses, docteur, mais des événements récents nous ont contraints à nous montrer un peu plus prudents. Y voyez-vous une objection?

— Non, bien sûr, répondis-je. (Je tirai ma disquette ADN de mon portefeuille et la lui tendis.) Ces derniers jours, je n'aurais moi-même pas juré que j'étais bien moi.

— Merci.

Tressalian et moi regardâmes Slayton prendre un lecteur d'ADN portable (très semblable à celui que Max gardait toujours sur lui dans ses déplacements) et y insérer la disquette. Au bout de quelques secondes, il la ressortit, s'inclina en me la rendant.

— Bien, nous voilà débarrassés de ce souci, dit Tressalian, qui se dirigea vers l'escalier métallique menant au dôme d'observation. A présent, docteur, je répondrai volontiers à toutes vos questions, mais je pense que vous prendrez plaisir à voir Larissa en action pendant que nous bavardons.

Je montai derrière Tressalian, dont les mouvements, à défaut d'être aisés, possédaient l'assurance que confère l'habitude. Slayton suivait de près, soit pour prévenir une chute éventuelle de l'infirme, soit pour me tenir à l'œil. Probablement un peu des deux. Quel que fût l'endroit où il se trouvait, la présence du colonel se faisait fortement sentir, sans doute à cause de la cicatrice mystérieuse et troublante barrant son visage. A une époque où l'on pouvait fabriquer en laboratoire presque tous les organes et tissus du corps humain, cerveau excepté, où la peau du colonel aurait pu être reproduite puis greffée sur sa blessure, le choix de rester défiguré en disait long sur son caractère. La question était de savoir ce qu'un tel personnage faisait au service de l'homme étrange et remarquable qui boitait devant moi.

Ces réflexions s'envolèrent de mon esprit quand nous émergeâmes dans le dôme, qui offrait une vue s'étendant sans obstacle dans toutes les directions, une vue qui repoussa plus loin encore les limites de mon entendement.

9

Un panorama de ciel de nuit nous entourait, mais je n'eus pas le loisir de l'apprécier : je repérai au moins cinq Geronimo — hélicoptères militaires adaptés pour les forces de police locales et le FBI — à la poursuite de notre vaisseau, les canons de leurs mitrailleuses tournoyant tandis qu'ils expédiaient vers nous des rafales de balles traçantes. En bas, des Hummer dernier modèle filaient dans les rues, gyrophares clignotant, fusils mitrailleurs de gros calibre crachant le feu. A en juger d'après les apparences, nous n'avions plus que quelques instants à vivre, d'autant que nous ne ripostions même pas.

Je m'aperçus alors que lorsque les balles tirées sur nous approchaient de la coque fuselée du vaisseau — que ses ailes repliées et sa « tête » miroitante faisaient ressembler à un énorme poisson volant —, la plupart d'entre elles s'écartaient de la cible. Tressalian remarqua mon expression perplexe (il était aussi observateur que sa sœur), toucha le col de sa chemise et se mit à parler à Larissa au moyen — je le compris alors — d'un système de communication implanté chirurgicalement.

— Chère sœur?... Oui, le Dr Wolfe est près de moi et il suit la scène avec attention. Mais rappelle-toi, nous devons gagner immédiatement la côte, inutile de... Larissa? (Résigné, Tressalian éloigna ses doigts de sa gorge puis tendit la main vers le ciel.) Je vous suggère de regarder, docteur, puisque c'est apparemment à votre intention...

Le canon à rail de la tourelle ouvrit le feu, expédiant des volées de projectiles plus gros que ceux tirés par le pistolet de Larissa. Les modes de destruction variés utilisés par l'engin lorsqu'il passait d'un poursuivant à un autre étaient impressionnants à observer : une rafale bien groupée pour faire sauter la roue d'un Hummer ou la mitrailleuse d'un Geronimo, un large balayage pour tailler en pièces des unités terrestres ou aériennes. Tout cela — du moins Tressalian le prétendait — à mon intention : tentative de Larissa non seulement pour m'impressionner par ses talents de pilote et de combattante, mais aussi pour me faire savoir que j'étais désormais mêlé à une lutte à mort. Mais pour quel enjeu?

L'excitation, l'horreur et, oui, une certaine satisfaction (puisque nos poursuivants étaient en dernière instance dirigés par ceux-là mêmes qui avaient tué Max) se disputaient mon esprit, mais je gardai la tête suffisamment claire pour être curieux.

— Leurs balles ne nous atteignent pas, fis-je remarquer.

— On a dit que l'homme qui maîtrise l'électromagnétisme maîtrise les forces connues de notre univers, répondit Tressalian. Je ne prétends pas régner en *maître* sur ce domaine, mais nous avons des aperçus suffisants pour être capables de produire des champs qui imposent un changement de comportement à des formes de matière bien plus complexes qu'une balle. Même sans ces champs, nous ne courrions pas un très grand danger : la superstructure et l'enveloppe du vaisseau, sections transparentes comprises, sont faites de résines composites plus résistantes qu'un acier de haute qualité pour une épaisseur et un poids bien moindres. (Tressalian marqua une pause et m'observa de nouveau.) Vous êtes consterné, aucun doute. Mais croyez-moi quand je dis que si les gouvernements du monde ne nous laissent pas le choix...

— Du *monde*? répétai-je. Mais je pensais...

— Oh, nos efforts ont une dimension mondiale. Venez voir... (Il partit en claudiquant vers une rangée d'écrans installés sur une table basse au centre du dôme d'observation.) Cela vous aidera peut-être à comprendre...

Je contemplai bientôt une demi-douzaine d'images montrant des forces militaires considérables en mouvement. Navires en mer, avions en vol, équipages de porte-avions chargeant de bombes et de missiles d'autres appareils.

— Qu'est-ce que c'est? demandai-je.

— La raison pour laquelle votre ami Mr Jenkins a été tué. Un détachement américain se préparant à une attaque en masse.

— Contre qui? Quelle est sa destination?

— La même que la nôtre. L'Afghanistan.

10

— L'Afghanistan... fis-je, stupéfait. Mais pourquoi? Et comment faites-vous pour recevoir ces images?

— Par satellite. Nos *propres* satellites.

Le rapprochement se fit soudain dans mon esprit.

— Satellites... satellites... *Tressalian* : l'homme qui a conçu le système de satellite à quatre giga-octets, l'homme qui a créé l'Internet moderne!

— Attendez, ne m'en rendez pas responsable, protesta mon hôte. Mon père a commis ce péché, parmi bien d'autres, mais il a fini par le payer, et son argent nous a permis de nous lancer dans cette entreprise.

— Mais quelle entreprise, au nom du ciel?

La réponse fut évasive :

— La question la plus importante pour le moment c'est : « Que fait votre gouvernement? » Il *semble* qu'il soit enfin décidé à liquider le très impressionnant complexe souterrain qui sert de terrain d'entraînement aux terroristes islamistes depuis vingt ans.

Je regardai de nouveau les écrans.

— Des représailles pour le meurtre de la présidente Forrester par Khaldun?

Tressalian acquiesça.

— N'oublions pas que votre pays entre bientôt en période électorale. Mais la décision de votre gouvernement se heurte à un léger problème, un problème que, étant donné la rhétorique politique qui a conduit à cette offensive, il ne peut permettre à quelqu'un comme vous de soulever. Voyez-vous, Muhammed Khaldun n'est pas un terroriste... et il n'a pas tué Forrester.

— Mais le disque...

Appuyant sur la touche d'un clavier, Tressalian fit apparaître les images du meurtre que Max et moi avions étudiées pendant des heures.

— L'homme qu'on voit sur ce disque est en fait un acteur d'origine afghane qui a connu quelque succès dans l'industrie cinématographique indienne pendant la dernière partie du XXe siècle. Nous avons... *emprunté* son image, dit-il, l'air amusé. Comment aurais-je pu savoir qu'il y avait à Chicago un petit diplomate afghan qui aurait pu être son double ? Mais ne vous inquiétez pas, nous avons pris des dispositions pour faire évader Mr Khaldun. Quoi qu'il en soit, le véritable assassin de la regrettée présidente... (il pressa une autre touche et Khaldun fut remplacé par l'homme aux traits asiatiques de la seconde version de la scène)... c'est Hung Ting-Sin, major des forces de sécurité extérieure chinoises.

Je réfléchis, oubliant totalement la danse de feu et de mort qui se déroulait de l'autre côté de la coquille transparente du vaisseau.

— Vous avez délibérément déformé les faits ?

— Je le crains.

— Price a créé ces images pour *vous*. Vous êtes le « particulier » dont sa femme m'a parlé...

— Exact. Nul d'entre nous ne s'est réjoui de la mort de Mr Price, docteur, mais il avait tenté de nous faire chanter. Quand Larissa et Jonah sont allés le voir pour le mettre en garde, il est devenu violent. Il a projeté Jonah contre un mur et aurait fait pire si Larissa...

Les pièces du puzzle de la mort de Price et de celle de Max s'assemblaient, mais aucune d'entre elles n'expliquait les mobiles de Tressalian, et je lui posai carrément la question.

— Oh ! j'ai mes raisons, dit-il, soupirant de nouveau, plus bruyamment, cette fois. J'ai mes. (Il grimaça, écarquilla les yeux.) Excusez-moi, docteur, toute cette excitation... (Il se prit soudain la tête à deux mains et bascula en poussant un cri. Slayton se précipita à son secours avant que je puisse réagir.) Je crois..., murmura Tressalian entre ses dents serrées, que je ferais mieux... de me reposer un peu... colonel. Si notre invité veut bien m'excuser...

Sa respiration devint sifflante et Slayton, passant l'un des bras de l'infirme autour de son cou, souleva le corps frêle comme si celui-ci n'avait aucun poids.

— Désolé... docteur, hoqueta Tressalian. Je sais que vous voulez des réponses. Au dîner... nous parlerons au dîner Pour le moment, rappelez-vous...

Il leva les yeux vers moi et, malgré sa souffrance, m'adressa un regard que je n'oublierai jamais. Son sourire était empreint de malice, comme celui de sa sœur, mais contenait autre chose aussi : une obscurité terrible, sinistre.

— Rappelez-vous... ce que vous avez vu sur la porte... acheva-t-il avant que le colonel ne l'emporte.

L'attaque subite de Tressalian, conjuguée aux images des écrans et au combat qui se déroulait à l'extérieur — sans parler du fait que je me retrouvais complètement seul —, contribua à transformer mon inquiétude croissante en un début de panique. Je tentai de me calmer en me concentrant sur ce que Tressalian avait dit, en contraignant mon esprit à creuser plus profondément dans le latin que j'avais appris autrefois, afin de résoudre l'énigme de l'inscription de la porte.

J'ignore combien de temps je demeurai immobile, regardant Larissa décimer nos poursuivants et marmonnant comme un débile. *Mundus vult decipi*, me répétais-je encore et encore tandis que les balles sifflaient autour du vaisseau. *Mundus*, le monde, oui. *Vult*... veut? Quelque chose...

Soudain une sonnerie d'alarme retentit dans tout le vaisseau, pas stridente mais suffisamment forte pour me faire comprendre qu'il se passait quelque chose d'important. Je scrutai le ciel dans toutes les directions afin de découvrir ce qui avait déclenché l'alerte et, regardant devant moi, j'eus la réponse : la vaste étendue de l'océan Atlantique venait d'apparaître à l'horizon.

Je sursautai quand une voix que je reconnus pour celle de Julien Fouché annonça dans l'espèce de sonorisation du vaisseau :

— Trente secondes avant le transfert de système... vingt-cinq... vingt...

Notre pilote ne montrait aucune intention de ralentir notre approche de l'eau tandis que Fouché poursuivait son compte à rebours vers le « transfert de système », quoi que ces mots pussent vouloir dire, et je fus pris d'un frisson quand je réussis enfin à traduire la formule latine :

— *Mundus vult decipi*, dis-je à voix haute. Le monde entier veut être dupe !

Ne prenant pas encore conscience de la connotation inquiétante de ces mots, j'éprouvai un sentiment de triomphe... qui se transforma rapidement en terreur lorsque le vaisseau fila au-dessus de la côte et plongea dans l'océan.

11

Dès que le vaisseau fut complètement immergé, une série de puissants projecteurs s'alluma à l'extérieur de la coque, offrant une vue extraordinaire du plateau continental atlantique tandis que nous remontions vers le nord en longeant la côte. Ce que je voyais n'était cependant pas une scène idyllique caractéristique d'un monde aquatique merveilleux, mais un cloaque d'eau brune où flottaient des immondices, brassés sans fin mais jamais éliminés par les courants côtiers. Parfois, on pouvait identifier les saletés prises au piège — les vastes étendues de déchets médicaux et d'excréments d'animaux d'élevage étaient particulièrement inquiétantes —, mais le plus souvent elles se fondaient en des masses indistinctes que je trouvais tout à fait déprimantes. Je savais naturellement que, dans les années qui avaient suivi le krach de 2007, la plupart des pays avaient estimé que l'écologie était un luxe qu'ils ne pouvaient plus se permettre, mais être confronté à ce type de preuves directes n'en constituait pas moins un choc.

Après un temps qui me parut fort long, je fus conduit à mes quartiers non par Larissa (qui, supposai-je, se trouvait au chevet de son frère) mais par le curieux petit homme répondant au nom de Leon Tarbell. De tout l'équipage, l'« expert en documents » était le seul que je ne connaissais ni de vue ni de réputation, ce qui le rendait d'autant plus intriguant car il était traité en égal par les autres et se comportait comme tel.

— Vous appréciez le décor ? me demanda-t-il tandis que nous descendions l'escalier de bois sculpté menant au pont inférieur.

Il avait un accent difficile à situer, et ses manières aussi étaient ambiguës : quoique nettement amical, il semblait s'amuser de mon inquiétude persistante. Il fit apparaître un paquet de ces nouvelles cigarettes sans fumée — et prétendument « sans danger » — que l'industrie américaine du tabac, après une génération de pressions et de procès intentés par un regroupement de pays de l'Est asiatique, avait récemment lancées sur le marché et m'en offrit une. Je la refusai et, après avoir allumé la sienne, il reprit :

— Il n'est pas pour moi, ce décor. Pas sensuel. Moi, je préfère moderne. Minimaliste, sportif... sensuel.

— D'aucuns le qualifieraient tout simplement de « laid », répliquai-je trop vite, avant de songer que Tarbell pourrait s'en offenser.

Mais il éclata de rire.

— Vrai ! Ça peut être très laid. Mais laid... (ses yeux flamboyèrent de plus belle) avec sensualité !

Je ne tarderais pas à apprendre que le monde entier, pour Tarbell, se divisait entre gens et choses qui avaient ou non de la « sensualité ». Quoique simple, la formule semblait aussi valable que n'importe quelle autre et bien plus amusante que beaucoup, surtout par la vigueur comique avec laquelle il prononçait ses verdicts, et je ris bientôt avec lui, me détendant un peu en arrivant devant la porte de ce qui devait être mes quartiers.

Je découvris une petite cabine qui ressemblait aux images que j'avais vues des transatlantiques du début du XXe siècle. La température, largement supérieure aux 7 °C du couloir, contribuait à créer une atmosphère confortable complétée par d'autres boiseries, une petite partie de coque transparente en forme de hublot, des abat-jour de verre teinté et un équipement sanitaire en céramique qui semblait composé de véritables antiquités. Le lieu était encore plus différent de l'avant high-tech du vaisseau que les couloirs, ce qui ne fit qu'accroître ma perplexité.

— Passé et avenir côte à côte, dit Tarbell avec un hochement de tête. On peut dire que le temps n'existe pas à bord de ce vaisseau. C'est Malcolm, ça !

Je tournai mes pensées vers mon hôte.

— Comment va-t-il ?

— Elles passent, ces attaques.

— Mais qu'est-ce qu'il a, au juste ?

— De ça, je ne peux pas parler à l'aise. Peut-être qu'il vous le dira. Ou peut-être Larissa, ajouta-t-il en m'adressant son sourire démoniaque. Elle a rivé son œil sur vous, heureux homme. Une femme d'une rare beauté, rare intelligence... et rare sensualité ! (En beuglant ce dernier mot, il m'agrippa l'épaule.) Oui, vous rejoignez notre petite compagnie, je pense ! (Il se retourna, se dirigea vers la porte.) Vous trouverez ici tout ce dont vous avez besoin, même des vêtements propres. Nous dînons à l'avant, dans une demi-heure, Malcolm m'a dit que vous aimez la vodka. Venez vite, je partagerai avec vous ma réserve personnelle !

Il était évident que ces gens savaient déjà presque tout de moi, de ma taille et du style habituel de mes vêtements (il n'y avait rien dans le placard de ma cabine que je n'aurais pas pu ou pas voulu porter) à mes goûts en matière d'alcool. Je ne m'interrogeai pas sur la façon dont ils s'étaient procuré ces renseignements, pas plus que sur ce qu'avait coûté la construction du vaisseau dans lequel nous voyagions. Stephen Tressalian, le père de Malcolm et Larissa, dont le système de satellite avait rendu possible l'Internet moderne, avait été l'un des hommes les plus riches au monde. Il avait aussi été le leader d'un groupe de technocrates de l'information qui, durant la crise de 2007, avaient réuni leurs avoirs personnels et professionnels pour garantir la solvabilité du gouvernement américain, comme le financier John Pierpont Morgan et ses associés l'avaient fait un siècle plus tôt. Tressalian et ses partenaires avaient ensuite usé de ce soutien comme d'un gros bâton pour amener Washington à abandonner toute tentative pour réglementer le commerce de l'information, portant ainsi un coup mortel au principe, déjà agonisant, de vie privée.

Peu de choses étaient sans doute hors de portée des héritiers d'un tel homme, et cependant ce fait n'expliquait pas à lui seul les questions les plus pressantes, auxquelles je m'attelai de nouveau pendant que je me douchais et me changeais pour le dîner : qu'est-ce que ces gens manigançaient exactement, et pourquoi estimaient-ils, comme me l'avait confié Larissa, qu'ils avaient besoin de moi ?

Vingt minutes plus tard, je retournai à l'avant du vaisseau, déterminé cette fois à obtenir des réponses un peu moins mystérieuses.

12

On avait dressé la grande table de la salle de réunion avec une nappe magnifique, des assiettes en porcelaine, des couverts en argent et des bougies. Autour du vaisseau, le panorama avait pris une couleur bleu-noir indiquant que nous avions mis le cap à l'est pour pénétrer dans les eaux profondes de l'Atlantique, loin des déchets qui défiguraient la côte. Les projecteurs découpaient de splendides conduits de lumière dans ces profondeurs, mais, tout en admirant leur beauté, je leur trouvais quelque chose de bizarre, de désolé, que je ne parvins pas à m'expliquer dans un premier temps. J'essayai de chasser cette impression, que j'attribuai à mon propre sentiment de solitude, puis je me rendis compte qu'elle provenait en fait de l'absence surprenante de tout signe de vie dans l'eau.

Tarbell se tenait déjà près de la table avec les Kuperman et, si l'on ne pouvait voir qui s'occupait du repas ni où se trouvait la cuisine, les odeurs flottant dans la salle étaient singulièrement appétissantes. Tarbell me tendit un verre de sa vodka personnelle — une marque russe que je ne connaissais pas — puis Eli Kuperman me demanda :

— Vous aimez l'agneau, n'est-ce pas, Dr Wolfe ? A point, je crois. Ce sera prêt dans quelques minutes.

— Aucun de nous n'a le temps de manger dans la journée, dit son frère Jonah. (Il ouvrit une petite porte donnant sur une sorte de cuisine où je découvris Julien Fouché s'affairant devant un fourneau d'acier inoxydable.) Alors nous nous efforçons d'avoir des dîners aussi civilisés que possible.

Je soulevai l'un des couverts : très élégant, très ancien.

— Je crois que vous y parvenez tout à fait, le complimentai-je.

Après avoir pris une gorgée de la vodka de Tarbell, j'essayai à nouveau de retrouver mes marques. Quelques moments plus tôt, j'avais assisté de ce même lieu à une bataille acharnée.

— Quelqu'un pourrait-il m'expliquer ce qui vous occupe tous autant dans la journée ? Je veux dire quand vous ne faites pas sortir les gens de prison...

Fouché cria de la cuisine :

— Ça, ça n'aurait jamais dû arriver ! Un projet chéri des frères Kuperman qui a complètement dégénéré !

— Oh ! je t'en prie, Julien, répliqua Eli. Il était aussi valable que tout ce que nous avons fait d'autre. Tu as vu les statistiques, le jeu est devenu un fléau depuis la crise, et pas question que je laisse une pseudo-sagesse populaire reposant sur une aberration anthropologique le justifier. Si nous avions pu mettre dans ces tombes...

— Comment ? l'interrompis-je, surpris. Vous voulez dire que vous n'étiez pas là pour voler ?

Jonah Kuperman me lança un coup d'œil amical.

— Il n'y a rien dans ces sépultures qui mérite d'être volé, Dr Wolfe.

— Gideon, corrigeai-je.

— Gideon, d'accord. Comme vous le savez probablement, il est clair depuis des années que les divers peuples qui se font appeler Américains de souche ne furent pas en fait les premiers habitants du continent. Mais la plupart ont tenté d'escamoter ou de détruire les preuves étayant ce fait. Ils craignent — à juste titre —, en apparaissant comme les conquérants de leurs prédécesseurs, de perdre les justifications sentimentales et historiques d'une série d'activités discutables, principalement la création d'une génération de joueurs compulsifs dans leurs casinos...

— Ces sépultures de Floride sont actuellement étudiées par une équipe de Harvard, dit Eli, et mon frère et moi avons eu l'idée d'y dissimuler des objets artisanaux pour démontrer...

Il se tut en entendant s'ouvrir au-dessus de nous l'écoutille menant au niveau du poste de commande. Un léger bruit de roues annonça l'approche du fauteuil roulant de Malcolm Tressalian et, à l'expression des hommes se trouvant avec moi au niveau inférieur, je compris qu'ils se souciaient tous de l'état de santé de leur chef. Ils se détendirent de nouveau cependant quand Tressalian clama :

— Ah! le dîner ne serait pas complet sans une de nos divergences d'opinion professionnelles! Mais vous découvrirez sans doute, Dr Wolfe, que ces chamailleries peuvent aussi prendre un tour personnel quand la soirée s'avance.

Des pas lents et lourds sur l'escalier métallique indiquèrent que Tressalian descendait avec ses béquilles, et bientôt il apparut, ses yeux bleu clair ne gardant aucune trace de la souffrance qui les emplissait quelques heures plus tôt. Derrière lui, le colonel Slayton restait en alerte, prêt à intervenir au premier signe de problème, de même que Larissa, qui ne semblait que plus belle de nous avoir offert le spectacle d'un affrontement particulièrement âpre avec les forces de l'ordre.

— Eh bien, messieurs, sur qui tapons-nous ce soir? poursuivit Tressalian.

Une fois qu'ils eurent constaté qu'il s'était remis, les autres ne songèrent apparemment pas à lui demander comment il se sentait, bien que l'attaque qui avait affecté d'abord sa tête puis tout son corps eût été violente. Me rappelant les propos de Tarbell, qui semblaient indiquer que ces crises n'étaient pas rares, et présumant — comme lorsque je l'avais vu se lever péniblement de son fauteuil roulant pour la première fois — qu'aide et compassion n'étaient pas ce que Tressalian souhaitait, je réglai ma conduite sur celle des autres.

— Malcolm, c'est absurde! mugit Fouché en sortant de la cuisine, Eli et Jonah s'obstinent à soutenir que leur escapade en Floride valait bien les ennuis qu'elle a occasionnés!

Tandis que s'élevait un grondement de protestation général mais bon enfant, Larissa s'approcha de moi.

— Je suis désolée de ne pas avoir été là pour vous aider à vous installer, fit-elle à voix basse, ses yeux sombres brillant plus encore que sa chevelure argentée dans la lumière douce. Tout s'est bien passé?

— A merveille, assurai-je, quoique me sentant encore très emprunté en sa présence. Le Dr Tarbell a tout fait pour que je ne sois pas désorienté, bien que la tâche fût quasiment impossible. Et votre frère?

Elle baissa encore la voix pour répondre :

— Il va bien, maintenant. Mais nous parlerons de ça plus tard.

La discussion qui se poursuivait autour de la table amena finalement Tressalian à écarter les mains pour rappeler :

— L'étiquette, messieurs, l'étiquette! Jonah, Eli, je crois qu'à l'avenir nous vous demanderons de limiter vos activités concernant le jeu au domaine de l'*information.* Personne ne vous reproche votre zèle : nous connaissons tous l'ampleur du problème et les hypothèses erronées qui le sous-tendent. Mais nous avons d'autres priorités pour le moment. Sans compter que nous sommes d'une grossièreté sans nom à l'égard de notre invité qui, à moins que je ne m'abuse, ne comprend qu'une fraction de ce dont nous parlons.

Je hochai la tête en souriant.

— Vous ne vous abusez certes pas.

— Alors, prenons place pendant que Julien fait le service, suggéra Tressalian. (Il se dirigea vers le bout de la table, me fit signe de m'asseoir à côté de lui.) Nous essaierons de clarifier la situation, docteur, après quoi, vous pourrez voir nos idées à l'œuvre en Afghanistan. Ensuite... (Il se pencha vers moi, ses yeux bleus étincelant.) Ensuite, à vous de décider si une vie à préparer le chaos mondial a de l'attrait pour vous...

13

Fouché revint de la cuisine avec de grands plats d'une nourriture simple mais préparée avec art; le genre de menu pouvant plaire à un homme souffrant de troubles neurologiques, pensai-je aussitôt en coulant un regard à Tressalian. Cette impression fut confirmée quand je remarquai qu'il ne buvait pas d'alcool.

— Excusez-moi, vous avez dit « chaos mondial »?

— Oh! pour une bonne cause, assura-t-il. Dans les grandes lignes, du moins. Mais pour comprendre cette cause, vous devez d'abord, je le crains, ajuster votre esprit à la philosophie que nous avons tous choisi de partager.

— Je vous écoute.

— Par où commencer? Peut-être par les simples observations que vous avez faites vous-même. Avez-vous apprécié le spectacle, le long de la côte?

Je levai brusquement la tête : était-ce la raison pour laquelle le vaisseau s'était attardé dans ces eaux fangeuses? Pour m'impressionner, tout comme Larissa l'avait fait en maniant avec tant d'habileté le canon à rail pendant la bataille contre nos poursuivants?

— Je l'ai trouvé plutôt déprimant, répondis-je, circonspect.

— Et dans les eaux qui nous entourent maintenant, ne pensez-vous pas qu'il manque quelque chose?

— Uniquement les poissons, tentai-je en plaisantant, la tablée de visages sérieux qui me regardaient me faisant alors prendre conscience de la terrible gravité que mes mots revêtaient en fait. Seigneur, bredouillai-je, la situation a dégénéré à ce point?

— Les faits parlent d'eux-mêmes, docteur, dit le colonel Slayton, passant un doigt sur son horrible balafre. Le littoral atlantique est littéralement devenu une porcherie, et grâce aux mensonges gouvernementaux sur la réglementation de la pêche dans le monde, les dernières espèces importantes de poissons se sont réfugiées dans les profondeurs de l'océan... où elles seront bientôt traquées et massacrées.

Il continuait à caresser sa cicatrice, me rappelant que des « mensonges gouvernementaux » avaient aussi contribué au désastre qu'il avait connu pendant la campagne de Taïwan.

— Oui, approuva Tressalian d'un air sombre. Un autre chapitre tout à fait dans la ligne de la grande tradition de l'histoire de l'homme. Et pourtant, selon les grands discours déversés sur toute une génération, notre époque aurait dû en finir avec cette tradition, n'est-ce pas, docteur?

— Que voulez-vous dire?

— Eh bien, le début de ce siècle a effectivement offert à l'humanité une occasion extraordinaire d'améliorer à la fois sa condition et celle de la planète. Nous disposions de tous les outils nécessaires. L'*ère de l'information* était née, ajouta-t-il, nettement ironique.

— Oui, en grande partie grâce à votre père.

D'ironique, le ton devint tranchant :

— C'est vrai. En grande partie grâce à mon père.

Je poussai mon assiette sur le côté, me penchai en avant.

— Tout à l'heure, vous avez présenté son œuvre comme un « péché ». Pourquoi ?

— Allons, docteur, vous savez parfaitement ce que je voulais dire, répondit Tressalian en jouant avec un couteau en argent. Et qui plus est, je vous soupçonne de partager mon opinion.

— Je partage peut-être certaines de vos opinions, fis-je, pesant mes mots. Mais j'y suis peut-être aussi parvenu par un raisonnement tout à fait différent.

Tressalian sourit de nouveau.

— Oh ! j'en doute. Mais vérifions, proposa-t-il. (Il se leva péniblement, entreprit de faire le tour de la table.) Oui, mon père et ses associés ont offert à presque toute la planète l'accès à l'Internet moderne. A ce qui fut présenté sur le marché — de manière séduisante et, bien entendu, efficace — comme « l'information sans limites ». A une époque où le capitalisme et le libre-échange avaient triomphé et régnaient sans partage, ces hommes n'eurent aucun mal à propager l'idée qu'en se branchant sur ledit Internet, on accédait à un vaste système de liberté, de vérité... et de pouvoir. La masse de l'humanité se retira devant ses terminaux et se mit à cliquer avec frénésie. Ceux que tourmentaient certains scrupules philosophiques se laissèrent convaincre qu'ils soutenaient la cause démocratique du libre-échange, non seulement des biens et de l'information mais aussi des idées. En d'autres termes, qu'ils changeaient le monde et qu'ils le changeaient en bien.

Il se tourna vers l'océan et poursuivit :

— L'air et l'eau devinrent inexplicablement mais indéniablement plus sales qu'ils ne l'avaient jamais été. De nouvelles pandémies apparurent, sans qu'on dispose de médicaments pour les traiter. La misère, l'anarchie et la guerre ravagèrent des parties du monde de plus en plus nombreuses. (Il soupira, arqua ses sourcils argent.) Et les poissons... ils disparurent. (Lorsqu'il se tourna de nouveau vers moi, son visage rayonnait d'un calme paradoxal et inquiétant.) Comment est-ce arrivé, Dr Wolfe ? Comment, dans un âge où la libre circulation des informations et des marchandises était supposée créer un ordre mondial charitable, comment est-ce arrivé ?

A ce moment, la sonorisation du vaisseau émit son signal d'alarme étouffé, et le colonel Slayton annonça un nouveau « transfert de système » dans deux minutes.

— Nous montons dans la stratosphère pour quelques heures, docteur, m'expliqua Tressalian. Ça vous dit, café et dessert à vingt-cinq mille mètres d'altitude ?

Je ne l'avais pas remarqué mais, pendant le dîner, le vaisseau avait incliné son angle de progression et, en quelques secondes, l'image ondoyante d'une lune presque pleine devint visible à travers la surface de l'océan. Le vaisseau jaillit de l'eau et s'élança dans l'air, propulsé par ses générateurs électromagnétiques supraconducteurs à une vitesse fantastique qui ne faisait même pas tinter les assiettes en porcelaine sur la table.

Le colonel Slayton se dirigea vers l'escalier, monta

avec une calme détermination vers le niveau du poste de commande.

— Inutile de prendre contact avec l'île! lui lança Tressalian. J'ai déjà vérifié le dispositif. Déclenchement à l'aube.

— Désolé, Malcolm, répondit Slayton, continuant à monter. La mentalité militaire a la vie dure. Appelez ça de la « redondance ».

Tressalian tourna vers moi un rire silencieux.

— Les terroristes islamistes d'Afghanistan ont refusé de tenir compte de notre avertissement concernant l'attaque américaine. Nous serons contraints de les forcer à battre en retraite. Ils ont emmené femmes et enfants dans leurs galeries souterraines : c'est un sang que je ne veux pas avoir sur les mains.

— Mais comment les *forcer*?

— Je pourrais vous le dire, répondit Tressalian en s'éloignant de la coque transparente, mais je pense que ce sera bien plus efficace si vous l'observez de vos propres yeux.

14

Lorsque le vaisseau fut parvenu dans l'air froid et raréfié de la stratosphère, Tressalian nous précéda lentement dans l'escalier menant au dôme d'observation, et comme nous passions devant le poste de commande du niveau intermédiaire, je vis le colonel Slayton devant des consoles clignotantes et bourdonnantes. Je notai que mon étonnement antérieur devant les progrès fantastiques concrétisés dans ce vaisseau commençait à s'estomper, et je m'émerveillai de la rapidité avec laquelle l'esprit humain accepte les bonds technologiques et s'y adapte. Naturellement, la vodka de Tarbell et les avances de plus en plus appuyées de Larissa contribuaient fortement, ce soir-là, à mon acclimatation, mais, en dernière analyse, celle-ci témoignait du pouvoir de séduction de la technologie, pouvoir sur lequel mon hôte — refusant d'en dire plus concernant l'affaire afghane avant que nous ne soyons sur place — entreprit de disserter après s'être assis dans son fauteuil roulant sous le dôme d'observation :

— Pendant que le citoyen lambda vivait une histoire d'amour avec la technologie de l'information — et tandis que les firmes produisant cette technologie se présentaient allégrement comme les facteurs de démocratisation d'un ordre nouveau —, le véritable pouvoir économique et informationnel, loin d'être décentralisé, se concentra dans un nombre sans cesse décroissant de gigantesques sociétés, de compagnies qui décidaient non seulement des informations fournies mais aussi des technologies mises au point pour les recevoir et les traiter. Alors que, dans votre pays au moins, une lutte se développait pour réglementer le moyen le plus puissant et le plus envahissant d'influencer l'opinion que le monde eût jamais connu, le krach de 2007 mit fin au combat. Dans un monde qui s'effondrait, Washington n'eut personne vers qui se tourner, hormis mon père et ses semblables, pour demander de l'aide. Et ils offrirent cette aide, bien sûr, mais à un certain prix.

— Pour dire les choses simplement, ils *achetèrent* le gouvernement, résuma Slayton, qui venait de nous rejoindre.

Tressalian lui sourit, revint à moi.

— Le colonel a un don pour la concision qui passe parfois pour de la désinvolture, mais rappelez-vous que nul n'a été mieux placé pour ressentir les effets pratiques de ce dont nous parlons que les soldats de la campagne de Taïwan qui, vous l'avez vous-même souligné, se sont sacrifiés sans le savoir pour une part plus grande du marché chinois. Oui, les technocrates de l'information, dont mon père, ont acheté le gouvernement, après quoi toutes les initiatives législatives, toutes les ressources matérielles furent détournées des programmes de réglementation, de la recherche médicale et écologique, de l'éducation et de l'aide à l'étranger, et même des armements : de *tout*, excepté l'ouverture de nouveaux marchés et l'expansion des anciens.

— D'accord, convins-je, frissonnant quand Larissa, assise à côté de moi, passa un doigt derrière l'une de mes oreilles. Je partage votre opinion, je le reconnais, mais après ? Vous avez dit vous-même que ce genre de choses était déjà arrivé dans l'histoire de l'humanité...

— *Non*[1], Gideon, intervint Julien Fouché, refermant une main charnue sur une minuscule tasse à café. Ce n'est pas du tout ce qu'a dit Malcolm. Le début du livre avait peut-être des précédents, mais le dernier chapitre ? On n'avait jamais rien connu de tel. Les vannes furent ouvertes, et la société humaine, déjà saturée d'information, commença à s'y noyer. Dites-moi, vous connaissez, je présume, la notion de « seuil » ? Quand un processus se développe si fortement...

— ... qu'un changement quantitatif devient un changement qualitatif, achevai-je pour lui. Oui, professeur, je connais.

— Alors, disons que la civilisation mondiale a elle-même atteint un tel seuil, déclara Fouché.

Je méditai un moment ce jugement : aussi extrême qu'il pût sembler, il émanait d'un des esprits les plus brillants de son époque et ne pouvait être rejeté à la légère.

— Vous soutenez, dis-je enfin, que le développement des dernières technologies a été si quantitativement différent des autres progrès en matière d'information — l'invention de l'imprimerie, par exemple —

1. En français dans le texte. *(N.d.T.)*

qu'il en est résulté un changement qualitatif de la nature de la société même ?

— *Précisément*[1], répondit Fouché. Mais ne prenez pas cet air abasourdi, docteur. Les gens qui sont derrière ces technologies prétendent depuis des années qu'ils ont provoqué d'énormes changements. Simplement, nous qui sommes rassemblés ici, nous considérons ces changements comme... (il but une gorgée de café en cherchant le mot exact)... inquiétants.

Ce fut ensuite le tour de Jonah Kuperman :

— « L'âge de l'information » n'a créé aucune libre circulation de la connaissance, Gideon. Ne circule librement que ce que les gardiens de la technologie de l'information estiment acceptable.

— Et la nature même de cette technologie signifie qu'il n'y a plus de véritable savoir, renchérit Eli. Parce que ce à quoi on peut accéder par ces systèmes est entièrement invérifiable. Des faits erronés — ou pire, des tromperies à petite ou grande échelle, étayées par des preuves fabriquées et des images manipulées numériquement — deviennent la sagesse communément admise avant qu'on ait eu la moindre chance de déterminer leur degré de vérité.

— Et rappelez-vous que nous avons élevé non pas une mais *plusieurs* générations d'enfants qui ont eu uniquement accès à ces données discutables.

— Attendez, attendez ! m'exclamai-je en levant les mains. Votre histoire commence à ressembler à une théorie du complot, à une techno-paranoïa de la pire espèce. Qu'est-ce qui vous fait croire qu'on peut mani-

1. En français dans le texte. *(N.d.T.)*

gancer des tromperies à un niveau tel que les fondements de toute la société en seront bouleversés ?

Toutes les personnes présentes sous le dôme observèrent soudain un silence étrange et se tournèrent l'une après l'autre vers Tressalian, qui fixait les extrémités de ses doigts en les faisant rebondir l'une contre l'autre. Au bout de quelques secondes, il leva les yeux vers moi avec un sourire plus charmant — et plus sinistre — encore.

— Nous pensons que c'est possible... commença-t-il d'un ton parfaitement calme, parce que nous l'avons fait.

— *Vous* ?

Il acquiesça.

— Pas mal de fois, en fait. Et le meilleur — si j'ose dire — reste à venir. Si vous nous aidez.

— M-mais, bégayai-je, interdit, je croyais que vous étiez *contre* tout cela...

— Oh ! nous le sommes, affirma Tressalian. (Il fit rouler son fauteuil vers la partie la plus avancée du nez du vaisseau.) La société humaine est malade, docteur, poursuivit-il avec de la colère et du dégoût dans la voix. Cette société stupide, vulgaire, pourrie d'informations... Et nos travaux... (Il contempla l'étrange ciel stratosphérique, se détendit.) Nos travaux seront l'antibiotique qui incitera la société à combattre l'infection. (Il partit d'un rire bref.) A supposer, bien sûr, que nous ne tuions pas le patient !

Je m'apprêtais à demander des éclaircissements sur cette déclaration apparemment insensée quand le système de sonorisation du vaisseau se fit de nouveau entendre. Slayton nous informa que nous descendions pour prendre notre « altitude de croisière », expression anodine qui, je ne tardai pas à l'apprendre, n'avait rien à voir avec une promenade d'agrément mais consistait à voler à une trentaine de mètres au-dessus du sol, comme nous l'avions fait en Floride. Tous se levèrent pour se rassembler autour de Tressalian et je tentai de suivre le mouvement, ralenti par le besoin de confronter mon esprit à ce que je venais d'entendre. Etaient-ils vraiment sérieux, ces gens ? Croyaient-ils vraiment que manipuler l'information constituait un bon moyen de faire comprendre à l'opinion qu'une telle manipulation était à notre époque devenue facile, et donc dangereuse ? C'était absurde, impossible.

Soudain parcouru d'un frisson qui n'avait rien à voir cette fois avec la proximité de Larissa, je me rappelai les scènes de l'assassinat de la présidente Forrester sur le disque que Max et moi avions reçu. Pendant un an, le monde avait accepté comme vraie une version de cet événement capital qui n'avait pas même un lointain rapport avec les faits. A présent, le pays le plus puissant au monde s'apprêtait à lancer une offensive militaire reposant sur cette même falsification, une falsification réalisée par Tressalian et son équipe, qui se rendaient sur les lieux de l'offensive pour... pour quoi faire ? Y assister ? Y prendre part avec leur étonnant vaisseau ? Ou en fausser le déroulement avec d'autres informations fabriquées ? Craignant presque de connaître les réponses, je me tournai pour regarder en silence avec les autres l'obscurité qui s'étendait devant nous.

Malgré mon état d'hébétude, je constatai que le vaisseau avait encore changé d'altitude sans un seul à-coup ni modification perceptible de la pression dans la cabine. Nous volions de nouveau au-dessus de l'eau, et je fus sidéré d'apprendre qu'il s'agissait de la mer d'Arabie, ce qui signifiait que notre vitesse à haute altitude avait été considérablement supérieure à celle atteinte par les avions supersoniques les plus perfectionnés. Larissa me murmura à l'oreille :

— Ne croyez pas que je n'approuve pas ce que les autres viennent de dire, docteur — je suis tout à fait de leur avis, je vous assure —, mais essayez de le mettre entre parenthèses un instant pour apprécier pleinement ce vol. Une discussion philosophique peut-elle vous fouetter le sang comme ce vaisseau? J'en doute. Alors, quand vous vous demanderez si vous devez vous joindre à nous, pensez à cela aussi. Vous et moi pourrions voler d'un bout de la terre à l'autre comme nous le faisons en ce moment, sans autre restriction ni loi que celles que nous nous imposerions. Vous êtes partant?

Je regardai la mer qui filait sous nous.

— J'aimerais pouvoir répondre oui, dis-je d'un ton hésitant, mais tout cela est tellement, tellement... L'impulsivité n'est pas un mode de conduite qui me convient.

Elle m'adressa son sourire aguicheur.

— Je sais.

— Cela ne vous gêne pas?

— Mmm, pas tout à fait. C'est en partie pour cette raison que nous souhaitions vous avoir avec nous. (Elle me caressa la joue.) En partie...

Sans se tourner vers nous, Tressalian dit à Larissa :

— Chère sœur, si je puis me permettre de t'interrompre, tu devrais peut-être expliquer quel mode d'approche tu as choisi. Pour notre objectif *géographique*, s'entend.

Elle m'adressa un autre regard scrutateur avant de répliquer :

— Très drôle, cher frère. Nous aborderons la côte au sud de Karachi, puis nous remonterons la vallée de l'Indus. Nous sommes à l'abri des radars, naturellement, et comme le fleuve est zone de danger nucléaire mortel depuis la guerre du Cachemire, nous ne risquons pas un repérage visuel. Nous suivrons le 35e parallèle vers l'ouest pour pénétrer dans l'Hindu Kush, puis nous prendrons de nouveau au nord en direction de la vallée de l'Amou-Daria. Le camp s'étire le long de la frontière avec le Tadjikistan, côté afghan. Nous arriverons juste après l'aube, conformément au plan. Le dispositif automatique se sera déjà déclenché.

— Parfait, dit Tressalian.

Il se détourna de la coque transparente au moment où la ligne noire de la côte devenait à peine visible au loin et fixa son regard sur moi :

— Alors, le docteur a encore le temps de nous poser le reste de ses questions.

— Des questions, murmurai-je, tentant de me concentrer. Oui, j'ai encore des questions, mais il y a une chose qu'il faut que je sache immédiatement. (Je m'approchai pour le regarder droit dans les yeux.) Combien d'autres mensonges comme celui de l'assassinat de Forrester ai-je avalés à mon insu ?

— Vous voulez dire, quelle partie de l'information qui constitue votre réalité est sujette à caution ? Oh, à coup sûr plus que vous ne le soupçonnez, docteur. Et probablement plus que vous n'êtes prêt à le croire...

15

Comment décrire les heures qui suivirent? Comment expliquer ma transformation d'observateur sceptique (quoique fasciné) des plans bizarres, voire délirants, de Malcolm Tressalian en protagoniste à part entière? Tant de facteurs entraient en jeu, dont les moindres n'étaient pas le traumatisme persistant d'avoir vu mon plus vieil ami assassiné sous mes yeux, ni le manque de véritable sommeil depuis cet événement. L'épuisement mental et physique ne fournit cependant pas la clef adéquate pour expliquer ma prompte métamorphose. Non, la cascade de stimulus intellectuels et physiques qui s'abattit sur moi en ces heures précédant l'aube aurait converti l'âme la plus forte, la plus dubitative, et je ne dis pas cela uniquement pour excuser ma réaction. C'est plutôt une sorte de confirmation de tout ce que je vis, entendis et éprouvai quand notre vaisseau survola la côte pakistanaise pour foncer vers l'intérieur du sous-continent indien.

Comme Larissa l'avait signalé, la vallée de l'Indus, fleuve naguère orgueilleux, père d'une des civilisations anciennes les plus puissantes et les plus mystérieuses, avait été transformée en désert nucléaire pendant la guerre qui opposait encore l'Inde et le Pakistan pour le Cachemire. Désert n'était pas le terme exact, à strictement parler : filant au-dessus de l'eau, de berges jonchées de cadavres en putréfaction et de squelettes blanchis, nous apercevions de temps à autre des groupes de gens désespérés, paysans et villageois dont le mode de vie avait été anéanti par le nationalisme haineux et le fanatisme religieux de leurs ennemis comme de leurs compatriotes. Ils descendaient des collines en files claudicantes, ces spectres faméliques, pour aller remplir leurs seaux avec l'eau empoisonnée du fleuve, qu'ils feraient ensuite bouillir dans une vaine tentative de purification afin de survivre quelques jours, quelques semaines de plus, de la seule manière possible, étant donné l'état de dévastation de leur pays et le peu d'empressement du reste de la population à accueillir ces lépreux nucléaires.

Cette vue nous bouleversa tous, suspendant même ma curiosité à l'égard de mes compagnons, mais ce fut sur Malcolm que son effet se révéla le plus terrible. Chacun savait que la montée en Inde d'un nouveau type de nationalisme belliqueux et enragé depuis le début du siècle avait coïncidé avec l'implantation, aux plans économique et social, des techniques de l'information dans ce pays. Larissa m'apprendrait plus tard que Malcolm avait toujours tenu son père et ses semblables pour personnellement responsables de l'utilisation qu'on pouvait faire et qu'on faisait effectivement de leurs systèmes pour propager haine et mensonges parmi ces peuples, avec la même absence de règles que dans la distribution des biens de consommation. La colère, le désespoir, et ce que je pris alors pour un sentiment de culpabilité transparaissaient clairement sur le visage de Malcolm et provoquèrent bientôt une sorte de rechute. La respiration sifflante, il se massait de nouveau les tempes, et ces signes révélateurs incitèrent Larissa à lui venir en aide. Elle prit la main droite de son frère dans les siennes, lui murmura à l'oreille des mots apaisants, puis, de la poche de la veste de Malcolm, tira un petit injecteur transdermique qu'elle maintint un instant sur une veine de la main gauche de Tressalian. Quelques instants plus tard, il paraissait sommeiller, quoique de manière agitée, et Larissa étendit une couverture sur ses jambes.

Ce ne fut qu'une fois sûr que Malcolm était bien endormi que le reste du groupe se sentit autorisé à s'occuper d'autres tâches. Le colonel Slayton se rendit à la salle des commandes pour gouverner le vaisseau pendant notre vol dans la stratosphère, tandis que Fouché et Tarbell allaient s'assurer que les moteurs avaient subi sans dommages les divers « transferts de système ». Quant aux Kuperman, Larissa leur demanda s'ils ne voyaient pas d'inconvénient à me préparer à notre expédition en Afghanistan pendant qu'elle veillerait sur son frère. Jonah répondit qu'il estimait indispensable que tout le monde à bord prenne un peu de repos avant que nous parvenions à destination, mais son frère et lui acceptèrent néanmoins de me conduire d'abord à l'armurerie pour me montrer comment utiliser l'équipement de base dont je devrais me munir à notre arrivée. En chemin, Eli souligna que je pourrais en profiter pour leur poser au moins quelques questions sur les activités passées du groupe, et ce fut donc avec une vive impatience que je descendis à leur suite dans les entrailles du vaisseau.

Au moment où je pénétrai dans l'armurerie — une soute tapissée de râteliers d'armes différentes de tout ce que j'avais pu voir jusque-là —, Eli et Jonah m'expliquaient que les premiers du groupe à se rencontrer avaient été eux-mêmes et Malcolm, qui avaient tous fréquenté Yale à la même époque. Les Kuperman — qui depuis l'enfance refusaient la prédominance de la technologie de l'information sur tous les autres secteurs d'activité humaine, y compris le savoir — avaient à l'origine recherché la compagnie du jeune Tressalian pour le tester : Malcolm avait récemment pris le contrôle de l'empire de son père, mort dans des circonstances tragiques, et les jumeaux voulaient savoir si la rumeur selon laquelle il était dans les intentions du jeune homme de faire cesser la fabrication de matériel du groupe dans le Tiers-Monde par une main-d'œuvre sous-payée et de diriger ses autres activités d'une manière plus éthique et plus responsable était fondée. Après avoir découvert que la philosophie de Malcolm était effectivement bien plus proche de la leur que de celle de son père, Eli et Jonah avaient pris l'habitude de passer de longues heures avec le jeune homme aux cheveux argent cloué dans un fauteuil roulant, piratant les bases de données du gouvernement et des multinationales, semant la panique informatique un peu partout. Malcolm avait fini par proposer que le trio porte ses activités à un niveau plus audacieux, et les deux frères s'étaient lancés avec lui dans ce qui allait devenir une longue série de tentatives pour mettre en lumière les défauts et les dangers de la société de l'information. Cet effort s'était notamment traduit par une mystification connue sous le nom de « Congrès des dupes de 2010 ».

Utilisant les ressources du groupe Tressalian mais travaillant dans le secret le plus strict, Malcolm et les Kuperman avaient créé par voie numérique un candidat imaginaire au Congrès des Etats-Unis. Réussir à convaincre les bonnes gens du Connecticut que leur créature virtuelle existait vraiment était déjà en soi remarquable, mais lorsqu'ils étaient parvenus à la faire élire grâce à des informations et des images créées de toutes pièces et diffusées sur l'Internet, et lorsque les caméras de télévision n'avaient pas trouvé trace du nouvel élu le jour où celui-ci devait prendre ses fonctions au Capitole, le tollé avait été général. Les réactions avaient été si vives, en fait, et les menaces des autorités fédérales si inquiétantes que Malcolm, Eli et Jonah ne recommencèrent à disséminer de fausses informations qu'après avoir terminé leurs études et commencé à se faire un nom dans leurs domaines respectifs. Quand ils cédèrent de nouveau à leur penchant, les conséquences furent cependant plus retentissantes encore... et plus dangereuses.

Rejoints par Larissa, qui de son côté avait obtenu plusieurs diplômes en physique, chimie et ingénierie (et acquis également une expérience plus sombre dont je traiterai bientôt), les trois jeunes gens choisirent pour cible rien moins que l'ensemble du continent européen, au-dessus duquel, en 2017, des nuages de guerre intestine s'étaient de nouveau amoncelés. Les pressions économiques engendrées par le krach financier de 2007 avaient finalement contraint les Etats-Unis à retirer des Balkans leurs dernières troupes de maintien de la paix, et les haines endémiques avaient resurgi avec une violence sidérante. L'Union européenne, aussi pusillanime qu'à son habitude quand il s'agissait de problèmes impliquant non seulement de l'argent mais des vies, avait refusé de combler le vide coûteux laissé par les Américains et avait même empêché la Grande-Bretagne, seul Etat membre disposé à entreprendre cette tâche, de le faire. Et pendant les dix ans qui avaient suivi le krach, les Balkans avaient été le théâtre de massacres et de représailles d'une ampleur jamais vue depuis des générations.

Malcolm incorpora à son équipe à la fois Fouché, dont les Kuperman et lui avaient suivi les cours à Yale, et Tarbell, chercheur et homme de science accompli, mais surtout expert en falsification avancée. Il peut sembler difficile à croire que les grandes divisions qui marquent encore aujourd'hui l'Europe eurent pour origine quelques feuilles de papier fabriquées par le robuste et sympathique Français et par le joyeux et frénétique Leon Tarbell. Je peux cependant témoigner aujourd'hui que ce fut bien le cas. Julien fit appel à ses capacités pour modifier la structure moléculaire d'échantillons d'encre et de papier afin de les conformer à des modèles vieux d'un siècle, cependant que Tarbell, prenant pour base un texte dicté par Malcolm, transforma ces matériaux en une série de notes prétendument adressées par Winston Churchill à nul autre que Gavrilo Princip, le nationaliste serbe qui abattit l'archiduc d'Autriche François-Ferdinand et mit en branle la chaîne d'événements qui conduisit au déclenchement de la Première Guerre mondiale, en 1914. A travers ces notes, Princip se « révélait » être un agent anglais, et l'assassinat de l'archiduc un complot ourdi par le tortueux Churchill et plusieurs autres dirigeants britanniques pour provoquer une guerre qui, pensaient-ils, déboucherait sur le triomphe et l'expansion de leur empire.

L'idée était plus abracadabrante encore que celle du Congrès des dupes, mais, là encore, la prompte manipulation par Malcolm de tous les matériaux relatifs à la « découverte » des notes, tant sur l'Internet que sur les systèmes d'information annexes, les fit accepter comme absolument authentiques bien avant que des observateurs attentifs aient pu exprimer une opinion plus dubitative ou plus éclairée. Avec leur finesse habituelle, les Allemands engloutirent l'appât tendu par l'équipe de Tressalian et déclarèrent qu'ils ne siégeraient plus avec les Britanniques dans aucune instance européenne tant que Londres n'aurait pas désavoué Churchill et reconnu sa pleine responsabilité dans la guerre. La France saisit elle aussi l'occasion de déborder d'indignation, ainsi que tous les autres pays ayant pris part au conflit. Quant aux Britanniques, ils n'entendaient pas accepter la diabolisation de leur plus grand héros du XXe siècle, et l'Union connut ainsi la première d'une série de fissures et de troubles qui se traduisirent par des manifestations violentes et des menaces de guerre.

Malcolm lui-même n'avait prévu ni la violence des réactions que son opération européenne avait déclenchées, ni les dangers auxquels lui et son équipe seraient exposés. Des enquêtes furent menées non seulement par les forces de police et les universités de toute l'Europe mais aussi par les services secrets, en particulier ceux de Grande-Bretagne, et aucun membre de la bande n'avait envie de finir avec une balle dans la tête. Prenant conscience qu'ils jouaient sur un terrain nouveau et bien plus dangereux,

Malcolm résolut de s'attacher les services de quelqu'un qui pourrait l'aider à organiser ses activités sous la forme de ce qu'elles étaient apparemment devenues : une campagne en bonne et due forme.

Il étudia les dossiers de dizaines d'officiers en rupture avec l'armée dans le monde, mais ce fut finalement Larissa qui attira son attention sur le colonel Justus Slayton. En apprenant par quel biais elle avait été en mesure de les présenter l'un à l'autre, je faillis avaler ma langue de stupeur : après avoir terminé ses études universitaires, cette impressionnante et magnifique jeune fille, dont j'étais tombé amoureux dès notre première rencontre, avait apparemment entrepris une carrière internationale de tueuse.

16

Cette révélation distillée par Jonah me fit l'effet du proverbial coup de bambou. Je demeurai un long moment hébété, tentant de recouvrer une contenance tandis qu'Eli m'aidait à enfiler d'abord une paire de bottes parfaitement isolantes mais légères, puis une combinaison d'aspect ordinaire qui était en fait une armure perfectionnée. Jonah, pendant ce temps, avait pris sur l'un des nombreux râteliers qui m'entouraient une arme de poing et me plaqua la chose dans la paume en disant :

— Là, ça me paraît convenir. Vous l'avez bien en main, Gideon ?

— Si je l'ai bien en... Qu'est-ce que c'est ?

— Un interrupteur neural à longue portée, répondit Jonah, pressant mes doigts autour de l'arme. Autrement dit, un pistolet incapacitant, mais hautement sophistiqué. Indolore, absolument sans effets secondaires. Je présume, puisque vous exercez la profession médicale, que vous vous refusez à porter sur vous quoi que ce soit de mortel. Mais vous aurez besoin de protection...

— Excusez-moi, fis-je lentement, mais vous pourriez répéter votre dernière phrase concernant Larissa?

Eli claqua de la langue en s'attaquant aux jambes de ma combinaison.

— Vous êtes vraiment entre-deux, comme taille, Gideon, se plaignit-il. Nous avons eu un mal fou à vous trouver des vêtements, et cette armure, c'est de la confection, j'en ai bien peur.

— Les mécanismes de visée et de tir sont très faciles à manier, poursuivait Jonah. Malcolm est parvenu à simplifier les croquis des plans que le colonel Slayton a emportés avec lui en quittant le Pentagone. Vous avez le choix entre manuel ou commande vocale...

— Jonah, fis-je, m'efforçant au calme, je m'intéresserai à cet engin dans une minute, mais répétez-moi votre dernière phrase. S'il vous plaît.

— Mmh-Mmh, fit Eli, qui tira sur les jambes de la combinaison jusqu'à ce que le bas touche les bottes. Jonah, je ne t'avais pas prévenu de la boucler?

— Quoi? dit Jonah, laissant mon bras retomber. Vous voulez parler de Larissa? Je ne vois pas en quoi vous pourriez être choqué. Vous vous imaginiez qu'une femme comme elle n'aurait pas de passé?

— De *passé*? répétai-je. Qu'est-ce que... Comment est-elle...?

— A ma connaissance, elle a toujours éprouvé une sorte de fascination pour la violence en général, et plus particulièrement pour les tueurs opérant dans la sphère de la politique et de la haute industrie. Je pense qu'elle s'est trouvée impliquée dans cette activité par un contact allemand et qu'elle s'est rapidement rendu compte qu'elle y excellait : la première année, elle a liquidé trois PDG de multinationales et deux chefs d'Etat. Je lui laisse le soin de préciser lesquels.

— Bon, dit Eli en se relevant. Ecoutez-moi, Gideon, la combinaison contrôlera vos signes vitaux et procédera automatiquement aux ajustements micro-climatiques et physiologiques. Mais, en Afghanistan, il y aura peut-être...

Je levai une main.

— Une seconde, Eli. Rien qu'une toute petite seconde, d'accord? réclamai-je en me tournant de nouveau vers Jonah. Mais enfin, *pourquoi*? Ça ne peut pas être pour l'*argent*...

— Bien sûr que non, répondit Jonah. (Il ouvrit une poche sur l'épaule de la combinaison, révélant un cadran de commande miniaturisé.) Hydrocarbure dans la microturbine, contrôle, intégrité absolue de l'armure...

Je posai une main sur la poche pour masquer le cadran.

— Alors *pourquoi*? insistai-je.

Il haussa les épaules.

— Vous lui avez parlé. Elle a un code moral très élevé, quoique très particulier — Malcolm aussi. Prenez l'affaire où le colonel Slayton a réussi à retrouver sa piste...

— L'affaire où elle a *laissé* le colonel retrouver sa piste, corrigea Eli en m'aidant à m'extirper de la combinaison.

— Exact, confirma son frère. Elle cherchait en fait à l'attirer dans un entretien privé pour le convaincre de se joindre à nous. Ça a marché, d'ailleurs. Et pourquoi est-ce que ça n'aurait pas marché? Slayton ruminait au Pentagone la façon dont lui et ses hommes avaient été trahis à Taïwan. Il entend parler du meurtre d'un magnat américain des logiciels à Taipei. Selon un tuyau anonyme, l'homme aurait été tué parce qu'il avait bâti une fortune en profitant des lois sur le travail forcé que les Chinois ont imposées à Taïwan après la réunification. Slayton, étant donné son passé, s'intéresse à l'affaire mais se heurte à un mur. Aucune piste. Et pour que la police chinoise ne trouve aucune piste dans une affaire de ce genre... Beaucoup de torture pour aucun résultat, disons. Mais comme Eli l'a rappelé, Larissa a finalement laissé Slayton la retrouver pour qu'elle puisse lui faire sa proposition.

Se tournant à nouveau, Jonah indiqua les râteliers d'armes.

— Vous n'aurez probablement jamais à vous servir de la plupart de ces trucs : modèles antichars, antiaériens, pistolets à rail que vous connaissez déjà, engins nucléaires hautement miniaturisés...

— Jonah, vous pourriez cesser de changer de sujet, s'il vous p... *Quoi*? (Je m'approchai d'un des râteliers, garni de ce qui ressemblait à de petites bouteilles d'air comprimé.) Des engins *nucléaires*? Qu'est-ce que ça fait là?

— Toujours Slayton, répondit Eli. Quand Larissa et Malcolm l'ont convaincu de changer de camp, l'homme a emporté avec lui en quittant le Pentagone quasiment tout ce qui n'était pas boulonné. Il avait accès à tous les secrets, voyez-vous, puisqu'il était...

— ... l'un de leurs principaux responsables en matière d'armement, achevai-je pour lui, me rappelant les propos de Malcolm. Mais pourquoi a-t-il accepté?

— Nous aussi, nous nous sommes pas mal interrogés sur ce point, reconnut Eli. (Il sourit en me voyant avancer précautionneusement la tête vers le râtelier nucléaire.) Allez-y, Gideon, me convia-t-il. (Il prit un des engins et me le lança ; je l'attrapai en poussant un cri.) Ils ne sont pas armés ! s'esclaffa-t-il. Vous nous prenez vraiment pour des fous ? (Devant mon regard dubitatif, il hocha la tête.) O.K., compris. Mais je vous assure, ils sont sans danger.

— D'accord, mais *gardez*-les, répliquai-je en lui renvoyant la bouteille. Et continuez à m'expliquer ce que Slayton fait ici.

Eli éclata de rire et Jonah prit le relais :

— Il travaillait sur l'un des projets les plus importants de l'histoire militaire américaine. Vous avez entendu parler des « techniques d'influence » ?

— Non. Ça n'a pas l'air particulièrement mortel...

— Peut-être pas au sens classique du terme, dit Jonah. Il s'agit essentiellement du développement de techniques avancées de maîtrise des populations : donner à l'armée la capacité de faire croire à des communautés entières ce que le Pentagone veut qu'elles croient. Vous savez pourquoi, tous les quatre ou cinq ans, la plupart des habitants de Phoenix prétendent avoir été envahis par des OVNI ? C'est l'ancien département de Slayton : ils utilisent des escadrilles aériennes volant en formation synchronisée, équipées de feux d'un nouveau type.

— Alors, vous pensez qu'il en a eu assez du gouvernement après Taïwan, puis qu'il s'est intéressé aux mystifications en travaillant sur les techniques d'influence, et que c'est *pour cette raison* qu'il a décidé de se joindre à vous ?

— Autant que nous puissions en juger, répondit Jonah. Il n'a jamais été particulièrement *communicatif*, le colonel. En tout cas, il nous a apporté les plans de presque toutes ces armes, et de certaines autres que vous verrez plus tard. La plupart des projets ont été abandonnés par les Américains à cause de défaillances techniques des prototypes ou de dépassement des coûts, deux points qui n'ont jamais présenté de gros problèmes pour Malcolm.

Je pris une profonde inspiration tout en continuant à examiner le matériel qui m'entourait.

— Qu'est-il arrivé ensuite? Pour votre travail, je veux dire.

— Nous avons vraiment été très occupés, dit Jonah, qui lança un coup d'œil à une horloge proche. Nous n'avons pas le temps de vous raconter toutes ces histoires, mais il vaut sans doute mieux vous parler des principales, si nous voulons être crus.

— Sans doute, acquiesçai-je.

Les deux frères échangèrent un de ces brefs regards de connivence et de compréhension muette qui passent souvent entre jumeaux, puis ils hochèrent tous deux la tête et Eli proposa à Jonah :

— Tu prends l'évangile, je prends les os.

— P-pardon? bredouillai-je.

Jonah se tourna vers moi et attaqua :

— Fondamentalement, Malcolm estimait qu'il était temps de nous atteler au sujet général de la religion, puisque les hommes s'étaient remis à s'entre-tuer pour elle avec une ardeur qu'on n'avait pas vraiment revue depuis les croisades. Et, songeant aux croisades, il décida de prendre pour cible spécifique le christianisme.

A ma consternation, Jonah prit trois des bouteilles nucléaires et se mit à jongler avec.

— Ce fut un autre travail sur documents pour Leon et Julien. Vous devez en avoir entendu parler : le Cinquième Evangile ? S'ajoutant au numéro de jonglerie, cette révélation me laissa tel un boxeur groggy dans un coin de son ring. Le « Cinquième Evangile » était un texte découvert quelques années plus tôt dans une région reculée de Syrie. Prétendument écrit par l'apôtre Paul au milieu du Iᵉʳ siècle, il expose la nécessité de mentir sur la vie et les miracles présumés de Jésus-Christ afin de propager la foi nouvelle, et donne aux divers dirigeants de la secte dans la région des instructions sur la façon de procéder. Je n'ai pas besoin de rappeler les conséquences de cette « révélation », car si la controverse sur Churchill s'était limitée, du moins dans un premier temps, aux milieux politiques et historiques, le monde entier avait été immédiatement entraîné dans la bataille sur le Cinquième Evangile, qui avait suscité la création d'un nombre sans précédent de sites sur le Net et d'organes journalistiques en ligne entièrement consacrés à ce débat.

— C'était *vous* ? m'exclamai-je, sidéré. Mais le Cinquième Evangile est le document qui, de toute l'histoire, a été examiné avec le plus de rigueur scientifique !

— Oui, nos gars ont vraiment fait du bon travail, dit Eli.

— Doux Jésus, murmurai-je, en un jeu de mots involontaire qui fit rire les Kuperman.

— Pour le gros boulot suivant, nous avons opéré un virage à cent quatre-vingts degrés, reprit Eli, qui s'avança pour recevoir et renvoyer les bombes lancées par son frère. Je suis sûr que vous en avez entendu parler aussi, Gideon : « *Homo inexpectatus* »...

Ma surprise se transforma instantanément en incrédulité.

— Là, vous poussez, dis-je. Vous n'avez pas pu faire ça, cette découverte a été scientifiquement authentifiée.

Eli faillit laisser tomber un des engins, mais j'étais maintenant trop captivé par la conversation pour m'en inquiéter.

— Bien sûr, répondit-il. Scientifiquement authentifiée parce que conçue par des scientifiques. Nous, en l'occurrence. Et Julien, naturellement. Voyez-vous, Malcolm considérait qu'il n'était que justice de nous concentrer sur la science après nous en être pris à la religion. Jonah et moi avons donc mis la main sur une série de squelettes contemporains convaincants — de taille relativement modeste mais adultes — et Julien s'est livré à une petite manipulation moléculaire. Ensuite, Jonah et moi les avons dissimulés dans un lointain chantier...

— D'Afrique du Sud, dis-je.

Je fus soudain pris à nouveau de vertiges car les ossements dont il parlait avaient déclenché, lorsqu'ils avaient été découverts, un raz de marée international : même les hommes de science les plus sceptiques n'étaient pas parvenus à mettre en doute l'affirmation selon laquelle ces squelettes avaient au moins cinq millions d'années. En d'autres termes, l'existence présumée d'un « chaînon manquant » entre l'homme et le singe, et du même coup toute la théorie de l'évolution, était apparemment réfutée, puisque des êtres humains très semblables à nous avaient vécu, semblait-il, à la même époque que des types d'hommes plus primitifs. Ce que le Cinquième Evangile avait fait à la religion, l'*Homo inexpectatus* si bien nommé le fit à la science. En moins de trois ans, deux des plus puissantes croyances au monde avaient sombré.

— C'est incroyable, murmurai-je.

— Et là, vous avez seulement entendu une histoire, renchérit Eli. Attendez de voir... (Il s'interrompit en levant de nouveau les yeux vers l'horloge.) Houla, regardez l'heure. Désolé, Gideon, mais nous devons vraiment prendre un peu de repos.

Jonah approuva.

— Croyez-moi, vous en aurez besoin. En Afghanistan, ça pourrait chauffer à plus d'un sens du terme.

— Qu'est-ce que c'est censé signifier? l'interrogeai-je, un peu troublé.

— Rien, se déroba Eli, qui récupéra les bombes et les replaça sur le râtelier. Vous verrez. Venez, nous vous parlerons des autres opérations en regagnant nos cabines, si vous voulez.

— Les *autres* opérations? fis-je, effaré, tandis qu'ils me poussaient hors de la pièce.

Sur le chemin de ma cabine, je découvris que les « autres opérations » qu'ils avaient mentionnées étaient des entreprises de moindre envergure, de simples distractions pour que le groupe ne perde pas la main, comme la petite escapade des Kuperman en Floride. Cela n'ôtait rien à la conclusion essentielle à laquelle ces révélations conduisaient inéluctablement : Malcolm avait raison quand il affirmait qu'il était quasi impossible de soupçonner à quel point la pensée conventionnelle et le débat populaire contemporains avaient été orchestrés par son groupe. Comme ces individus manipulés par les thérapeutes de la « mémoire retrouvée » à la fin du XXe siècle, la société humaine avait commencé à évoluer, du fait de ces mystifications, dans un contexte entièrement nouveau. Notre confiance absolue dans la technologie de l'information nous avait tous amenés — y compris ceux qui, comme moi, se prenaient à tort pour des sceptiques — à accepter les nouveaux « faits » choquants que ces systèmes nous livraient et à discuter davantage de leurs détails que de leur provenance. Ce faisant, nous avions validé toutes les accusations perspicaces de Malcolm.

Malgré ma fatigue, cette prise de conscience m'empêcha de m'endormir aussitôt quand je me glissai enfin dans le lit étroit mais luxueux de ma cabine. Je finis cependant par sombrer dans un sommeil profond et troublant dont je fus tiré bien trop tôt par la sonnerie d'alarme du vaisseau. Apparemment, nous étions arrivés en Afghanistan.

17

Pendant quelques minutes, je refusai d'obtempérer aux ululements de l'alarme, mais ceux-ci furent rapidement accompagnés de coups fermes frappés à la porte de ma cabine. Je me levai péniblement, me retrouvai face au large visage barbu de Julien Fouché. Vêtu de son armure d'allure anodine, le professeur portait à la ceinture une arme de poing.

— C'est l'heure, docteur, m'annonça-t-il en me tendant ma propre combinaison et l'un des pistolets incapacitants que j'avais vus à l'armurerie. Les Américains lanceront bientôt leur raid, et il semble que nos amis musulmans ne soient pas très enclins à coopérer. La situation est délicate. Malcolm pense que votre aide sur le terrain serait précieuse.

— *Mon* aide? m'étonnai-je en essayant de passer la combinaison. Pourquoi?

— Leur chef est un type névrosé, imprévisible, qui a l'air prêt à mourir en martyr, ce dont nous nous accommoderions parfaitement s'il n'avait pas persuadé ses femmes et ses enfants de rester avec lui en leur promettant une place de choix au paradis. Malcolm pense que vous pourriez le convaincre de changer d'avis.

Me voyant me débattre avec la combinaison, Fouché m'aida à l'enfiler en marmonnant d'un ton impatient :

— *Tonnerre*[1], on dirait que vous ne vous êtes jamais habillé seul, Gideon !

Tandis que je faisais un effort pour me concentrer, une question me vint à l'esprit :

— Dites-moi, Julien, il y a une chose que je ne comprends pas. Ce sont les Chinois, pas les Afghans, qui ont tué la présidente Forrester, n'est-ce pas ? Et c'est la raison pour laquelle nous sommes ici. Mais pourquoi les Chinois l'ont-ils assassinée ?

— Votre présidente avait quelque chose qui ressemblait à des scrupules, répondit Fouché. Encore qu'ils aient été bien cachés. Quand on lui montra des images du massacre final de la secte du Falun Gong en 2018, elle informa son cabinet qu'elle avait l'intention de remettre officiellement en question le statut commercial de Pékin.

— Son cabinet ? Alors comment les forces de sécurité chinoises l'ont-elles appris ?

— Gideon, vous êtes vraiment naïf, me gronda Fouché en me poussant dans le couloir. Depuis le début du siècle, les Chinois veillent à avoir au moins un ministre américain dans leur poche. Aucune somme d'argent au monde n'aurait cependant empêché une crise si la vérité sur la mort de Forrester avait éclaté. Et une guerre entre l'Amérique et la Chine serait...

— ... catastrophique, dis-je avec un hochement de

1. En français dans le texte. *(N.d.T.)*

tête. C'est donc pour cela que Malcolm a truqué le disque.

— Les farces pour une bonne cause exercent sur lui un attrait irrésistible, déclara Fouché avec un sourire.

Nous étions parvenus au milieu du vaisseau quand Fouché tendit la main vers un panneau de commande dissimulé dans la boiserie, à côté d'un des tableaux à cadre doré ornant le couloir.

— Les autres sont partis en avant-garde, et Larissa nous couvrira de la tourelle.

Une partie du pont coulissa brusquement devant moi, révélant une écoutille dans laquelle était niché un escalier rétractable qui descendait jusqu'à un peu moins d'un mètre du sol. J'entendis résonner dans l'ouverture des cris et des bruits de moteur.

Mais ce que je remarquai surtout, ce fut la chaleur extraordinaire qui montait vers nous.

— Oui, dit Fouché, notant ma consternation. Le dispositif a commencé à fonctionner. Nous avons moins d'une heure.

— Avant quoi ? demandai-je avec appréhension au moment où il commençait à descendre.

— Avant que tout être humain assez fou pour rester dans le secteur ne brûle comme un morceau de papier, répondit le Français. (Il sauta à terre, me fit signe de le rejoindre.) Venez ! Le temps presse !

Le paysage entourant le vaisseau ne différait guère de celui de nombreux pays de « l'archipel analogique », ce patchwork de nations qui avaient pris tellement de retard dans la course à la technologie numérique qu'ils avaient fini par abandonner la lutte. Mais le chaos qui régnait dans cette partie de la vallée de l'Amou-Daria était alarmant, même pour l'un des plus arriérés de ces pays. Emergeant de vastes entrées de tunnel étayées par d'énormes poutres et fortifiées par des sacs de sable, une multitude d'Afghans, certains en treillis militaire, d'autres en costume islamique traditionnel, se précipitaient vers des autocars, des hélicoptères et des jeeps. Un grand nombre de femmes portaient dans leurs bras de jeunes enfants qui, pour la plupart, pleuraient, et cela n'avait rien d'étonnant : le vacarme et la chaleur, conjugués à la silhouette menaçante du vaisseau de Tressalian, auraient suffi à terrifier des êtres plus mûrs et plus avisés. Moi, par exemple.

Regardant devant moi, à travers la poussière soulevée par les pales des hélicoptères, je vis Slayton, Tarbell et les Kuperman déployés comme pour un accrochage, l'arme à la main. Ils se dirigeaient vers un certain tunnel et utilisaient leurs pistolets incapacitants pour neutraliser les rares hommes qui, prenant notre équipe pour l'avant-garde du détachement américain, tentaient de nous arrêter. Au moment où Fouché et moi suivions les autres à l'intérieur du tunnel, je lui criai :

— Julien ! Qu'est-ce que c'est que ce « dispositif » ?

— Bel euphémisme, hein ? commenta le Français avec un rire. C'est une arme sur laquelle l'aviation de votre pays avait commencé à faire des recherches à la fin du XXe siècle, mais elle n'a jamais réussi à construire un prototype fiable. Le colonel Slayton nous a fourni les plans, Malcolm et Larissa les ont peaufinés, et regardez : un petit aperçu de l'enfer !

— Mais de quoi s'agit-il ? demandai-je.

Bien que le soleil vînt juste de se lever à l'horizon, la température grimpait de manière vertigineuse.

— Destruction de la couche d'ozone au-dessus

d'un secteur limité ! me cria Fouché en réponse. Même lorsqu'ils le souhaitaient, les Américains n'ont jamais pu ni combler le trou ni l'empêcher de s'étendre.

— Et vous si, dis-je, sidéré. Mais où est-il, votre satané engin ?

— L'unité de projection se trouve sur l'île de Malcolm, en mer du Nord. Elle opère grâce à une série de satellites — des satellites Tressalian !

Soudain, et de bien trop près, nous parvinrent les détonations sèches d'armes à feu légères. Avec une célérité qui me stupéfia, Fouché vola quasiment vers moi, m'enveloppa de ses gros bras puis m'entraîna en roulé-boulé derrière des rochers proches. Lorsque nous risquâmes un coup d'œil, nous découvrîmes que les coups de feu avaient été tirés par un homme tentant d'empêcher d'autres Afghans de monter à bord de son hélicoptère déjà surchargé, qui décolla quelques secondes plus tard et prit la direction du sud-est.

— Ne vous relevez pas avant d'avoir obtenu le feu vert du colonel, me recommanda Fouché.

Je le considérai un moment avant de lui demander :

— Julien, qu'est-ce que vous faites ici ?

— Je vous sauve la vie, Gideon, répondit-il, souriant de nouveau.

— Vous avez parfaitement compris ma question. Qu'est-ce que vous faites avec ce groupe ? Vous étiez l'un des chercheurs les plus célèbres et les plus respectés dans votre domaine...

— Et l'un des plus malheureux.

Captant le signal de Slayton, Fouché se mit debout et, comme nous repartions, dans la poussière et la chaleur, vers l'entrée du tunnel, il reprit d'une voix moins forte :

— Voyez-vous, Gideon, ma femme fut l'une des premières victimes de l'épidémie de staphylocoques de 2006. (Je tentai de lui exprimer ma sympathie, mais il m'interrompit d'un geste.) Des millions d'autres ont connu la même tragédie, mais ce qui me troubla le plus, c'est que ma femme avait prédit des années plus tôt la façon dont elle mourrait. Elle était chirurgienne. Et elle m'avait maintes fois expliqué que les pressions économiques contraignaient ses confrères et le personnel hospitalier dans son ensemble à s'occuper d'un si grand nombre de malades qu'ils en étaient venus à ne plus respecter les règles fondamentales, comme se laver les mains, qui leur auraient fait perdre de précieuses minutes. Savez-vous, Gideon, que le manque d'hygiène à l'hôpital fut la première cause de l'épidémie de 2006 ? Et pourquoi ? Pourquoi des docteurs et des infirmières, dont des vies dépendent littéralement, étaient-ils soumis à de telles pressions ? (Il cracha par terre.) Parce que l'objectif privilégié par notre monde, ce n'est pas la réussite mais la richesse. Pas la quantité suffisante mais l'excès. Rien n'incarnait et ne propageait mieux cette philosophie que l'Internet et tout ce qu'il traînait dans son sillage. Ce marketing incessant, insensé, de biens inutiles auprès de gens qui n'en ont pas besoin, qui n'ont pas les moyens de les acheter... jusqu'à ce qu'un jour des médecins et des infirmières soient tellement pris eux aussi par la folie de la consommation et du profit qu'ils se mettent à négliger des règles aussi simples et cependant aussi vitales que se laver les mains.

C'était donc ça. De tous les membres de l'équipe,

Fouché était le seul dont je n'avais pas réussi à sonder les mobiles, tout simplement parce que la biologie moléculaire semblait n'avoir aucun lien évident avec la révision de l'histoire et le combat contre la société de l'information. En définitive, c'étaient des raisons plus personnelles que professionnelles qui l'avaient poussé dans cet exil actif.

— Quoi qu'il en soit, continua-t-il, quand je fis la connaissance de Malcolm et des Kuperman, je les pris d'abord pour une joyeuse bande de farceurs. Mais quand je découvris la profondeur de leurs convictions, je résolus d'unir mon sort au leur. Si nous réussissons, si Malcolm a raison, si l'on peut démontrer aux vastes masses des peuples du monde les dangers de notre ère, alors, peut-être que la mort de millions de personnes dans des cauchemars tels que cette épidémie aura un sens.

Il plissa les yeux en observant les autres, redonna de la vigueur à sa voix pour s'exclamer :

— Ah ! Nous allons pouvoir pénétrer dans le tunnel. C'est le moment de faire votre première apparition sur la grande scène, Gideon !

L'heure qui suivit me rappela étrangement les visites que je faisais fréquemment à titre professionnel dans le gigantesque hôpital pour malades mentaux criminels de Ward's Island, à New York. Laissant les Kuperman en sentinelles à l'entrée de la galerie, Slayton, Tarbell, Fouché et moi nous frayâmes un chemin dans le repère souterrain labyrinthique des terroristes islamistes jusqu'à une vaste salle décorée de bannières en soie. Plusieurs jeunes femmes, qui sous leur voile semblaient d'une extrême beauté, étaient adossées aux murs avec une douzaine d'enfants. Des coussins disposés sur un tapis au centre de la pièce servaient de couche au seul occupant mâle du lieu, personnage de sinistre réputation dans le monde entier et répondant au nom assez ambitieux de Suleyman ibn Muhammed. A son entourage, je devinai que c'était un farouche partisan de la polygamie : à la lueur de son regard, je compris qu'il était aussi un adepte de l'opium, dont l'odeur douceâtre et écœurante se mêlait aux puissants remugles montant de la terre pour créer une atmosphère oppressante.

Comme Ibn Muhammed était manifestement dans un état second, je concentrai mon attention sur les femmes. M'adressant à elle par le truchement de Tarbell — qui se révéla être un maître polyglotte, dans la droite ligne de ses activités de faussaire consommé —, je décrivis ce qui allait arriver aux lieux qui les entouraient en recourant aux images du feu divin qui me restaient d'une étude du Coran à l'université. Pendant que je parlais, la température continuait à monter de façon alarmante, même dans cette salle souterraine, et j'ajoutai que tout cela n'avait rien à voir avec les Américains, ce qui signifiait que si les femmes et les enfants mouraient, ils n'entreraient pas au paradis comme martyrs. Ibn Muhammed tenta de protester, mais ses propos étaient incohérents. Finalement, les femmes nous suivirent dehors avec leurs enfants et montèrent dans l'un des derniers véhicules à quitter le secteur, abandonnant leur leader drogué dans ce qui deviendrait bientôt un four souterrain.

Notre équipe regagna promptement la sécurité du bord et fut accueillie par Malcolm, dont l'état s'était beaucoup amélioré. Et tandis que le vaisseau remontait vers le nord, Tressalian posa un flot de questions sur l'opération, mais j'étais pour ma part complètement épuisé et je répondis que je serais bien en peine de parler si je ne prenais pas un repos plus substantiel que celui pris quelques heures plus tôt. Il accepta ces arguments d'une manière étrangement amusée en me conseillant, avec un sourire qui me sembla entendu, de me reposer autant que je le pourrais. Intrigué mais exténué, je me retirai.

Titubant de fatigue, je regagnai ma cabine et la trouvai éclairée par une unique bougie posée sur une table de nuit ancienne. A la lueur de cet objet singulièrement rudimentaire, je découvris que Larissa m'attendait dans mon lit, uniquement vêtue de son plus charmant sourire. En temps ordinaire, ce spectacle ne m'aurait certes pas contrarié, mais après ce que j'avais entendu à son sujet... Elle remarqua aussitôt mon expression inquiète.

— Les garçons ont fait la causette, à ce que je vois, soupira-t-elle.

— Oui. Ils m'ont tout expliqué. Sauf une chose.

— Ah? fit-elle en trempant le bout d'un doigt dans la flaque de cire fondue de la bougie. Qu'est-ce que cela peut bien être?

Je fis un pas hésitant à l'intérieur de la cabine.

— Ce qui vous a poussés, votre frère et vous, à commettre ces actes. A l'origine, je veux dire. Excusez-moi, mais je suis expert en psychologie criminelle, vous deviez bien vous douter que je vous poserais cette question. Malcolm aussi, sûrement.

Elle continuait à sourire.

— Oui. Nous nous en doutions tous les deux. Eh

bien... (elle rabattit la couette qui la recouvrait)... mettez-vous donc au lit, docteur, et je vous expliquerai.

Au moment où je refermais la porte de la cabine derrière moi, les premières bombes américaines commencèrent à tomber sur la plaine afghane à présent en flammes.

18

Que la brutalité de l'homme se cache plus souvent derrière un visage respectable que derrière une mine patibulaire ne devrait surprendre personne, bien que l'évidence de ce fait ne l'ait jamais rendu à mes yeux ni moins triste ni moins exaspérant. Ayant passé mon enfance parmi des adultes admirés et respectés, mais secrètement violents, je me suis toujours senti en affinité avec ceux qui non seulement ont été maltraités mais l'ont été par des gens que la société jugeait estimables. C'est la raison pour laquelle, j'en suis persuadé, mon amitié avec Larissa et Malcolm Tressalian fut cimentée aussi solidement pendant notre voyage vers le nord, ce matin-là. Parmi les nombreux cas d'horreurs subies dans l'enfance que j'ai pu étudier, celui des Tressalian reste le seul que je puisse qualifier de véritablement unique, et s'il est une histoire capable de faire naître en mon cœur un pincement de tristesse et d'indignation, c'est bien celle que Larissa me raconta dans le silence de ma cabine, à la lueur d'une bougie.

Comme je l'ai mentionné, le père de Malcolm et de Larissa, Stephen Tressalian, fut l'un des premiers et des plus puissants leaders de la révolution de l'information. Après avoir été un enfant prodige, il conçut au début de sa vie d'adulte le matériel et le logiciel d'un système d'acheminement pour l'Internet qui devint un équipement standard international et la pierre angulaire de son empire. Cette invention lui apporta la gloire et la richesse ainsi qu'une magnifique épouse, actrice dotée de cette forme d'agilité mentale qui passe à Hollywood pour de l'intelligence. D'autres innovations spectaculaires dans le domaine de la circulation de l'information donnèrent plus de stature encore à ce qui était devenu une renommée royale.

Dès le début, les médias peignirent Stephen Tressalian sous des traits plus aristocratiques que ceux de l'habituel magnat de l'information. Des progrès sociaux et politiques que la technologie de l'information devait apporter au monde, il parlait souvent et bien, assez bien pour compter des légions d'admirateurs non seulement parmi les dirigeants du monde politique et des affaires internationales mais aussi parmi les simples utilisateurs de l'Internet. La presse à sensation montra donc un vif intérêt quand le technocrate et sa femme annoncèrent la naissance de leur premier enfant, un garçon, en 1991. Tout petit, Malcolm révéla une intelligence précoce égale à celle de son géniteur, mais cet homme ambitieux n'entendait pas se satisfaire d'un fils capable uniquement de l'égaler. A la différence de la plupart des pères, Stephen Tressalian souhaitait ardemment un fils qui pût le surpasser, parce qu'il pensait qu'un tel rejeton ne ferait qu'ajouter du lustre à ce que lui-même lui léguerait. Il se mit donc en quête d'un moyen de développer artificiellement le génie naissant de Malcolm.

Par une sinistre coïncidence, vers le milieu des années 1990, des hommes de science procédaient à des expériences sur la structure de l'intelligence chez la souris et d'autres petits animaux, en modifiant les mécanismes biochimiques commandant l'apprentissage et la mémoire. Chercheurs responsables, ils dissimulaient leurs travaux et leurs résultats encore peu concluants au public en général, rappelant aux curieux cette vérité biologique éternelle que les souris ne sont pas des hommes. Mais des rumeurs commencèrent à circuler, et certains se lancèrent bientôt dans des spéculations irresponsables sur la possibilité de traiter génétiquement des enfants humains — dans le ventre de leur mère ou après leur naissance — pour augmenter leur capacité à assimiler et à stocker des informations.

En y mettant le prix, on pouvait trouver, alors comme toujours, des scientifiques disposés à tenter l'expérience, même dans l'illégalité. Et c'est ainsi qu'à l'âge de trois ans Malcolm entra dans une petite clinique privée de Seattle, ville où résidait sa famille. Selon l'explication officielle — avancée avec une aisance déconcertante par Stephen Tressalian et le thérapeute généticien qu'il avait choisi —, l'enfant souffrait d'un nouveau type d'encéphalite résistant aux antibiotiques apparu dans diverses parties du monde. Dans des déclarations soigneusement répétées et tout à fait convaincantes qui leur valurent la sympathie de l'opinion, Tressalian et sa femme annoncèrent, les larmes aux yeux, que le cas de Malcolm était si grave qu'il risquait de sortir de l'hôpital avec un handicap neurologique permanent : possibilité bien réelle, évidemment, liée à la nature des expériences auxquelles son esprit allait être soumis.

Je frémis encore en songeant à ce que ces semaines ont dû être pour l'enfant. Dans un premier temps, le traitement se déroula apparemment bien, et Malcolm montra des capacités mentales radicalement accrues, expérience déjà déroutante en soi pour un enfant de trois ans. Mais ensuite, à la moitié des injections programmées, le corps de Malcolm parut se rebeller. Des fonctions primaires — respiration, digestion, équilibre — furent affectées et l'enfant connut des crises inexpliquées de terribles maux de tête. Le thérapeute avait sa propre théorie sur ce phénomène — le cerveau humain ne disposait pas de ressources infinies, dit-il à Tressalian, et une grande partie de l'activité neuronale étant accaparée par les fonctions supérieures, il se pouvait que les systèmes autonomes se trouvent sous-alimentés —, mais il n'était pas médecin, et Tressalian était trop attaché à son projet (et craignait trop d'être découvert) pour faire appel à une aide médicale spécialisée. En outre, malgré les terribles effets secondaires, les capacités intellectuelles du garçon continuaient à se développer de manière exponentielle, produisant des résultats qui finirent par satisfaire le père. Au bout de trois mois, Stephen Tressalian mit fin à l'expérience, en se disant à lui-même ainsi qu'à sa femme et à tous ceux qui étaient au courant, qu'elle avait été un prodigieux cadeau pour son fils, pour la recherche génétique et pour l'avenir de l'humanité.

Peu importait qu'en sortant de la clinique — ses mains agrippant pathétiquement une paire de petites béquilles chargées de faire le travail de jambes soudain indociles et ses cheveux ayant pris mystérieusement une teinte presque argentée — Malcolm dût affronter une troupe de journalistes aux expressions horrifiées. L'essentiel, c'était que ce garçon serait brillant — non, qu'il *était* brillant — et que la prochaine fois que Stephen Tressalian se lancerait dans une expérience similaire, il serait muni de données suffisantes pour obtenir un bien meilleur résultat.

Car il y aurait une prochaine fois. Peu après la sortie de Malcolm, sa mère tomba de nouveau enceinte, et cette fois ce fut elle qui entra dans la clinique privée puisque le généticien de Tressalian avait conclu que l'état relativement avancé de développement physique de Malcolm avait joué un rôle dans sa réaction négative au traitement. Le fœtus qui deviendrait Larissa fut l'objet d'un programme d'injections *in utero*, et ce changement parut décisif : à sa naissance, le corps de Larissa ne présenta aucune des infirmités physiques de son frère, et la puissance de son esprit se révéla bientôt sidérante. De plus, sa beauté excéda rapidement celle de sa mère. A tous les égards, Larissa semblait être la justification vivante des risques que ses parents avaient pris. Bien sûr, il y avait quand même cette curieuse chevelure argent avec laquelle elle était née, mais Stephen Tressalian refusait d'y voir autre chose qu'une coïncidence et soulignait ce qui différenciait ses deux enfants plutôt que leurs similarités.

— Il n'a jamais soupçonné la chose bien plus importante que Malcolm et moi avions en commun, dit Larissa alors que nous étions étendus ensemble sur mon lit.

Oui, ensemble, car son histoire avait rapidement transformé ma gêne concernant son passé de tueuse en un sentiment bien plus profond que ma toquade du premier instant. Caressant ses boucles argent et plongeant le regard dans ses yeux d'ébène, je murmurai :

— A savoir?

— Que nous étions tous les deux un peu fous, répondit-elle d'un ton insouciant en fixant le plafond. Du moins, je ne vois pas d'autre qualificatif.

La déclaration ne me parut pas tout à fait sérieuse et je continuai sur le même ton :

— Vous l'étiez, je n'en doute pas. Et tes parents ne l'ont jamais soupçonné?

— Mère, si. Au moment où nous l'avons empoisonnée, elle ne cessait de crier à Père que nous étions en train de l'assassiner, elle le savait, et que nous étions tous les deux fous.

Je me redressai sur un coude, lâchai la mèche avec laquelle je jouais.

— Empoisonnée? fis-je.

Larissa ne parut pas m'entendre.

— Père n'y crut pas, poursuivit-elle. Du moins jusqu'au jour où nous le poussâmes hors de l'avion. Je pense qu'à ce moment-là il a compris qu'il y avait peut-être quelque chose de vrai là-dedans...

19

Je me redressai complètement mais ne trouvai rien d'autre à dire que :

— Quel âge avais-tu ?

Le visage de Larissa se plissa en une moue enfantine.

— J'avais onze ans quand nous nous sommes occupés de Mère. Pour Père, nous avons réglé le problème un an plus tard.

Consterné, je me surpris à réintégrer ma peau d'expert en psychologie criminelle.

— Est-ce qu'il... est-ce que c'était... prémédité ?

Elle me coula un regard dubitatif.

— Gideon, tout ce que nous faisons, Malcolm et moi, est prémédité. Nous avons été élevés pour ça. Mais si ce que tu veux vraiment savoir, c'est s'il y a eu un facteur déclenchant, la réponse est oui. (Elle regarda de nouveau le plafond.) Plusieurs facteurs, même.

Je l'observais, me réfugiant plus encore dans une objectivité professionnelle.

— Lesquels ?

Elle eut soudain un petit sourire sincèrement heureux et m'attira contre son corps chaud.

— J'aime bien coucher avec toi. Je n'étais pas sûre que cela me plairait.

Je lui rendis son sourire du mieux que je pus.

— L'art de la flatterie n'a apparemment pas été un des objectifs principaux de ton traitement génétique.

— Désolée! s'esclaffa-t-elle. C'est juste que...

— Larissa, l'interrompis-je, touchant sa bouche, si tu ne veux pas m'en parler, tu n'es pas obligée.

Elle me prit la main.

— Non, je vais le faire, dit-elle simplement. Ce n'est pas très difficile. (Elle dirigea de nouveau ses yeux vers le plafond.) Père m'a élevée pour que je devienne plus intelligente et plus belle que Mère... Alors ça n'aurait pas dû m'étonner quand il a finalement décidé qu'il préférait faire l'amour avec moi qu'avec elle.

J'émis un sifflement de stupeur, mais Larissa poursuivit avec une désinvolture qui n'est pas rare chez les victimes d'un tel traumatisme :

— Elle, elle pensait que c'était de ma faute s'il faisait l'amour avec moi, et elle me battait pour me punir. Malcolm essayait toujours de les en empêcher, l'un comme l'autre. Mais il n'a jamais vraiment eu de force physique. (Ses yeux étincelèrent d'amour et d'admiration.) Tu aurais dû le voir, pourtant, les menaçant de ses béquilles, les traitant de tous les noms...

— Ils le méritaient, soulignai-je. Tu le sais, n'est-ce pas?

— Sur le plan cognitif, comme on dit. Sur le plan émotif, c'est un peu plus compliqué. Finalement, nous avons estimé que nous devions nous débarrasser d'eux. Mère d'abord, parce qu'elle était non seulement cruelle mais complètement inutile. Pour Père, il fallait attendre, le laisser finir de construire les satellites.

— Tu as continué à endurer ça parce que tu voulais qu'il termine le système de satellites à quatre giga-octets ? fis-je, de nouveau sidéré.

— Je savais ce que ce système vaudrait pour Malcolm et moi une fois que Père serait mort, expliqua-t-elle avec le même détachement. La réinvention de l'Internet. Oui, je pouvais supporter qu'il me touche quelques fois encore si cela signifiait que mon frère et moi récolterions les profits. Une fois le système en place, Père a été convoqué à la réunion au sommet de 2007 et nous avons encore dû attendre. Nous l'avons accompagné à Washington, nous étions même avec lui quand il a rencontré le Président. Dans l'avion qui nous ramenait à Seattle, nous n'étions que nous trois. Il était très content de lui. Pourquoi ne l'aurait-il pas été ? Lui et ses amis venaient de devenir les hommes les plus puissants du pays. Il s'est soûlé. Il est tombé contre l'issue de secours, qui s'est ouverte accidentellement. Du moins, en apparence.

Larissa lâcha un bref soupir, leva un doigt.

— Heureusement, ses enfants aimants avaient eu la sagesse d'attacher leur ceinture de sécurité et de garder la tête baissée tandis que le pilote reprenait le contrôle de la situation. (Elle ricana, secoua la tête.) Je n'oublierai jamais l'expression de son visage...

Pendant qu'elle me racontait cette histoire, l'objectivité professionnelle que j'avais su montrer s'était envolée à mon insu, remplacée par une série de puissantes réactions instinctives, vestiges de mon propre passé troublé. Je posai une main sur le visage de Larissa et dit :

— Je suppose que les autres assassinats furent plus faciles, après... après ça.

Elle haussa les épaules.

— Je suppose, oui. Disons que cela m'a inspirée, plutôt. Ça me procurait un sentiment extraordinaire, de détruire des gens qui le méritaient pleinement. Je me rappelle que lorsque j'ai abattu Rajiv Karamchand...

— C'était toi ?

Karamchand était le président indien qui avait autorisé son pays à recourir le premier aux armes atomiques dans la guerre du Cachemire. Malgré les efforts de nombreux services de renseignements, son meurtre était resté un mystère.

Larissa sourit, hocha la tête.

— J'ai ressenti la même chose qu'en regardant Père tomber de l'avion. Un homme qui endosse la responsabilité de la vie et du bien-être d'autres personnes et qui trahit ensuite leur confiance... je ne vois vraiment rien de plus méprisable. (Elle se mit sur le ventre.) Réfléchis : pourquoi y a-t-il toujours eu un tel tabou contre l'assassinat ? C'est ridicule. Un dirigeant politique peut condamner ses concitoyens à mourir ou à tuer ; les chefs d'entreprise peuvent commettre toutes sortes de crimes au nom des échanges commerciaux... et ils sont quand même considérés comme intouchables. Pourquoi ? Pourquoi, quand il se couchait, le soir, Karamchand aurait-il dû se sentir bien plus en sécurité que ses propres soldats ou les Pakistanais qu'il massacrait ? Pourquoi un industriel qui exploite le travail forcé devrait-il être à l'abri de la terreur qu'éprouvent ses ouvriers? L'assassinat est le seul moyen d'amener des gens de cette espèce à réfléchir un peu plus sérieusement à ce qu'ils font. Quant à amener le reste du monde à réfléchir un peu plus à qui sont vraiment ceux dont ils suivent les ordres et qu'ils ont décidé de croire... eh bien, c'est précisément ce que nous essayons de faire, non?

Je soupesai cette déclaration.

— Oui, je comprends, répondis-je lentement. Mais je ne vois toujours pas quel rôle je suis censé jouer.

L'air de nouveau parfaitement satisfaite, Larissa me passa les bras autour du cou.

— Me rendre heureuse : n'est-ce pas suffisant? (Remarquant que mon expression demeurait interrogative, elle plissa le front.) Non? D'accord, la vérité, c'est que Malcolm voulait un profileur. Nous avons dressé une liste, et tes connaissances en histoire t'ont placé en tête. Et puis... (elle se rapprocha pour m'embrasser)... quand j'ai vu ta photo...

Lorsqu'elle éloigna ses lèvres des miennes, je demandai :

— Pourquoi un profileur?

— A cause de nos divers adversaires. Ils réagissent toujours de manière imprévisible. Les Américains, par exemple, avec ce raid ridicule contre l'Afghanistan. Ils se doutaient que les images montrant Khaldun commettant le meurtre avaient été trafiquées. Nous leur avions même fourni quelques indices. Mais ils ont quand même lancé leur offensive. Malcolm voudrait que tu essaies de prévoir ce genre de réaction. Ainsi que t'acquitter à l'occasion de petites tâches, comme dans le tunnel, ce mat...

Le vaisseau fut comme giflé par une gigantesque

main. Je me tournai vers le panneau transparent et teinté chimiquement ménagé dans la coque près de mon lit et vis dehors une lumière faible, étrange : nous étions apparemment remontés à très haute altitude. Sur la toile de fond des brumes stratosphériques et de l'obscurité de l'espace se détachaient des dizaines d'objets brillants qui filaient vers nous. La plupart étaient d'assez petite taille, je le remarquai quand ils nous frôlèrent, mais certains se révélèrent, en se rapprochant, d'une dimension considérable et préoccupante.

Une seconde explosion illumina le ciel autour de nous et secoua de nouveau le vaisseau, me faisant tomber du lit. Quand je me relevai, je vis que Larissa avait déjà à demi enfilé son body et qu'elle portait une main à sa gorge pour mettre en marche le système de communication la reliant à Malcolm.

— Oui, frère chéri, dit-elle, l'air plus ennuyée qu'inquiète. Ce serait difficile de ne pas les voir. Je monte à la tourelle avec Gideon. Demande à Julien de transférer toute l'énergie qu'il pourra aux champs extérieurs : tu sais comme ces fichus engins sont imprévisibles.

Je commençai à m'habiller en toute hâte, moi aussi.

— Que se passe-t-il ? fis-je, tâchant de montrer un calme égal au sien.

— Nos admirateurs du département de la Défense, grommela-t-elle. L'un de leurs pilotes a dû repérer notre vaisseau en Afghanistan. On dirait qu'ils ont déployé toute leur collection de jouets : VTE, PEL, ILP, et même un LES.

— Larissa, ce n'est pas avec des sigles mystérieux que tu vas me rassurer.

Malgré l'attaque, ou peut-être à cause d'elle, elle prit un ton enjoué pour me répondre :

— Non, mais il faudra les mémoriser, docteur. Il y aura interrogation écrite, tu peux me croire. (Elle me gratifia d'un bref baiser, tendit le bras vers le ciel.) Les projectiles exoatmosphériques légers, ou PEL, sont les plus petits. Il y a ensuite les intercepteurs à longue portée, ILP, et les véhicules tueurs exoatmosphériques...

— VTE.

— Et cette saleté, la plus embêtante, acheva-t-elle en désignant une sorte de satellite ou de plate-forme au loin. LBE, laser basé dans l'espace. Le tout fait partie du TDHA, Théâtre de défense en haute altitude, contre les missiles balistiques. Tu sais, cette guerre des Etoiles insensée.

Elle me prit la main, m'entraîna dans le couloir.

— Ils sont précis ? m'inquiétai-je.

— Ce n'est pas de leur précision que nous devons nous soucier, répondit Larissa, qui se dirigea vers l'échelle menant à la tourelle. Les gars du TDHA n'ont jamais réussi à toucher quoi que ce soit intentionnellement. Mais ça ne les empêche pas de balancer toute cette puissance de feu dans l'atmosphère comme si c'était une bataille de boulettes de papier mâché high-tech, et un coup réussi par hasard pourrait faire de vrais dégâts.

Nous étions parvenus à l'échelle et commencions à monter.

— C'est un peu comme le tir au pigeon d'argile, dit-elle en riant. (Nous pénétrâmes dans la tourelle et y trouvâmes Eli Kuperman qui nous attendait.) Ne t'en fais pas, il n'y a aucun homme dans ces engins, tu ne tueras personne.

Elle grimpa sur le siège du canon à rail et m'adressa un sourire en coin qui, quelques heures plus tôt, m'aurait grandement déconcerté. Mais je me surpris à le lui rendre.

20

Larissa braquait le canon à rail dans toutes les directions, expédiait des salves traçantes sur les intercepteurs grands et moyens filant vers nous, les champs magnétiques du vaisseau détournant les plus petits. La stratosphère était illuminée par des dizaines d'explosions ainsi que par le feu, tiré à tort et à travers mais néanmoins dangereux, du laser basé dans l'espace. Mon rôle consistait à aider Eli à déterminer quelle station radar à longue portée communiquait notre position au poste de commandement américain du TDHA. Apparemment, il n'y avait que quelques sites d'écoute assez perfectionnés pour déjouer nos techniques de brouillage en se fixant obstinément sur la signature confuse que nous émettions (et que les Américains avaient probablement identifiée comme nôtre après avoir établi un contact visuel en Afghanistan). A l'aide de l'équipement de la tourelle, Eli — opérant de cette manière calme mais cependant énergique et parfois même joviale que je considérais désormais comme normale chez tous les membres du groupe — finit par établir qu'une lointaine base anglaise constituait le coupable le plus plausible. Hypothèse confirmée par Leon Tarbell qui, travaillant au niveau inférieur, était parvenu à intercepter et à décoder une série de messages entre les forces aériennes anglaises et américaines.

Nous avions besoin de toutes ces informations, m'expliqua Eli, parce que notre vaisseau était à coup sûr repéré, et nous devions nous attendre à être accueillis par des armes antiaériennes plus classiques mais non moins mortelles une fois que nous serions redescendus de la stratosphère. Si nous savions à l'avance quels avions, et de quel pays, nous allions affronter, le colonel Slayton pourrait programmer les ordinateurs de notre vaisseau pour un vol d'évitement approprié à la vitesse requise. Eli semblait certain que cela ne présentait pas de problème insurmontable et, tandis que nous évoquions la perspective de combattre des avions de guerre, je me sentis gagné par son enthousiasme digne d'un flibustier du temps jadis.

Cette surprenante réaction se trouva renforcée lorsque le système d'alerte retentit pour nous prévenir que nous commencions à descendre et que nous devions nous préparer à un genre de combat nouveau et peut-être plus périlleux. Désormais, nous n'aurions plus pour ennemi un système de missiles antibalistiques informatisé qui, dès ses lamentables débuts, était voué à l'échec, mais de véritables pilotes déterminés à nous abattre. Apparemment le groupe avait déjà été pris dans des accrochages similaires : de fait, selon les transmissions radio interceptées par Tarbell au cours des derniers mois, le vaisseau de Malcolm avait accédé à une sorte de statut mythique parmi les forces aériennes et navales du monde entier. Et étant donné la puissance de feu dont étaient maintenant dotés les avions de guerre de pays comme la Grande-Bretagne et les Etats-Unis, et l'habileté de leurs équipages, le groupe s'en était parfois tiré de justesse.

Il en irait de même cette fois encore. A peine étions-nous descendus dans les cieux nuageux de la mer du Nord, à proximité du 59e parallèle, que nous fûmes interceptés par des chasseurs de la Royal Air Force. Les appareils découpaient dans le soleil couchant des silhouettes sombres, anguleuses, qui leur donnaient un aspect intimidant. Me tournant vers Larissa, je vis qu'elle les toisait avec un sourire de défi... mais aussi un lueur d'inquiétude dans le regard.

— Gideon, me cria-t-elle, essaie de savoir ce qui se passe à l'avant ! (Elle saisit les poignées de commande du canon mais ne tira pas.) Mon frère n'aime pas que nous fassions usage d'une force létale dans ce genre de situation, mais ces types sont bien trop près à mon goût...

Je dévalai l'échelle, courus dans le couloir et me ruai dans le nez du vaisseau où je découvris Malcolm et Slayton aux consoles de commande. Le colonel tapait calmement mais rapidement des informations dans l'un des terminaux.

— Ce sont les nouveaux modèles ultra-furtifs de la Force d'intervention interarmes, dit-il. Des engins de Première Frappe, hautement fiables, équipés de missiles Predator AIM-10, pouvant transporter des ogives bactériologiques, nucléaires ou classiques. (Il tourna vers Tressalian un regard grave.) Nous ne pourrons peut-être pas nous en sortir sans riposter.

Malcolm — qui, je le remarquais maintenant, avait l'air un peu fiévreux — parut profondément contrarié par ces propos. Avant qu'il pût répondre, la voix de

Tarbell — « Ils nous parlent ! » — se fit entendre dans le système de sonorisation du vaisseau. Tarbell nous brancha aussitôt sur l'un des pilotes :

« Appareil non identifié, vous violez l'espace aérien britannique. Accompagnez notre escadrille jusqu'au terrain d'atterrissage le plus proche ou nous ouvrons le feu. »

Malcolm appuya sur une touche de sa console et répliqua avec fermeté :

— Appareil anglais : en ce qui nous concerne, nous nous trouvons dans l'espace aérien de la république d'Ecosse. Nous n'avons donc aucun ordre à recevoir de vous. (Il se tourna vers Slayton.) Nous pouvons les distancer ?

Le colonel haussa les épaules.

— C'est la première fois que nous sommes face à ce modèle. Nous devrions pouvoir les semer, mais ils ont maintenant notre signature radar : partout où nous irons, ils pourront nous retrouver, et si nous nous dirigeons vers l'île, ils nous tomberont dessus avec beaucoup plus qu'une escadrille. Nous pourrions plonger, mais cela nous obligerait à ralentir. Pas énormément mais assez pour qu'un des Predator nous rattrape. En plus, je pense qu'au-dessus de la haute mer ils n'hésiteraient pas à recourir aux armes nucléaires. La seule solution serait de remonter, mais...

Il y eut un silence, qui me permit de demander :

— Mais quoi ?

Malcolm, dont le visage continuait à blêmir, tambourina des doigts avec irritation.

— Le colonel essaie de faire preuve de tact, Gideon. La vérité, c'est que nous avons quitté l'île depuis trop longtemps et qu'il devient urgent que j'y retourne pour bénéficier de ses installations médicales.

Des gouttes de sueur se formaient sur son front comme la fois précédente; de toute évidence, il allait avoir une autre attaque. Connaissant maintenant les origines de son mal mystérieux et les circonstances tragiques de son passé, j'éprouvai pour lui une compassion plus grande encore et un respect accru pour le stoïcisme avec lequel il résuma la situation :

— C'est vraiment agaçant. Bon, colonel, s'il le faut abso... (Il se tut, écouta, porta une main à son col.) Tu es sûre? (Il tendit le cou, parcourut des yeux toute la bulle transparente de la coque.) A quelle distance, Larissa? Je ne les v... Oui, les voilà!

Me tournant dans la même direction, j'avisai une autre escadrille derrière et au-dessus de nous. Le profil de ces avions était plus classique que celui des appareils anglais, leur vitesse moins grande : manifestement des modèles bien plus anciens. Mais ils n'en piquaient pas moins pour engager courageusement le combat contre les appareils bien supérieurs de nos poursuivants. A leur passage, je distinguai les croix de Saint-André peintes sur leurs fuselages.

Devant ma mine perplexe, Slayton expliqua :

— Nos amis de l'armée de l'air écossaise, Dr Wolfe.

La nouvelle situation internationale de la Grande-Bretagne, après la controverse sur les lettres de Churchill à Princip qui avaient « révélé » la « responsabilité » des dirigeants britanniques dans le déclenchement de la Première Guerre mondiale, avait eu notamment pour conséquence d'inciter le Parlement écossais à déclarer l'indépendance de sa nation. Ce que le monde ignorait, c'est que le groupe de Malcolm, en fabriquant ces lettres, avait été indirectement la cause de ce vote historique. De plus, quand Malcolm avait vendu ses parts du consortium Tressalian afin de se consacrer à plein temps à sa lutte contre la société de l'information, il avait utilisé une partie de la somme colossale ainsi dégagée pour acheter aux Ecossais un groupe de petites îles des Hébrides. Le prix avait été assez substantiel pour permettre à Edimbourg de déclencher une résistance armée efficace aux efforts des Britanniques pour rétablir leur domination sur leurs voisins du Nord. Depuis, Malcolm continuait à financer généreusement ce que Londres s'obstinait à appeler la « rébellion écossaise » mais que le reste du monde qualifiait de guerre d'indépendance de l'Ecosse. L'un des résultats pratiques de cette générosité filait en ce moment même dans le ciel autour de nous.

— Mais attaqueront-ils vraiment les avions anglais ? demandai-je. Ils n'ont aucune chance, semble-t-il.

— Aucune, confirma Slayton. Ils pilotent de vieux Harrier, armés de Sparrow : trop lents, pas assez de punch. Mais là n'est pas la question. Il leur suffira de tenir les Anglais occupés assez longtemps pour nous donner la possibilité de plonger.

Ce qu'ils firent, ce que nous fîmes : quelques instants plus tard, notre vaisseau se retrouva sous les vagues. Il franchit rapidement Pentland Firth puis vira à l'ouest pour gagner l'Atlantique, dans des eaux assez peu profondes pour nous permettre de constater que la surface de l'océan était très agitée. Je ne m'attendais cependant pas à une telle houle quand nous émergeâmes de nouveau ; par chance, nous ne naviguions pas sur les vagues, nous les survolions à une quinzaine de mètres d'altitude.

Au bout de quelques minutes notre destination nous apparut : sept petits points de terre ponctuaient l'eau devant nous. Quand nous nous approchâmes, je pus voir qu'ils étaient constitués de hautes formations rocheuses spectaculaires, d'anses cachées aux regards et de prairies battues par les vents.

— Eh bien, bienvenue, Gideon, me souhaita Malcolm, ses souffrances un peu atténuées par la perspective de la fin du voyage. Bienvenue aux îles du Bout du Monde...

21

Tel était en effet le surnom donné il y avait bien longtemps au petit archipel connu sous le nom collectif de St Kilda. Protégé une grande partie de l'année par des eaux si tumultueuses que les navires ne tentaient même pas de s'en approcher, St Kilda était le havre rêvé pour Malcolm et son équipe. Déserté par les hommes depuis 1930, il était devenu le foyer d'un extraordinaire éventail d'oiseaux de mer — fous de Bassan, mouettes, macareux... — qui formaient des colonies si denses par endroits qu'ils changeaient la couleur même du paysage. Mais ce qui frappait surtout dans ces îles, c'était leur atmosphère de mystère quasi palpable : les rochers sculptés par la mer, vestiges d'un ancien volcan, témoignaient d'un passé de sombres secrets et d'épisodes périlleux. Vision romanesque, peut-être, mais il faut dire qu'au moment où nous accostâmes j'étais devenu une sorte de possédé de l'aventure.

Sur Hirta, l'île principale, Malcolm avait installé la base de ses opérations près des ruines d'un village vieux de plusieurs siècles. Les bâtiments qui la composaient étaient clairement conçus pour se fondre parmi les vieilles maisons croulantes, bien que la technologie que les nouvelles constructions abritaient n'eût pu en aucun cas appartenir au passé. Comme à bord du vaisseau électromagnétique, le camp de base de Tressalian présentait un constraste de styles très marqué : minimalisme fonctionnel dans les laboratoires et les salles de commande, antiquités pleines de charme dans les parties habitables. Logée dans un simulacre d'église, l'unité de projection capable de détruire la couche d'ozone pouvait être également utilisée pour modifier temporairement les conditions météorologiques sur l'île quand le climat de l'Atlantique Nord devenait trop rude.

Pendant que Larissa et le colonel Slayton installaient Malcolm dans son régime de repos et d'automédication (il nourrissait une haine compréhensible pour les médecins), les autres me conduisirent à une pièce qui offrait une vue saisissante sur l'une des anses et sur la mer au-delà. Durant la quinzaine de jours qui suivit, tandis que Malcolm reprenait des forces dans l'intimité de sa chambre puis se mettait au travail dans l'un des laboratoires dont il avait fait son sanctuaire, je passai le temps avec le reste de l'équipe, explorant les îles, me familiarisant avec la technologie que le groupe avait mise au point, méditant les conséquences de notre dernière escapade. Pendant cette période exaltante, je me rendis compte que je me comportais non comme le Dr Gideon Wolfe de Manhattan, professeur à l'université John Jay, membre respecté de la bonne société américaine, mais en homme qui, comme mes compagnons, avait renoncé à sa nationalité d'origine et était devenu une sorte d'apatride. En montant à bord du vaisseau de Malcolm à la prison de Belle Isle, j'étais devenu un hors-la-loi. Au meilleur sens du terme, me disais-je, mais ce distinguo ne compterait guère si mon chemin croisait celui des autorités. Et je me jetai tête baissée dans mon nouveau rôle, discutant de nouvelles mystifications, plongé le jour dans l'étude de technologies et d'armes nouvelles, et sans cesse plus fasciné par Larissa la nuit.

Cela me semble un rêve, maintenant, un rêve auquel je retournerais volontiers si seulement je pouvais oublier l'horreur qui m'en tira. Celle-ci ne fut pas sans signe avant-coureurs, mais j'étais, dans les premiers temps, immergé dans une excitation émotionnelle et intellectuelle trop intense pour les percevoir. C'est le premier de ces signes qui se détache le plus nettement dans ma mémoire : un soir que le soleil semblait rebondir sur l'eau de la crique à travers les petits carreaux de la fenêtre de ma chambre (à cette période de l'année, il ne faisait vraiment noir que trois heures par nuit à St Kilda), je tombai par hasard en fouillant les poches de ma veste sur le disque original que Mrs Price m'avait remis. Mes premières pensées furent pour Max : non comme je l'avais vu pour la dernière fois, l'arrière de la tête emporté par la balle d'un tireur d'élite de la CIA, mais en vie, fanfaron et rieur comme je l'avais toujours connu. Et puis, lentement, je me rappelai les informations qui figuraient sur ce disque, *toutes* les informations. J'avais tellement concentré mon attention sur ce qui concernait l'assassinat de Forrester que j'avais complètement oublié que Max était parvenu à décoder une seconde série d'images : celles d'un camp de la mort nazi dans lequel déambulait la silhouette numériquement insérée d'une silhouette non identifiable.

Glissant le disque dans un terminal d'ordinateur installé sur un bureau rustique près de la fenêtre, je fis apparaître ces images et les examinai à nouveau.

— Intéressant?

Sursautant au son de la voix de Larissa, je me retournai et la découvris sur le pas de ma porte grande ouverte. Je laissai échapper un petit grognement de plaisir quand elle s'assit sur mes genoux. Elle déposa sur mes lèvres un baiser rapide, baissa ses yeux sombres vers le moniteur.

— Qu'est-ce que c'est que ça? Tu as attrapé le virus révisionniste?

— Tu ne reconnais pas? m'étonnai-je.

Elle secoua la tête.

— En tout cas, ça n'a pas l'air terminé, quoi que cela puisse être.

— Max l'a trouvé sur le disque que la femme de Price nous avait confié, expliquai-je. Je l'avais oublié, et quand je l'ai revu, j'ai pensé que c'était un autre travail que Price avait fait pour ton frère.

— Si c'est le cas, je n'en ai jamais entendu parler, dit Larissa.

Elle se leva d'un bond, alla à un petit clavier qui brillait près de mon lit.

— Leon sait peut-être quelque chose, poursuivit-elle en tapant sur quelques touches. Leon, vous pourriez venir dans la chambre de Gideon? Il a trouvé quelque chose de curieux.

Quelques minutes plus tard, Leon Tarbell entra en trombe, une cigarette au coin des lèvres.

— Quel est le mystère, Gideon? J'étais assez occupé

quand... (Il s'interrompit en découvrant les images sur l'écran.) Qu'est-ce que c'est?

Tandis que j'expliquais de nouveau la provenance du disque, le regard de Tarbell se fixa sur la silhouette grise.

— Je sais qui c'est mais je n'arrive pas à... commença-t-il. Là, quand il se tourne de profil : j'ai vu cette silhouette quelque part, j'en suis sûr.

— Exactement ma réaction quand j'ai regardé le disque pour la première fois, dis-je. Mais pas moyen de...

— Attendez! s'écria Tarbell, se précipitant vers le clavier de l'ordinateur. Je crois que je peux arriver...

Il se mit à tapoter, de nouvelles images se succédèrent sur l'écran puis disparurent.

— Qu'est-ce que c'est, Leon? demanda Larissa. Malcolm avait chargé Price d'un autre travail que l'assassinat de Forrester?

Il haussa les épaules.

— S'il ne souhaitait pas vous mettre au courant, il avait sûrement encore moins envie d'en parler aux autres. Quant à ce personnage mystérieux... (Tarbell indiqua l'écran, où l'une des images du camp de concentration venait d'apparaître. Il tapa sur le clavier d'un geste théâtral.) Le... voilà!

Dans les contours de la mystérieuse silhouette s'inséra la photographie d'un homme que nous connaissions tous.

— Staline, bredouillai-je, plus déconcerté que jamais.

— Oui, c'est bien lui, confirma Larissa, qui semblait aussi perplexe que moi. Mais quel intérêt Price pouvait-il avoir à faire croire à la présence du dictateur soviétique dans un camp nazi?

Tarbell haussa de nouveau les épaules.

— Tu crois que c'est important, Larissa? Nous devrions peut-être demander à Malcolm...

— Non, répondit-elle d'un ton définitif. Pas maintenant. Je viens de le voir, il a travaillé toute la nuit et a lui-même provoqué une nouvelle crise.

— Mais qu'est-ce qu'il fait, dans ce labo? me demandai-je à voix haute.

Elle secoua la tête.

— Il refuse d'en parler. Quoi que cela puisse être, j'aimerais qu'il y renonce. Il a désespérément besoin de repos. Quant à ce truc... (Elle tendit la main pour fermer le terminal, éjecta le disque et le lança à Tarbell.) Je dirais que c'est juste un film sur lequel Price travaillait. Oubliez-le, Dr Wolfe. (Elle tourna mon visage vers le sien et s'approcha pour m'embrasser.) Pour le moment, j'ai besoin de toute votre attention...

Tarbell se racla la gorge.

— Et là je quitte la scène, déclama-t-il, empochant le disque et sortant aussi vite qu'il était entré. Je te l'ai dit, Gideon, tu as de la chance...

J'en avais peut-être, mais la chance est éphémère, bien sûr, et si j'avais su que la mienne devait tourner, si j'avais su que le disque que j'avais retrouvé contribuerait à ce changement, je ne me serais jamais laissé distraire, pas même par Larissa. Car une version complétée des images que nous avions regardées serait la cause d'un crime si incompréhensible que même notre monde d'hyperactivité insensée se figerait de stupeur. Elle m'expédierait aussi dans cette jungle d'Afrique où j'attends l'arrivée de mes anciens compagnons, dans la confusion et la terreur les plus profondes que j'aie jamais connues.

22

Des jours passèrent à attendre que Malcolm sorte de son laboratoire et déclare le moment venu de passer à quelque nouvelle mystification. Il nous était parfois difficile de masquer notre impatience, bien que, je le reconnais, ce fût plus facile pour Larissa et moi que pour les autres, comme Leon Tarbell le souligna à plusieurs reprises. En fait, la seule idée que d'autres membres du groupe aient des rapports physiques le troublait au point qu'il faillit, entre autres, s'électrocuter avec une « combinaison de réalité virtuelle sexuelle » (rien de plus, à vrai dire, qu'un mince caleçon long en caoutchouc incrusté d'électrodes). Et quelques jours plus tard, au moment où il s'apprêtait à monter dans un petit jetcoptère caché dans l'une des fausses granges du complexe pour se rendre à Edimbourg, je lui fis observer que Glasgow était plus proche, mais ma remarque eut pour seul effet de faire apparaître sur ses traits une expression de suprême dédain.

— Des ouvrières soûles, des droguées ! beugla-t-il. Non, Gideon, les prostituées d'Edimbourg offrent leurs services à des avocats affamés de sexe et à des politiciens pervers, elles ont une sexualité immense, c'est ce qu'il me faut !

Et il partit dans un rugissement de moteurs.

C'est ainsi que commença une soirée tout à fait remarquable. J'étais seul, pour une fois, car Larissa avait décidé de passer la nuit au chevet de son frère encore souffrant pour s'assurer qu'il prendrait un peu de repos au lieu de travailler dans son laboratoire. Je me perdis à nouveau en conjectures sur ce qui pouvait consumer ce homme, et il me vint à l'esprit — après que Larissa m'eut assuré qu'elle l'ignorait — que le très secret colonel Slayton le saurait peut-être. Celui-ci semblait avoir installé ses quartiers dans la salle des écoutes du complexe, et je m'y rendis afin de voir si je parviendrais ou non, en fin psychologue que j'étais supposé être, à l'amener à me révéler quelque chose sur les activités de Malcolm.

La salle était située sous une ancienne taverne faisant face à l'église dans laquelle avait été montée l'unité de projection de l'arme anti-couche d'ozone de Malcolm. Une galerie souterraine de cent mètres carrés environ abritait le matériel assurant l'écoute des communications électroniques, publiques ou privées, dans le monde entier. Le gouvernement des Etats-Unis et ses alliés anglophones avaient pendant quelques dizaines d'années utilisé un système similaire, appelé Echelon, qui nécessitait plusieurs installations s'étendant chacune sur un hectare : là encore, Malcolm avait atteint le niveau supérieur de développement technologique.

Je frappai plusieurs fois à la porte en simili-bois sans obtenir de réponse, mais, entendant des bruits de conversations inintelligibles à l'intérieur, je présumai que le colonel était bien au travail. J'entrai sans bruit... et me retrouvai devant l'un des plus étranges tableaux qu'il m'eût été donné de voir depuis mon arrivée.

L'obscurité de la pièce sans fenêtres était percée par la lueur d'une vingtaine de moniteurs, pas très grands pour la plupart, qui masquaient plus de la moitié d'un mur. Les formes défilant sur ces écrans me parurent d'abord dépourvues de sens, puis, quand ma vision se fut ajustée à la douce lumière stroboscopique, je m'aperçus qu'il s'agissait de blocs de texte changeant rapidement, cryptés ou décodés, avec de temps à autre un plan ou un graphique. Le contenu de chaque écran était différent, et la cacophonie que j'avais entendue dehors — devenue assourdissante après mon entrée — était produite par des dizaines de signaux audio — en clair ou codés, là encore — captés en même temps.

Assis devant une console, Slayton fixait les deux plus grands moniteurs, bien que l'information y défilât manifestement trop vite pour qu'il pût la saisir pleinement. Ne parvenant pas à attirer son attention par le plus sonore et le plus ridiculement théâtral des raclements de gorge, j'avançai d'un pas... pour m'immobiliser aussitôt. La longue balafre de son visage était mouillée par un mince filet de larmes. Son expression demeurait cependant aussi impassible que d'habitude, et seul un léger tressaillement de ses mâchoires serrées trahissait son émotion.

Plongé dans un profond embarras, je décidai d'y mettre fin en retournant lentement sur mes pas, mais, avant d'avoir parcouru la moitié du chemin, je vis la main du colonel se tendre vers un clavier dont il pressa du doigt l'une des touches. Le volume sonore de la cacophonie s'abaissa à un niveau qui ne fit qu'accroître ma gêne. Sans se tourner vers moi, Slayton énonça d'un ton calme :

— Ce que vous voyez et entendez, docteur, ce sont les transmissions de divers services de renseignements dans le monde.

— Ah, fis-je, ne trouvant rien d'autre à répondre.

— Dites-moi, continua Slayton, est-il vrai que l'oreille humaine n'est pas assez sensible pour détecter la malhonnêteté ?

Il n'y avait apparemment rien d'autre à faire que poursuivre la conversation :

— La plupart du temps, oui. En cette matière, les interprétations sont généralement des jugements subjectifs, pas des certitudes perceptives.

— Peut-être, grogna le colonel. Il se peut que mon ouïe se soit affinée au fil des ans. En tout cas, je peux vous assurer avec une certitude *absolue* que ceci, docteur... (il remonta le volume des écoutes) est le son du *mensonge.*

Je ne sais combien de temps je restai à contempler la silhouette raide de Slayton qui fixait les énormes moniteurs. Finalement, il réduisit de nouveau le volume et, après avoir tamponné ouvertement sa cicatrice et son autre joue avec un mouchoir, il fit pivoter sa chaise pour me faire face.

— Je peux faire quelque chose pour vous, Dr Wolfe ? s'enquit-il avec une curiosité évidente.

— J-je me demandais...

L'idée me vint, tandis que je bredouillais en cherchant mes mots, que Slayton prenait peut-être plaisir à mon embarras, mais un nouvel examen de son visage ne révéla rien pour étayer ce soupçon.

— Il s'agit de Malcolm, en fait. Je me demandais si je pourrais lui être d'une aide quelconque, sur le plan médical.

— Vous pensez qu'il a besoin d'un soutien psychologique ?

Curieusement, la question semblait sincère.

— Ce n'est pas ce que je voulais dire, répondis-je. Mais je suis médecin, je sais reconnaître une douleur chronique. Et Larissa m'a raconté... son histoire.

— Vraiment ? fit Slayton, plissant les yeux. En ce cas, vous avez dû en conclure que ni vous ni personne ne pouvez rien pour lui. Antalgiques et repos, c'est tout ce qui peut le soulager.

Décelant une ouverture, j'enchaînai :

— Et manifestement, il prend ses médicaments sans problème. Mais pourquoi refuse-t-il de se reposer ?

Ce qui ressemblait vaguement à un sourire releva l'un des coins de la bouche du colonel.

— Habile, docteur, mais je ne peux vous répondre. Aucun de nous ne le peut. Pour la simple raison qu'aucun de nous, pas même Larissa, ne sait quels travaux l'empêchent de dormir.

— Je vois, dis-je.

Parcourant la salle des yeux, j'ajoutai :

— Et vous ?

Le sourire fantôme prit un peu de substance.

— Jonah et moi avons assemblé et installé un mécanisme de projection holographique pour le vaisseau. Il devrait nous permettre de nous déplacer sans être vus et d'éviter un gâchis comme en Floride.

— C'est possible ?

Slayton inclina la tête d'un air sagace.

— Nous étions sur le point de trouver, au Pentagone. Malcolm pense qu'il a réglé les détails.

— Ah, fis-je.

Sans lâcher prise, je tentai de contourner l'obstacle :

— Mais cela... cela n'explique pas vraiment tout ceci, n'est-ce pas ? dis-je en indiquant les écrans.

Je ne sais quelle sorte de réaction j'espérais d'une question aussi directe, mais certainement pas celle que j'obtins. Slayton eut un rire bienveillant puis tendit la main vers la chaise libre voisine de la sienne.

— Asseyez-vous, docteur, et je vous expliquerai. Puisque le projet dépend entièrement de *vous*...

23

Comme je m'installais à la place désignée par le colonel, celui-ci poursuivit :

— Dans certains ordres monastiques, l'autoflagellation est encore pratiquée. Trouvez-vous cette conduite aberrante, docteur ?

— Extrême, répondis-je, regardant avec lui les moniteurs. Mais pas aberrante. C'est cela, pour vous ? De l'autoflagellation ? Avec une lumière et des bruits pénibles en guise de fouet ?

— D'une certaine façon, oui, reconnut le colonel avec une franchise qui, comme tout le reste chez cet homme, était impressionnante. Pendant la plus grande partie de ma vie, ceci... (il indiqua les écrans) a été le monde sauvage que j'ai traversé, me battant pour apporter la foi de la démocratie aux païens. Jusqu'à ce que...

Son esprit partit à la dérive, mais il se reprit aussitôt :

— C'est une chose de découvrir que votre dieu a des pieds d'argile, c'en est une autre de vous apercevoir que ces pieds baignent dans le sang. Non seulement le sang de vos ennemis, mais aussi celui de vos camarades. Et vous prenez conscience que vous avez été complice de leur mort. Complice... par omission.

Voyant ses yeux s'embuer de nouveau, je me hâtai de dire :

— Vous pensez à la campagne de Taïwan, mais vous ne pouvez pas...

— Bosnie, Serbie, Irak, Colombie et, oui, Taïwan, ou n'importe quel autre endroit où j'ai tué et laissé mes troupes se faire tuer au nom de la liberté. Pouvez-vous imaginer ce que j'ai ressenti quand j'ai découvert que la seule liberté qui intéressait mes supérieurs était la liberté pour les nantis, leurs maîtres, de faire des affaires dans ces pays ? Je ne suis pas un imbécile, Dr Wolfe. Du moins, je me plais à penser que je n'en suis pas un. Alors, pourquoi n'ai-je rien vu ? Les organisations pour le commerce international, les traités de sécurité dont nous garantissions l'autorité ont-ils jamais renversé la tyrannie, éradiqué l'exploitation ou l'inégalité dans un seul des pays où ils étaient censés le faire ? Ont-ils apporté une véritable liberté dans un seul pays qui ne l'avait déjà ?

Slayton secoua un poing hermétiquement serré.

— Pourtant, nous avons continué à obéir. A verser pour eux le sang de l'ennemi, à conduire nos soldats à la mort. Et puis, à Taïwan, il devint évident que nous étions là uniquement pour mourir, que Washington n'avait aucunement l'intention d'empêcher la mainmise de Pékin, que notre gouvernement était en fait *allié* aux communo-capitalistes. Je n'étais, et je ne suis toujours pas, partisan du régime taïwanais. Mais pourquoi mes hommes devaient-ils mourir pour ce genre de cynisme ? Et surtout (sa poitrine se souleva), *pourquoi* n'ai-je rien *vu* ?

Je haussai les épaules. Il était inutile de ménager un tel homme.

— *Mundus vult decipi*, dis-je calmement.

Le sourire fugace réapparut.

— Merci, docteur.

— Je suis désolé...

— Non, je n'ironise pas. Merci de ne pas m'avoir servi de fausses justifications. Oui, tout le monde veut être dupe, et je le voulais aussi. Je voulais croire aux leçons apprises dans mon enfance. Quand mon père est rentré de la guerre du Golfe dans un sac à viande et que nous l'avons enterré à Arlington, j'ai voulu croire que sa guerre ne se réduisait pas à du sang pour du pétrole. Au plus profond de moi-même, les gènes hérités d'un esclave africain me soufflaient que j'étais un imbécile, mais je n'écoutais pas. J'ai lutté contre toute tentative de dévoiler la supercherie. Et puis, à Taïwan... elle a volé en éclats. Lorsque j'ai commencé à travailler au Pentagone, j'étais un fantôme, un homme qui, ayant été trompé, apprit à tromper. Et je serais resté un fantôme si je n'avais pas rencontré Malcolm. Pourtant, depuis que je suis membre de ce groupe, il manque quelque chose...

Il se tourna vers moi, l'air résolu.

— Quelque chose que vous allez m'aider à réaliser, docteur.

Un peu étonné, je demandai :

— Pourquoi moi ?

Slayton se leva, se mit à faire les cent pas dans la salle.

— Psychologie et histoire américaine, docteur. J'ai besoin de vos capacités. Vous serez sans doute étonné d'apprendre que j'ai fait pression pour obtenir votre venue parmi nous.

— Cela m'étonne, je le reconnais.

— Je n'ai cependant pas eu beaucoup de mal à convaincre les autres une fois qu'ils eurent lu votre livre. (Il prit sur la console un exemplaire d'*Histoire psychologique des Etats-Unis*, le feuilleta.) Et vu votre visage, ajouta-t-il, adoptant brièvement le ton d'un père avisé, légèrement désapprobateur. Dès lors, votre cooptation était assurée. Mais c'est moi qui ai attiré leur attention sur vous. (Il cessa de feuilleter les pages, parcourut quelques paragraphes, me lança un regard stupéfait.) Vous pensez *vraiment* que la mort de la mère de Jefferson a quelque chose à voir avec le fait que son fils ait rédigé la Déclaration d'indépendance?

Je choisis mes mots plus soigneusement encore que je ne l'avais fait pour le livre :

— La succession des deux événements m'a toujours paru trop proche pour n'être qu'une coïncidence. En tout cas, la mère et le fils avaient des rapports difficiles.

— Il fut un temps où une telle idée m'aurait horripilé, docteur. Où *tout* ce livre m'aurait horripilé. Vous forcez l'Amérique à s'étendre sur le divan et vous la déclarez truffée de névroses.

— Bien plus que de névroses, risquai-je.

— Oui, acquiesça Slayton. Et autrefois, je vous aurais voué aux gémonies pour ça. Mais maintenant...

Sa voix mourut tandis que son regard fixait la lueur dansant sur le sol.

— Colonel, ne prenez pas cela pour un manque de considération pour vos sentiments mais... vous vous rendez sûrement compte que ce que vous éprouvez n'est pas nouveau dans l'histoire américaine. La

« tromperie » que vous décrivez n'est que le besoin de croire à la supériorité philosophique et morale intrinsèque des Etats-Unis : ce qu'on appelle généralement l'exception morale américaine. Elle nous accompagne depuis le début. Tout pays commet de grands crimes pour se hisser au rang de puissance incontestable ; le nôtre ne fait pas... exception. Et il fallait bien trouver un moyen pour justifier ces crimes, afin que les gens puissent continuer à se supporter...

— Exact, dit Slayton d'une voix neutre, sans relever les yeux. Mais vous et moi allons ébranler les fondations de cette exception...

Mon petit sermon réconfortant venait de passer par la fenêtre.

— Vraiment ?

Slayton hocha lentement la tête puis sortit de sa rêverie.

— J'ai parlé à Malcolm il y a une heure. Il est furieux de ce qui est arrivé en Afghanistan, même si nous avons réussi à évacuer tous ces gens. Il est d'accord avec ma proposition : l'hypocrisie qui a tout justifié, depuis l'asservissement de mes ancêtres jusqu'au raid contre l'Afghanistan, sera la cible de notre prochaine opération. Il nous laisse le soin, à vous et à moi, d'en élaborer les détails.

— Oh, fis-je, réagissant du mieux que je pus. (Je m'attendais à *faire partie* du projet, mais de là à le *concevoir...*) Avez-vous une idée particulière en tête ?

— Pas encore, répondit Slayton. J'ai passé la soirée à relire votre livre en tâchant d'y trouver quelque chose, mais...

Il se tut, inclina la tête sur le côté pour écouter les bruits reproduits par le matériel.

— Ça recommence, murmura-t-il. Cela fait trois fois ce soir...

— Quoi donc?

Il secoua la tête, continua à écouter, et il me vint à l'esprit que ce qu'il appelait son ouïe « affinée » était réellement capable de capter un message individuel dans ce vacarme.

— C'est le Mossad, dit-il. Le service secret israélien. Trois fois, j'ai intercepté des bribes de communications par téléphone cellulaire entre plusieurs de leurs agents en Europe... Il est question d'activités terroristes et d'un camp de concentration allemand...

Je considérai la chose.

— Peut-être l'aile militante de la Nouvelle Allemagne, suggérai-je. Depuis que le parti de la Liberté a pris le pouvoir en Autriche, les amis qu'il compte de l'autre côté de la frontière sont devenus turbulents...

— Possible, répondit Slayton, manifestement pas convaincu. Mais les Israéliens me paraissent trop agités pour qu'il s'agisse simplement de coups de boule européens. Bon... (Il tendit le bras vers la console, éteignit les moniteurs et les haut-parleurs.) Nous devons nous occuper de notre propre tâche, docteur.

Ainsi, un autre indice de la tragédie qui devait bientôt nous engloutir passa sans être remarqué. Encore maintenant je me refuse à spéculer sur le nombre de vies qui auraient pu être épargnées si Slayton et moi avions choisi, à ce moment précis, d'écouter plus attentivement les mystérieux messages captés par le système d'écoute, car considérer ces occasions manquées me conduirait sûrement à la folie.

24

Qu'il était ingénieux, le plan que nous concoctâmes, le colonel et moi, dans les jours qui suivirent ! Et *capital*, donc ! Et comme j'étais fier de travailler au côté d'un homme dont les actes avaient servi d'exemple à de jeunes garçons et fait honte à des hommes adultes ! S'il ne fut jamais question d'une véritable *égalité* dans notre collaboration, Slayton fut un professeur plus qu'indulgent (bien que parfois cinglant), et nous établîmes rapidement un rythme de travail efficace qui nous permit de définir un plan d'attaque en vingt-quatre heures. Les quarante-huit heures suivantes passèrent comme un éclair et, à la fin du troisième jour, nous étions persuadés d'avoir conçu un plan qui ferait plus que servir notre objectif... mais la seule façon d'en être certain, c'était de l'essayer sur nos compagnons.

Nous attendîmes pour le faire que Tarbell soit revenu de son escapade. Souriant de satisfaction, traînant la jambe d'un air épuisé, Leon pénétra le lendemain dans la salle où, à l'exception de Malcolm, nous nous étions rassemblés pour dîner et annonça qu'il était prêt pour un repas décent — « Comment les Ecossais peuvent-ils *vivre* en ingurgitant une nourriture pareille ! » — et une conversation féconde (apparemment, ce n'était qu'après avoir passé quelques jours en compagnie de femmes d'une « sexualité immense » qu'il retrouvait un jugement véritablement sain). Avec cette assurance, Slayton me fit signe de la tête : il avait décidé que je présenterais le plan parce que, disait-il, il vivait dans le monde de l'action, non dans celui des mots, et ne parviendrait qu'à tout gâcher. Ces propos avaient quelque chose d'offensant, mais, tenant compte de leur source, je ne les relevai pas et entamai l'exposé du plan que nous avions préparé.

En guise d'introduction, je soulignai que les succès remportés par le groupe jusqu'à ce jour me semblaient reposer essentiellement sur un élément : la plausibilité. Chacune de nos mystifications avait été acceptée parce que, fondamentalement, elle tenait debout. Les hommes politiques américains par exemple, n'étaient guère plus que des nullités télévisées aux yeux de la plupart des gens. Et tous ceux qui savaient Winston Churchill remarquablement rusé et prêt à sacrifier des vies humaines pour atteindre ses objectifs politiques acceptaient sans problème les lettres de Princip. Quant à Jésus, peu d'éléments de sa vie étaient vérifiables. Et même les milliers de fossiles que les archéologues et les anthropologues avaient déterrés au cours des années n'avaient pas fourni de preuves réellement indiscutables concernant l'évolution de l'homme. Enfin, s'agissant du document Forrester, le public était toujours enclin à rendre les terroristes islamistes responsables d'à peu près tout, bien sûr. Notre premier objectif consistait donc à asseoir notre plan sur des bases historiques solides afin de lui assurer le même degré de plausibilité.

Mon auditoire accepta ce préambule sans trop de commentaires, et les choses devinrent ensuite un peu plus compliquées. J'annonçai que le colonel Slayton et moi nous proposions de prendre comme point de départ le meurtre de George Washington, déclaration qui fut accueillie par des expressions déroutées signifiant que nos compagnons n'avaient jamais su que George Washington avait été assassiné, ou qu'ils l'avaient oublié. Je leur expliquai que cette lacune était compréhensible puisque ce meurtre représentait un chapitre particulièrement déplaisant de l'histoire des Etats-Unis et qu'on le dissimulait généralement sous le tapis de notre mémoire collective. Pourtant, il avait bel et bien été assassiné, poursuivis-je. Washington souffrait d'une infection à la gorge pour laquelle plusieurs médecins prescrivirent une saignée. Or ces hommes avaient été secrètement achetés par un groupe d'hommes d'affaires et de politiciens — parmi lesquels plusieurs des autres Pères Fondateurs — qui voulaient faire taire une fois pour toutes le Père de la Nation : pendant les derniers mois de sa vie, Washington avait en effet pris conscience que les fragiles Etats-Unis avaient été vendus aux nantis, et il avait l'intention de le faire savoir. Mais les puissants d'alors, remarquablement semblables à ceux d'aujourd'hui, ne l'entendaient pas de cette oreille. Résultat : meurtre au couteau à saigner.

Fouché réagit à cette histoire en disant qu'elle lui semblait présenter un terrain excellent pour une supercherie puisqu'elle se référait au moment fondateur des Etats-Unis et offrait en même temps un vaste potentiel de controverse. Mais quelle mystification avions-nous l'intention de monter autour de cette histoire? demanda-t-il. A ce stade, nous devions abattre nos cartes : l'histoire elle-même *était* la supercherie. Si l'assassinat de Washington par des politiciens corrompus à la solde des nantis constituait un parallèle que Slayton et moi jugions tout à fait adéquat avec la situation présente des Etats-Unis, il ne reposait sur aucun fait historique. Il y eut un moment de silence, puis la tablée éclata en hurlements de rire et de feinte indignation, suivis d'applaudissements nourris. Jamais déconcertée, Larissa affirma qu'elle savait depuis le début que je mentais, mais elle ne joua pas la comédie longtemps et, quand tout le monde se fut calmé, nous commençâmes à discuter des raisons pour lesquelles notre idée recelait un tel potentiel.

Tout d'abord, si nous avions pour objectif de porter un coup à l'exception morale américaine, il ne servait à rien de monter une mystification concernant des dirigeants américains contemporains. Les citoyens américains tenaient depuis longtemps leurs représentants nationaux et locaux pour, selon les mots de Slayton, des valets vendus aux grandes entreprises, et toute tentative de provoquer une vaste crise philosophique en attribuant des mobiles et des actes corrompus à de tels personnages était vouée à l'échec. Nous ne pouvions pas non plus faire référence à des faits et à des personnalités trop obscurs, étant donné le peu de considération que le public accordait généralement à l'histoire. Mais si la plupart des Américains étaient incapables de dire exactement quand et comment les Etats-Unis étaient nés, la grande majorité d'entre eux nourrissaient l'idée vague, et cependant essentielle, que cette naissance avait été une bonne chose, qu'elle s'était déroulée dans la franchise et l'honnêteté, sous la gouverne de George Washington. Jouez effrontément avec ces notions, à la manière des journaux à sensation, et vous provoquerez un scandale ayant une bonne chance d'attirer l'attention de tout le pays et d'amener les Américains à repenser certaines de leurs idées préconçues fondamentales sur leur pays.

Pour ce faire, une histoire de meurtre semblait tout à fait indiquée, plus encore qu'un bon scandale à connotation sexuelle. Les mots « président » et « scandale sexuel » étaient en effet inextricablement liés depuis longtemps dans la conscience populaire, alors que l'assassinat — comme Malcolm et les autres l'avaient démontré avec le disque sur la mort d'Emily Forrester — plongeait encore l'opinion publique dans des abîmes de fascination et d'émotion. Et si l'on savait généralement que Washington, comme tant d'autres à son époque (ou à la nôtre, d'ailleurs), avait été tué par des médecins incompétents, « révéler » que sa mort avait été le résultat d'un complot soulèverait sans doute aussi peu de scepticisme dans le pays et dans le monde qu'autour de notre table. Bref, la plausibilité sèmerait de nouveau la controverse.

A la fin de la soirée, tout le monde en fut d'accord : le plan était assez solide pour être soumis à Malcolm. Slayton se proposa pour cette tâche, dont il s'acquitta dès le lendemain. Je passai les heures pendant lesquelles il demeura enfermé avec notre chef malade à tourner en rond dans ma chambre, cependant que Larissa, allongée sur le lit, m'assurait que tout irait bien. Ce fut apparemment le cas : Slayton revint de sa réunion très content et m'annonça que Malcolm avait approuvé l'idée et souhaitait que les autres commencent à préparer les faux dont nous aurions besoin.

Il me parut néanmoins étrange que Malcolm ne mette pas brièvement fin à sa réclusion pour exprimer personnellement son approbation. Je demandai à Slayton s'il était entièrement satisfait de la réaction de notre chef, et il me répondit par l'affirmative. Mais je voyais bien qu'il était lui aussi un peu déçu par l'accueil fait à notre travail. Pendant les journées chargées qui suivirent, je m'efforçai d'attribuer cette attitude aux batailles physiques que Malcolm menait en ce moment, à la versatilité émotionnelle et intellectuelle qui les accompagnait, mais je ne parvins pas à chasser totalement le doute de mon esprit. Pendant mes rares moments d'inactivité, je surprenais en moi le désir de lui demander ce qui se cachait derrière son comportement.

Je n'eus pas l'occasion de le faire avant que nous ayons de nouveau embarqué à bord du vaisseau et mis le cap sur l'autre rive de l'Atlantique, afin d'y poursuivre la réalisation de notre plan. Durant ce voyage, je devais découvrir que le manque d'enthousiasme apparent de Malcolm n'avait rien à voir avec notre plan et qu'il découlait en fait de préoccupations de nature plus générale, d'inquiétudes qui seraient bientôt confirmées... par le petit disque informatique que j'avais retrouvé dans la poche de ma veste.

25

L'essentiel de ce que nous prîmes l'habitude d'appeler la « mystification Washington » était contenu dans deux jeux de faux documents. Le premier rassemblait les aveux, sur leur lit de mort, de trois conspirateurs impliqués dans le meurtre et torturés par le remords : Thomas Jefferson (ses petites fautes personnelles et son hypocrisie concernant l'esclavage l'exposaient depuis longtemps, dans l'esprit du public, à presque toutes sortes d'accusations), John Adams (dont le fédéralisme passionné, parfois irrationnel, avait fait une cible constante de l'ire populaire) et enfin l'un des médecins de Washington ayant manié le bistouri. La seconde série de faux consistait en plusieurs lettres de Washington lui-même dans lesquelles il faisait part à des amis intimes de son intention de mettre en garde le pays contre le pouvoir grandissant de ceux qui en contrôlaient les richesses.

Quand Slayton et moi terminâmes de composer les textes, Leon et Julien avaient déjà modifié l'encre et le papier nécessaires : les documents seraient bientôt prêts. Nous partîmes donc pour New York et Washington afin de dissimuler nos faux dans diverses archives.

Les Kuperman s'employaient déjà à insérer sur plusieurs sites du Net des documents et des articles fabriqués qui viendraient à l'appui de nos faux quand on aurait découvert ceux-ci. Peu après notre départ, estimant que le ciel était peut-être encore sillonné par des patrouilles recherchant le mystérieux vaisseau qui leur avait échappé au-dessus de la mer du Nord, nous décidâmes que nous ferions mieux de traverser l'Atlantique sous les vagues. Le « navire » plongea dans ces eaux désolées non loin de notre base et rasa le fond de l'océan jusqu'à la plate-forme continentale, où le monde lui-même parut soudain s'abîmer sous nous.

Descendant encore, nous passâmes au-dessus de la bosse de la grande crête sous-marine appelée le talus du Porc-épic, nous dirigeant vers la plaine du Porc-épic à une profondeur de près de mille mètres : un exploit qu'aucun sous-marin classique n'avait accompli, une simple performance de plus pour notre vaisseau. Si le paysage était spectaculaire (bien plus que lors de notre première traversée), sa beauté ne faisait que souligner l'absence persistante et accablante de tout signe de vie. J'éprouvai le même mélange de ravissement et de tristesse que la fois précédente, et quand la voix de Malcolm s'éleva dans le système de sonorisation pour me demander de le rejoindre dans le dôme d'observation, son ton mélancolique sembla faire écho aux plaintes de ma propre voix intérieure.

Il était seul quand je pénétrai dans le dôme. Assis dans son fauteuil roulant, il regardait les puissantes lumières extérieures du vaisseau jouer sur l'impressionnant fond marin. Je m'approchai de lui et il m'indiqua une chaise.

— Asseyez-vous, Gideon, dit-il. Je vous en prie.

Il se massa le front d'un geste qui me parut empreint d'un profond découragement puis sursauta soudain, me toucha le bras et indiqua à travers la coque un spectacle magnifique : un poisson solitaire de huit à neuf mètres de long, une étrange créature qui semblait être une sorte de requin. Ses mouvements étaient cependant trop lents pour qu'il appartienne à cette famille, et ses yeux, loin d'avoir ce noir d'encre généralement associé aux squales, étaient luminescents.

— C'est un requin dormeur, expliqua Malcolm dont le visage s'éclaira. Un poisson d'eau profonde. Il a été chassé de son domaine par les émetteurs de signaux sonores que les flottes de pêche font tomber au fond de l'océan. Il doit y avoir un chalutier au-dessus de nous ; cette pauvre bête sera probablement morte avant la fin de la journée. Sa chair ne rapporte pas beaucoup, mais dans diverses régions d'Asie on croit que ses yeux — comme tant d'autres choses — stimulent la virilité. (Il eut un soupir exaspéré.) Je n'ai jamais compris pourquoi des gens qui ne peuvent maîtriser leur reproduction se soucient de virilité.

J'allais répondre quand Malcolm leva une main pour réclamer le silence tandis que le requin achevait sa gracieuse mais fatale remontée vers la surface et la mort.

— Voir clairement les merveilles de notre monde, Gideon, sans être sous l'empire des médicaments est une chose merveilleuse...

Il se mit à grincer des dents, à plisser le front.

— Et douloureuse, pourtant, murmura-t-il, le corps

agité d'un tremblement. La souffrance télescope le temps... Minutes, heures, jours : effacés. (Il se pencha vers le panneau de verre.) Combien de temps t'ai-je observé, pauvre ami condamné ?

Il me semblait impossible qu'il puisse dominer plus longtemps la douleur, mais ce fut seulement quand le requin eut disparu que Malcolm abandonna la lutte et tira de l'une de ses poches son injecteur transdermique.

— Vous m'excuserez, j'en suis sûr, Gideon...

Il pressa l'appareil contre une veine de sa main gauche, en vida le contenu dans son sang, se renversa en arrière et ferma les yeux.

— Malcolm, si vous me permettez cette question, dis-je prudemment, avez-vous remarqué si la fréquence ou l'intensité de ces crises ont augmenté?

Il acquiesça.

— Si je pouvais me reposer davantage, dit-il, ouvrant les yeux. Mais je n'ai pas le temps. Pas maintenant. (Il prit une profonde inspiration, se tourna enfin vers moi.) Vous avez fait de l'excellent travail sur l'île, Gideon. Les autres aussi, bien sûr, mais comme il s'agissait de votre premier essai, je tenais à vous le dire personnellement : de l'excellent travail.

Je souris, soulagé.

— Slayton et moi craignions que vous ne pensiez le contraire.

— Parce que je n'ai pas participé au projet? J'en suis navré. Mais le nombre d'heures de travail que je peux fournir est limité, maintenant, et je dois... les *budgétiser*. Cela ne préjuge en rien de vos efforts, qui sont exceptionnels. En fait, ce qui m'inquiéterait plutôt, c'est que le projet soit si bon.

Un instant dérouté, je finis par répondre :

— Je ne vois pas comment une supercherie pourrait être *trop* bonne.

— Elle peut l'être si l'objectif final est de la dévoiler. Vous y avez songé, Gideon ?

— A quoi ?

— Qu'il faudra ensuite réfuter votre travail.

Plus dérouté encore, je répondis :

— Je pensais que c'était précisément là tout l'intérêt de l'opération.

— Certainement pas *tout* l'intérêt, répliqua-t-il. (Il me parut profondément déçu, impression qui se trouva confirmée quand il fit tourner rageusement son fauteuil. Le médicament avait ranimé ses forces et sa passion désespérée.) Ni même une petite partie ! La révélation finale des supercheries faisait partie du plan d'ensemble. Nous avons disséminé ces faux afin de dénoncer les dangers de notre époque, pas pour farcir la tête des gens d'autres informations dépourvues de sens !

Je tentai de le calmer :

— Il s'agit d'un dilemme intrinsèque, Malcolm. Seule une mystification solide peut démontrer votre point de vue. D'un autre côté, cette solidité même peut empêcher que ce point de vue soit reconnu. En définitive, vous serez peut-être contraint de révéler vous-même vos manipulations...

— J'ai essayé ! Larissa vous l'a certainement dit : nous avons quasiment révélé aux Américains que le film montrant l'assassinat de Forrester avait été trafiqué. Et que s'est-il passé ? Ils ont quand même lancé ces monstres sans pilote sur l'Afghanistan ! La semaine dernière, j'ai envoyé des messages aux gouvernements anglais et allemand sur les prétendues lettres de Churchill. Comment ont-ils réagi ? Fin de non-recevoir des Allemands, qui n'ont pas intérêt à dénoncer la supercherie. Quant aux Anglais, ils disent qu'ils ne sont pas prêts à présenter à l'opinion des réfutations qui paraîtraient bizarres, intéressées, et donc dépourvues de toute crédibilité !

Malcolm tenta de se ressaisir, poursuivit :

— Il y a des moments, Gideon, où je doute de toute l'opération. Il faudrait peut-être une autre solution, quelque chose de plus radical.

Me rappelant son goût du secret, je m'efforçai de ne pas paraître aussi dévoré de curiosité que je l'étais.

— C'est à cette solution que vous travaillez en ce moment ?

— *Non* !

Je fus saisi par la dureté du ton, ainsi que par la fixité soudaine de ses traits. Puis il secoua la tête, l'air très mal à l'aise.

— Enfin, peut-être. (Il abattit son poing sur le bras du fauteuil.) Je ne veux pas en discuter ! Pour le moment, je veux que le colonel et vous incorporiez un système de garantie dans le projet. (Il me regarda, leva un doigt.) Je veux être sûr, absolument sûr, que cette mystification sera finalement dévoilée. Elle va beaucoup plus loin que l'opération Forrester : nous touchons à l'identité même de la plus grande puissance du monde, un pays qui n'est même plus obligé de risquer la vie de ses jeunes gens pour imposer sa morale politique. Cette fois, nous *devons* réussir.

L'idée était un peu difficile à accepter après tant de journées passées à donner à notre canular plus de plausibilité encore qu'à tout ce que le groupe avait fait jusque-là. La pensée gauchie par ces considérations, j'aurais sans doute tenté de discuter avec Malcolm si la voix de Tarbell n'avait soudain retenti dans le système de communication du vaisseau :

— Gideon, où es-tu? Dans la tourelle?

Adressant à Malcolm un autre regard étonné, je pressai une touche d'un cadran proche.

— Je suis dans le dôme d'observation, Leon. Tu as besoin de moi?

— Non, reste, j'arrive. J'ai quelque chose qui pourrait t'intéresser.

Pendant près d'une minute fort embarrassante, ni Malcolm ni moi ne prononçâmes un mot, puis à voix basse et l'air un peu contrit, il reprit :

— Je sais que tout cela doit vous paraître étrange, Gideon, et je comprends ce que vous devez ressentir, après les efforts que vous avez fournis. Mais le danger existe que ce travail soit finalement perverti par sa capacité de tromper les gens *en masse.* Je suis aussi coupable que n'importe qui d'autre. C'est pourquoi...

— Ah, tu es là! s'exclama Tarbell, montant de la salle des commandes. Et Malcolm également. Cela devrait l'intéresser aussi puisque cela concerne notre vieil ami Mr Price.

De nouveau, le visage de Malcolm s'assombrit.

— De quoi parlez-vous, Leon? demanda-t-il avec appréhension.

— Gideon, ici présent, ou plutôt son ami Mr Jenkins, était tombé sur les résultats d'un autre projet pour lequel quelqu'un avait engagé Price. Nous supposions que c'était pour un film... mais maintenant, Gideon, je n'en suis plus si sûr...

Tarbell alluma un terminal, s'assit et fit apparaître quelque chose sur l'écran.

— Voilà, dit-il. Des transcriptions. Après l'autre soir, j'ai programmé le système d'écoute pour qu'il capte tout message contenant une combinaison des mots « Dachau » et « Staline ».

Malcolm prit une soudaine inspiration qui me fit tourner la tête vers lui. Le corps plaqué contre le dossier de son fauteuil, il avait l'air de souffrir plus que jamais, mais manifestement, cette fois, le mal n'était pas physique.

— Je n'ai pas eu de chance jusqu'à aujourd'hui, continuait Leon. Et puis j'ai réussi plusieurs prises, en série. Toutes des services secrets israéliens.

Avec au ventre une sensation de vide que je ne comprenais pas vraiment, je pensai soudain au soir où le colonel Slayton avait écouté des agents du Mossad parlant fébrilement de terroristes et d'un camp de concentration allemand.

— Il semblerait qu'ils connaissent les images, poursuivit Tarbell, amusé. Mais le plus curieux, c'est qu'ils les croient authentiques, apparemment. Des dizaines de leurs agents recherchent celui de leurs hommes qui a été le premier à mettre la main sur une version complète du disque. (L'air moins amusé, maintenant, Tarbell plissa les yeux.) C'est le plus intriguant : pourquoi rechercheraient-ils l'un des leurs...

— *Son nom.*

C'était Malcolm, qui s'était suffisamment remis pour pouvoir parler.

— Pardon? fit Tarbell.

— Son nom, bon sang! s'écria Malcolm, agrippant

les bras de son fauteuil avec une telle force que ses jointures en devinrent blanches.

— Je... je ne sais pas. Ils n'ont pas mentionné son nom. Délibérément, je pense.

D'un mouvement vif de ses mains, Malcolm approcha son fauteuil, examina un moment l'écran puis pressa durement l'épaule de Tarbell.

— Rassemblez tout le monde en bas, Leon, dit-il en tentant de calmer la tempête intérieure qui l'agitait. Tout de suite, je vous prie.

Tarbell eut la sagesse de s'exécuter promptement. Après son départ, Malcolm, les yeux écarquillés et vides, tourna son fauteuil et roula lentement vers la coque transparente.

— Que se passe-t-il? finis-je par demander.

— Vous êtes parvenu à décrypter le code de ces images? dit-il à voix basse.

— Max y était parvenu, oui.

Il hocha plusieurs fois la tête et murmura :

— Il était bon dans son domaine, votre ami Jenkins.

— Vous voulez que j'aille vous chercher le disque? Il est dans ma cabine.

Comme je m'éloignais déjà, Malcolm m'arrêta d'un geste.

— Inutile. J'en ai une version complète.

De nouveau, cette sensation de vide au creux de l'estomac.

— Alors, Price l'avait donc bien fabriqué pour vous...

— Oui, souffla Malcolm avec un hochement de tête.

Après un silence qui me parut très long, il ajouta :

— Gideon, je crains que votre projet Washington ne

doive attendre. Si j'ai raison... (Il baissa la tête, la prit entre ses mains.) Mais il ne faut pas que j'aie raison. Prions au contraire pour que je sois aussi fou que j'en ai parfois l'air...

26

Fou ou non, Malcolm avait toutes les raisons de s'inquiéter des mystérieuses communications israéliennes concernant les images de Staline. Lorsque nous fûmes tous rassemblés autour de la table qui servait à la fois pour le dîner et les réunions, au niveau inférieur de l'avant du vaisseau, il nous montra la version complète du disque et nous donna des explications. Si, quelques mois auparavant, il m'avait été impossible de seulement entrevoir les dangers que représentait un tel document retrouvé par hasard, j'étais maintenant assez versé dans le pouvoir d'une désinformation habilement présentée pour savoir que nous étions confrontés à une situation potentiellement désastreuse.

Les images elles-mêmes étaient simples : plusieurs plans de Staline visitant diverses parties du camp de concentration de Dachau vers la fin des années 1930 (Dachau ayant été le premier des centres d'extermination allemands à grande échelle conçus comme des usines). On voyait l'homme fort de l'Union soviétique observer d'un œil approbateur les prisonniers s'échinant au travail, les gardiens violents, les exécutions et l'élimination des cadavres. Le dictateur riait parfois en tirant sur sa pipe, échangeait des remarques et des plaisanteries avec ses guides, plusieurs officiers SS de haut rang et notamment, sur un plan, avec Heinrich Himmler. Les implications étaient évidentes : le gouvernement soviétique avait non seulement mené chez lui une politique de génocide mais avait aussi, avant l'invasion de la Russie par Hitler, participé à l'holocauste nazi.

— Mais dans quel but donner cette impression, Malcolm? demanda Jonah, profondément troublé, comme nous tous, d'ailleurs, par ce qu'il venait de voir.

— Ces derniers temps, le gouvernement russe a poursuivi sa dégénérescence, passant de simplement instable à dangereux, voire grotesque. Depuis qu'elle a pris le pouvoir, l'aile droite utilise dans quatre autres régions rebelles la tactique qui a permis d'écraser la Tchétchénie. Des armes et de la technologie nucléaires — rudimentaires, admettons-le — sont vendues à quiconque détient les devises fortes pour les acheter. On pratique une forme d'esclavage dans les usines et dans les champs; des déchets toxiques sont déversés dans des décharges souterraines en Sibérie, ce qui explique pourquoi le mouvement séparatiste de cette région est devenu si violent. A chaque nouveau problème, le gouvernement central répond par des solutions plus brutales, et la Russie risque de devenir le trou noir du monde moderne, qui emportera avec lui toute la civilisation en s'effondrant. Pourtant le reste de ce monde moderne ne fait rien. Les investissements étrangers en Russie atteignent des sommets, et personne ne peut se permettre de dire la vérité ou de la laisser dire : les grandes compagnies du secteur de l'information et de la communication sont parmi les plus engagées sur le marché russe. Comme pour la Chine, on continue à avancer l'argument absurde et commode selon lequel les prêts et les investissements déboucheront sur des réformes. Injecter de l'argent dans de telles situations, c'est verser de l'huile sur le feu...

Malcolm reprit son souffle, se renversa en arrière et dit, d'une voix plus empreinte de regret que de colère :

— Bref, il m'a semblé qu'il était peut-être nécessaire de redéfinir, dans l'esprit des gens, la place de la Russie dans le monde et dans l'histoire.

— Vous n'auriez pu choisir un événement plus... *provocateur*, commenta Tarbell.

Il n'y avait plus dans son ton la moindre trace d'ironie ou d'amusement.

Malcolm approuva d'un air lugubre.

— Ni une personne plus mauvaise pour faire le travail, comme la suite l'a prouvé. J'ai engagé John Price car aucun de nous n'avait ses compétences en manipulation visuelle, mais j'ai toujours eu des doutes à son sujet. Non parce qu'il travaillait en indépendant, encore que cela me préoccupât. Mais un indépendant dans une industrie où la trahison est la substance cachée d'aimables repas dans d'agréables restaurants... C'était le monde de ma mère, cela en soi aurait dû m'en tenir éloigné. Mais j'ai cru que nous pourrions maîtriser Price.

— Je pensais que nous l'avions fait, dit Larissa, d'un ton indiquant clairement qu'elle ne regrettait pas d'avoir été l'exécutrice de l'expert en effets spéciaux.

— Parfois la mort ne met pas fin aux dangers qu'une personne représente, Larissa.

— Et quels sont ces dangers, d'après vous? demandai-je en promenant le regard autour de la table.

— J'ai étudié les communications interceptées par Leon, répondit Slayton. En y ajoutant ce que j'ai entendu moi-même, je dirais que la situation est très mauvaise. Et à un stade avancé. Les Israéliens craignent à l'évidence une réponse terroriste spécifique à cette nouvelle « révélation » sur l'Holocauste, réaction qui viendrait apparemment d'un de leurs propres agents. Probablement celui-là même qui a découvert les images.

— Un fanatique? demanda Eli.

Malcolm acquiesça avec une expression de remords.

— C'est pourquoi j'ai annulé le projet avant même de vous en parler. Il y a des événements historiques avec lesquels, je m'en suis rendu compte, personne, pas même nous, ne peut jouer. La violence des émotions qu'ils déclenchent est tout simplement trop forte. Nous parlons en ce moment de ce qui est sans doute le moment le plus noir de toute l'histoire de l'homme. Même les tortures et les brutalités de l'âge des ténèbres n'ont pas eu l'ampleur, la folie systématique... (Il s'interrompit, secoua la tête.) Cet homme a peut-être perdu toute sa famille dans l'Holocauste. Ou il a fini par perdre son équilibre mental à force d'y penser.

Je sentis un pincement de peur devant cette hypothèse. Elle était non seulement plausible mais probable : j'avais déjà eu affaire à des personnalités de ce type et je savais de quoi elles étaient capables.

— Quelle que soit l'explication, poursuivit Malcolm, il a maintenant rejoint les rangs de ceux que le monde doit craindre le plus, ceux qui furent responsables de l'Holocauste pour commencer. Les *fanatiques*...

— Le Mossad en est plein, à la différence de la plupart des autres services de renseignements, dit Slayton. Mais les Israéliens s'abstiennent soigneusement de prononcer son nom sur des lignes qui ne sont pas absolument sûres : ils semblent résolus à régler cette affaire eux-mêmes.

— C'est compréhensible, estima Fouché. Depuis qu'ils participent à la guerre civile turque dans le camp kurde, les tensions sont fortes entre l'Amérique et Israël. Les Israéliens n'ont peut-être pas le choix, maintenant qu'ils dépendent pour leur approvisionnement en eau de sources situées en territoire kurde, mais il n'en demeure pas moins que la Turquie est l'alliée des Etats-Unis.

— J'ai examiné les communications de la CIA, dit Tarbell. Ils en savent moins que nous, ce qui ne surprendra personne, j'en suis sûr. Ils savent que les Israéliens ont un problème avec l'un des leurs mais pourquoi, ils n'en ont pas la moindre idée. Ils s'intéressent quand même à l'affaire, et lorsque la CIA avance dans le noir... il en résulte généralement des choses regrettables.

— Pas pour nous, dit Larissa d'un ton ferme. Ce dont nous devons réellement nous préoccuper, c'est cet Israélien. Qui est-il? Comment a-t-il mis la main sur ces images, pour commencer?

— Et qu'a-t-il l'intention d'en faire? ajouta Malcolm. Autant de questions auxquelles *nous* devons répondre. Pas les Israéliens, ni les Américains, ni personne d'autre. Je veux que nous trouvions cet homme, que nous récupérions sa copie du disque, et que nous le liquidions.

La brutalité de cette décision me prit par surprise.

— Nous pourrions peut-être simplement le remettre aux Israéliens après avoir récupéré les images, suggérai-je.

— Non, trancha Malcolm avec la même détermination glaciale. S'il retourne en Israël, il y répandra des rumeurs qui seront pires que les images elles-mêmes. S'il disparaît — ou mieux encore, si nous pouvons le forcer à dire à ses chefs, *avant* de disparaître, que ce disque est un faux —, alors, et alors seulement, l'affaire sera réglée.

Je passai rapidement d'un visage à l'autre. Le raisonnement de Malcolm se tenait, mais j'espérais quand même que quelqu'un d'autre soulèverait une objection. Il n'y en eut aucune.

— Par où commençons-nous? demanda Fouché.

— S'il y avait eu d'autres informations au domicile de Price à New York, sa femme les aurait probablement remises à Gideon, dit Malcolm. Ce qui nous laisse...

Il s'interrompit avec une mine de profonde répugnance.

— Los Angeles, acheva Jonah pour lui.

Slayton tapota la table du doigt.

— Ce ne sera pas facile. La ville est plongée dans le chaos, comme le reste du sud de la Californie.

— Toujours le problème de l'eau, soupira Eli.

— Nous n'avons pas le choix, répondit Malcolm. Colonel, faites nous prendre une route pour aborder Los Angeles par l'océan : je ne veux pas me retrouver aux prises avec des unités de la Garde nationale ou de la milice. Des gens privés d'eau depuis longtemps peuvent être pires que les fanatiques d'une minorité ethnique.

— Compris, dit Slayton en se levant.

— Espérons que ce sera aussi simple, conclut Malcolm tandis que chacun de nous imitait le colonel.

Dernier à partir, j'avais presque franchi la porte quand je l'entendis murmurer :

— Espérons une fois de plus l'impossible...

27

Les événements qui conduisirent aux « guerres de l'eau » qui ravagèrent le sud-ouest des Etats-Unis ces cinq dernières années ont fait l'objet de tant d'analyses qu'il semble peu probable que quiconque puisse aujourd'hui en ignorer les détails. Certes, une telle affirmation semble être contredite par le fait que le développement excessif des banlieues, qui fut à l'origine de troubles violents dans la région la plus ensoleillée de l'Amérique, se produit aujourd'hui dans d'autres parties du monde tout aussi chaudes et arides. Peut-être n'est-il pas erroné de penser que dans cet exemple — comme dans de nombreux autres, je le crois maintenant — la conscience de l'histoire n'est guère plus que de la vanité intellectuelle. Quoi qu'il en soit, mon principal souci en écrivant ces quelques pages n'est pas de résumer les origines de ces conflits violents mais de raconter ce qu'il advint de nos efforts pour trouver dans une Los Angeles assoiffée d'eau un lien entre John Price et l'agent inconnu du Mossad qui s'était emparé des images de Staline et avait fui son propre camp.

Suivant les directives de Malcolm, nous évitâmes le

ciel de la Californie du Sud, non parce que nous avions connaissance d'un danger spécifique inhérent à cette route, mais parce que la situation y était imprévisible. Dans toute la région, des unités de la Garde nationale et même, dans certains cas, des troupes fédérales s'efforçaient désespérément de maintenir l'ordre malgré l'affrontement mettant aux prises des bandes et des milices toutes convaincues que leur bourgade, leur ville ou leur comté détenait un droit légitime sur une eau que tous partageaient autrefois. Ces batailles étaient menées aussi bien au gourdin et au couteau qu'avec les chars et les lance-missiles récupérés par les milices pendant leurs accrochages avec les forces locales ou les troupes fédérales, et s'il était peu probable qu'un de ces engins touche notre vaisseau, il valait mieux faire preuve de prudence et aborder la Californie par l'océan. Nous regrimpâmes donc dans la stratosphère pour une demi-heure environ et nous attendîmes l'obscurité avant de redescendre à une altitude de croisière au-dessus du Pacifique, près de l'île de Catalina.

Pendant notre descente, des images transmises par satellite nous montrèrent que si la Garde nationale était encore très présente dans les rues de Los Angeles, la ville elle-même était relativement calme au sud des montagnes de Santa Monica. Au nord de cette ligne, notre reconnaissance aérienne nous révéla que les habitants de la vallée de San Fernando — l'un des premiers endroits à subir pleinement les conséquences de la pénurie d'eau dans la région — étaient lancés dans des manifestations violentes et affrontaient les autorités avec la même détermination démente que ces dernières années. Par chance, notre destination se trouvait dans la partie ouest ultra-chic de Los Angeles, puisque la maison d'un mauvais goût consternant de John Price se situait dans cette ville-dans-la-ville d'un mauvais goût tout aussi atterrant : Beverly Hills.

Le projecteur holographique permit à notre vaisseau de se fondre dans le paysage, de pénétrer dans le périmètre de ce paradis pour nantis et de déposer dans un parc une patrouille composée du colonel, de Larissa, de Tarbell et de moi-même. De là nous empruntâmes des rues bordées de palmiers, et nous nous introduisîmes dans la maison de Price — encore sous surveillance dans le cadre de l'enquête sur sa mort — sans trop de difficultés. Plusieurs heures de recherches n'aboutirent qu'à une seule piste, mais qui semblait prometteuse : Tarbell, fouillant dans un tas de paperasses apparemment sans intérêt, découvrit une note d'un certain Ari Machen, célèbre producteur de films d'origine israélienne qui, nous informa Slayton, entretenait des rapports avec divers ministères de Tel-Aviv... et avec le Mossad. Emportant la note, qui faisait référence à « l'affaire russe », nous décampâmes en évitant de justesse un groupe de policiers lourdement armés qui patrouillaient avec des chiens d'attaque spécialement dressés pour sentir l'eau : le chapardage et le stockage faisaient rage dans tout le Sud-Ouest, y compris à Beverly Hills.

De retour à bord, nous regagnâmes la sécurité de la haute altitude afin de tenter d'échafauder un scénario possible pour les quelques jours que John Price avait passés à Los Angeles avant de s'envoler vers New York et son destin. Cette tâche nous fut grandement facilitée quand Tarbell réussit à pirater l'ordinateur de Price et découvrit, parmi ses courriers, une correspondance aux mots soigneusement choisis entre le génie des effets spéciaux et Ari Machen. Pour qui n'avait pas vu les images de Staline, ces textes pouvaient passer pour un échange de notes ordinaire entre un producteur et l'un de ses collaborateurs, mais, connaissant le disque et les liens de Machen avec Israël, nous n'eûmes aucune peine à établir que Price avait montré ces images à Machen sans lui révéler qu'elles étaient trafiquées. Horrifié, le producteur avait pris contact avec ses amis du Mossad, dont plusieurs occupaient des fonctions de cadre dans les studios avec qui il était alors sous contrat : du fait de l'influence grandissante de l'industrie des loisirs sur la politique et les hommes politiques américains au cours des trente dernières années, les Israéliens — et, selon Slayton, plusieurs autres gouvernements étrangers — avaient jugé bon d'avoir des « oreilles » dans les couloirs du pouvoir hollywoodien.

Dans ses rapports avec Machen, Price avait été, comme toujours, mû par l'argent. Machen lui avait promis une fortune pour les images, à la stricte condition que Price n'en fasse pas une copie avant de les lui remettre. L'expert en effets spéciaux avait été informé que, s'il se risquait à tromper Machen sur ce point, il pouvait s'attendre à recevoir la visite de certaines personnes qui se feraient un plaisir de mettre fin à ses jours. De fait, le ton général des échanges entre les deux hommes indiquait clairement que Machen adorait jouer le rôle d'agent sioniste à la fois suave et dur à cuire, impression confirmée quand Slayton révéla que son propre chemin avait croisé celui du producteur des années plus tôt lors d'un cocktail à Washington. Machen s'y était vanté d'avoir été autrefois un agent du Mossad, d'avoir tué plusieurs dirigeants palestiniens, d'avoir arrangé la « disparition », dans les laboratoires de Los Alamos, Nouveau-Mexique, de plusieurs disques informatiques contenant des secrets nucléaires américains capitaux. Ces dernières années, furieux du fossé qui s'était creusé entre Israël et les Etats-Unis après le soutien de Jérusalem aux Kurdes de Turquie (autre situation dangereuse créée par la pénurie d'eau), Machen avait mis à profit sa position éminente dans l'une des industries vitales de l'Amérique à la fois pour promouvoir la cause israélienne et s'acquitter de missions de renseignements pour le gouvernement israélien.

Etant donné la somme d'argent promise, Price avait accepté les conditions plutôt menaçantes de Machen concernant les images de Staline, mais sa cupidité apparemment insatiable devait peu de temps après lui coûter la vie quand la discussion avec Jonah et Larissa sur l'affaire Forrester avait dégénéré. (Ironie de la chose, si Price avait gardé son sang-froid et mis à exécution sa menace de révéler que les images avaient été trafiquées, et si le gouvernement américain l'avait cru, cela n'eût fait que servir l'objectif final de Malcolm.) Les faits, tels que nous avions réussi à les reconstituer, étaient clairs ; restait la question de savoir où la chaîne de révélations entamée par Price et Machen avait été interrompue. Machen lui-même connaissait-il l'agent qui était maintenant en fuite et se cachait du Mossad ? Ou y avait-il eu un autre intermédiaire chargé de livrer les images de Staline aux Israéliens ? Malheureusement, seul Machen pouvait répondre à ces questions. Je me préparai donc à accompagner le colonel Slayton et Larissa dans la communauté-forteresse de Bel-Air où, derrière de hautes barrières électroniques, les plus riches citoyens de Los Angeles s'étaient retranchés ces dix dernières années pour savourer leur réussite (et le plaisir de disposer de grandes quantités d'eau transportées par avion) sous la protection d'un service de sécurité privé qui ressemblait à rien moins qu'une garde suisse séculière.

Comment ai-je pu montrer et, de fait, ressentir aussi peu de répugnance à la perspective de participer à une opération dont le but ultime était de tuer un homme? On peut légitimement se le demander. Médecin, j'avais prêté le serment de ne faire aucun mal à personne, et tandis que nous nous apprêtions à visiter la luxueuse villa d'Ari Machen, la seule justification que je pus trouver à ma présence en ces lieux était que je ne serais pas celui qui exécuterait notre agent israélien inconnu au cas où nous découvririons son identité. Mais il est indéniable que je n'en étais plus à me demander s'il fallait ou non l'exécuter, fait dont, maintenant encore, je ne parviens pas à m'absoudre. Un homme formé à l'origine par des créatures de l'ombre aussi redoutables que les agents du Mossad, et que ceux-ci jugeaient maintenant dangereux, ne pouvait manquer de l'être. Dès l'instant où j'étais monté à bord du vaisseau de Malcolm, j'avais été confronté à cette évidence : le jeu que lui et son équipe jouaient avec le monde avait une dimension mortelle puisqu'il révélait que les hiérarchies économiques, politiques et sociales actuelles étaient aussi violentes que celles qui les avaient précédées dans l'histoire. J'acceptai donc le baiser et l'étreinte passionnée que Larissa m'offrit en quittant le vaisseau aussi facilement que j'avais accepté son passé de tueuse. Je les lui rendis sans plus me poser de questions, prêt à faire tout ce qu'on attendait de moi. J'aurais peut-être pu, j'aurais peut-être dû faire un autre choix, mais je gage que ceux qui le pensent n'ont jamais été confrontés à la dure réalité d'une constellation d'ennemis puissants déterminés à les maintenir prisonniers ou, pire encore, à les détruire.

Puissé-je n'y avoir jamais été confronté non plus.

28

Dans l'Amérique de l'âge de l'information, on trouve quantité de demeures somptueuses, autrefois habitées par des gens qui donnaient de la vie à leur maison, mais tombées depuis dans les mains de riches nomades internationaux qui habitent moins ce monde qu'ils ne le traversent, saisissant çà et là tout le pouvoir et le plaisir qu'ils peuvent. Ari Machen était de ceux-là. Construite au milieu du XXe siècle, la résidence dont nous nous approchâmes par une nuit brumeuse, après avoir été déposés par notre vaisseau dans un lieu écarté, semblait réclamer à grands cris d'être habitée par quelqu'un qui en ferait un foyer et y installerait des meubles exprimant une véritable personnalité plutôt que la capacité d'engager ce que Leon Tarbell aurait sans doute appelé des designers et des décorateurs « asexués ». Dans chaque pièce, la mélancolie prenait le pas sur les signes évidents de richesse, mais, compte tenu de ce que nous venions faire dans cette maison, son atmosphère était tout à fait adéquate.

Neutraliser les gardes qui faisaient leur ronde dans la résidence, puis son système de surveillance électronique, n'amusa pas assez Larissa pour amener à ses lèvres son sourire de prédatrice. Ou alors, l'importance de l'opération était trop grande, même pour elle, pour qu'elle la considère comme un jeu. L'arme au poing, nous nous faufilâmes en silence dans la maison, finîmes par détecter des signes de vie dans la grande chambre du premier. Point n'est besoin de détailler ici ce qui s'y passait; disons simplement que Machen était affligé de toutes les névroses sexuelles qui affectent si souvent des hommes dont le goût immodéré du pouvoir trahit, même pour le profane, un immense sentiment d'insécurité. La vue d'intrus aux vêtements et aux armes étranges suffit à faire détaler en piaillant les prostitués hommes et femmes de Machen vers une autre chambre, dans laquelle Larissa les enferma après leur avoir intimé l'ordre de se taire. Le producteur, pendant ce temps, tentait de s'emparer d'un vieux Colt 45 automatique accroché au mur avec d'autres armes de collection. Il en fut empêché par Slayton. Quand Larissa revint, nous prîmes position elle et moi près de la porte et de la fenêtre afin de surveiller la maison et le jardin tandis que Slayton commençait l'interrogatoire.

— Vous ne vous souvenez pas de moi, n'est-ce pas, Mr Machen? fit le colonel après avoir attaché notre hôte sur son lit avec des cordons de rideau.

Machen — petit mais bâti en athlète, la cinquantaine, peau hâlée, cheveux clairsemés et yeux porcins — secoua la tête nerveusement en tentant du pied de remonter le drap pour couvrir sa nudité.

— Vous êtes de la CIA? réussit-il à articuler. Vous travaillez pour les Palestiniens?

— Les deux hypothèses les plus logiques, étant

donné vos exploits d'antan, fit observer Slayton. (Il tira une chaise à lui, s'assit à califourchon.) Mais laissons de côté pour le moment la question de notre identité. (Il parcourut la pièce des yeux, l'air à la fois écœuré et amusé.) J'admire votre collection. Ces armes vous sont utiles dans votre travail ? Ou s'agit-il uniquement de trophées rappelant vos missions héroïques au service de votre pays ?

— Je... je suis citoyen américain, protesta Machen.

— Oui, fit lentement le colonel. La générosité des Etats-Unis ne cessera jamais de m'étonner. (Il se leva, alla prendre sur le mur un vieux revolver, ouvrit le barillet.) Voyez-vous ça, des balles à pointes creuses, dit-il, l'air impressionné.

Il braqua l'arme vers la fenêtre puis la fit pivoter jusqu'à ce que le canon soit pointé dans la direction de Machen. Cherchant à maintenir un semblant de ce qu'il prenait manifestement pour de la virilité, le producteur rétorqua :

— J'ai déjà été torturé. Par les Syriens !

— Excellent. Vous savez donc à quoi vous attendre.

Le visage bronzé de Machen pâlit quelque peu et Slayton se rapprocha de lui.

— Vous avez récemment acheté certains documents à une connaissance commune, John Price.

Dans un nouvel accès de courage, Machen surenchérit :

— Bien sûr. Il a souvent travaillé pour moi.

La réponse amena le canon du revolver contre sa tempe, et un gémissement involontaire s'échappa de sa gorge.

— Comme ces armes vous appartiennent, je suppose que vous savez quels dégâts elles peuvent faire, énonça Slayton d'un ton tranquille. Si je presse la détente, il n'y aura pas de quoi nourrir un chat avec ce qui restera de votre cerveau. Mr Price est mort. Nous savons que vous n'êtes pas responsable de sa mort puisque *nous* le sommes. Alors, prenez la situation au sérieux. Vous maintenez des liens avec le Mossad, vous leur avez transmis les documents que vous aviez achetés. Mais, quelque part en chemin, ils se sont égarés. (Slayton arma le revolver.) *Où,* exactement?

Machen était tellement terrorisé maintenant que, oubliant tout effort pour se couvrir et garder quelque dignité, il rejeta brusquement le drap d'une ruade, comme un bébé.

— Je suis prêt à mourir pour Israël!

— Tu mourras pour Israël si tu ne parles pas, lui assura Slayton.

Les gémissements de Machen redoublèrent, ce qui amena le colonel à lui adresser un claquement de langue désapprobateur.

— Tu n'as jamais tué un homme armé de ta vie, hein, Ari? Ces Palestiniens que tu as assassinés, ils étaient attachés, comme toi maintenant. Et c'est ce qui te fait peur.

— Non! cria Machen en fermant les yeux.

La simple perspective de voir mis à mal d'autres mensonges qu'il avait racontés sur lui-même suffit à le faire craquer :

— Un de mes contacts, Dov Eshkol... Je lui ai donné ce dont vous parlez. Mais...

Il se ressaisit quelque peu, s'interrompit. Trop tard, cependant.

— Mais il a disparu, c'est ça? suggéra Slayton.

Sur ce point, aucune confirmation de Machen

n'était nécessaire, et il ne restait à poser que les questions essentielles :

— Qu'est-ce que tu sais de Dov Eshkol? Et où est-il en ce moment, d'après toi?

— Je... je ne... bredouilla le producteur. Vous ne comprenez pas, Dov est...

Je scrutai un instant le visage de Machen, contre lequel Slayton continuait à presser son arme, et crus avoir saisi quelque chose.

— Une seconde, colonel, dis-je. C'est Eshkol qui avait menacé de tuer Price s'il gardait une copie du disque, n'est-ce pas? demandai-je à Machen.

Soulagé de ne pas avoir à l'affirmer lui-même, il acquiesça.

— Eshkol est un espion de la vieille école. C'est à lui que le Mossad s'adresse en premier quand l'un de ses propres agents a été retourné ou est devenu trop mou et qu'il faut s'en occuper. Eshkol va... Si je parle, il reviendra s'occuper de moi.

— Il reviendra ou il ne reviendra pas, intervint, Larissa. Nous, nous sommes déjà là. Alors, dis-nous : il reviendrait d'*où*?

— Je ne sais pas, répondit Machen. (Slayton enfonça l'extrémité du canon dans son cuir chevelu avec une vigueur qui me fit grimacer.) Je ne sais vraiment pas! cria-t-il. Personne ne sait! Il a disparu!

— *Pourquoi*? demanda Slayton.

— Il estimait que le disque méritait une réponse en actes. Mais on nous a informés que le gouvernement préférait traiter le problème discrètement et laisser aux Russes une chance de s'expliquer. Eshkol ne l'a pas supporté : il a explosé, il a dit qu'il s'en occuperait lui-même...

Machen fit un gros effort pour recouvrer le contrôle de lui-même et poursuivit :

— Vous devez comprendre, Eshkol, c'est pas... Il est extrême. En plus, deux de ses arrière-grands-parents ont survécu aux camps de la mort. Et beaucoup de membres de sa famille ont été victimes de l'Holocauste...

La frayeur que j'avais éprouvée quand Malcolm avait évoqué cette possibilité m'envahit de nouveau et dut se lire sur mon visage car, lorsque je me tournai vers Larissa, elle m'adressa un regard perplexe et inquiet. Je secouai la tête, tentai de rester vigilant cependant que Slayton se remettait à interroger notre prisonnier :

— Le Mossad n'a pas réussi à retrouver sa trace ?

— Non. Ils s'attendaient à ce qu'il divulgue les images, à ce qu'il les livre à un groupe de presse ou les transmette lui-même sur le Net. Ils ont enquêté auprès des correspondants qui ont le plus de contacts au Moyen-Orient. Ça n'a rien donné jusqu'ici.

— Aucun signe ?

— Non. Et il n'y en aura pas. Si Eshkol se terre profondément, même le Mossad n'arrivera pas à le retrouver. C'est vous dire s'il est bon.

Un grondement résonna soudain dans la maison du producteur et me fit croire à un tremblement de terre, puis je me rendis compte que ce bruit n'avait rien de sismique et que je l'avais déjà entendu. Comme pour confirmer mon intuition, Larissa porta la main au col de son body.

— Oui, Malcolm ? dit-elle. (Sans changer d'expression, elle écouta, hocha la tête, se tourna vers Slayton et moi.) La sécurité de Bel-Air. Les gardes de Machen auraient dû faire leur rapport il y a trois minutes. Un véhicule blindé de transport de troupes et un peloton d'infanterie sont en route.

Elle ouvrit les portes-fenêtres donnant sur un balcon. Quelques secondes plus tard, l'air se mit à onduler et à frémir autour de la maison, comme s'il était exposé à une forte chaleur. Une fissure parut s'ouvrir dans le tissu même de la réalité, révélant Julien et, au-delà, le couloir du vaisseau, le tout suspendu dans l'air. Cette vue bizarre — produite par une fermeture partielle du projecteur holographique — arracha des couinements aux prostitués de la chambre voisine et incita Machen à se tortiller sur le lit avec une nouvelle vigueur.

— Qui... qui êtes-*vous*? bégaya-t-il.

Pour toute réponse, Fouché nous cria :

— Vite, pressez-vous !

Nous atteignîmes le balcon au moment où le bourdonnement du vaisseau ébranlait la maison assez fort pour faire tomber les armes de collection du producteur. Quelques coups de feu retentirent, provoquant de nouveaux glapissements, mais nous ne pensions plus désormais qu'à nous replier et, quelques secondes plus tard, Larissa, Slayton et moi étions remontés à bord et le vaisseau repartait.

Ainsi, nous étions désormais en mesure de donner un nom — et bientôt, grâce aux efforts soutenus de Tarbell en piratage informatique, un visage aussi, dur et effrayant — à l'homme que nous recherchions. D'autres séances d'écoute des communications israéliennes confirmèrent que Machen ne mentait pas lorsqu'il disait que les supérieurs d'Eshkol pensaient que la fureur inspirée par les images de Staline chez leur agent rebelle trouverait un exutoire dans une révélation publique, sous une forme ou sous une autre, du document. Mais comme ceux d'entre nous qui se trouvaient à bord du vaisseau de Malcolm le soupçonnaient avec une prescience qui n'était que trop juste, le monde ne s'en tirerait pas aussi aisément.

29

Ne sachant si Eshkol avait déjà quitté la Californie ou même les Etats-Unis, nous nous réfugiâmes de nouveau dans les profondeurs du Pacifique tandis que Tarbell, aidé maintenant des Kuperman, continuait à pirater les bases de données et à capter les communications de divers services de renseignements américains et israéliens afin de composer un portrait plus complet du fugitif. Pendant ce temps, les autres se retrouvèrent à table pour se revigorer avec un repas impromptu préparé par Julien et discuter des quelques informations que nous avions réussi à soutirer à Ari Machen. Cette conversation ne déboucha que sur quelques hypothèses nouvelles, guère encourageantes, qui plus est : Machen avait sans doute raison quand il affirmait que le Mossad lui-même ne retrouverait pas Eshkol s'il décidait de se terrer profondément, l'Israélien ayant jusqu'ici échappé à toute recherche. Et nous estimions tous que si les Israéliens échouaient, les chances des Etats-Unis (seul autre pays sachant qu'il y avait un problème) de découvrir quoi que ce soit étaient quasiment nulles. La confirmation qu'Eshkol descendait bien de survivants de l'Holocauste n'était pas faite non plus pour nous rassurer. de toute évidence, ses supérieurs le considéraient comme un homme extrêmement violent, un baril d'explosif, et si ses tendances meurtrières — tournées à l'occasion, semblait-il, contre ses propres compatriotes — provenaient de sa rage devant le sort fait à sa famille et à son peuple, il n'aurait aucune difficulté à voir les choses à grande échelle quand viendrait le moment de concevoir le châtiment de tous les complices jusqu'ici non dénoncés du génocide commis en Allemagne nazie.

Il nous fallait toutefois plus d'informations solides pour déterminer quelle forme ce châtiment pourrait prendre et, au bout de quelques heures, Leon, Eli et Jonah furent à même de nous les fournir. Les yeux larmoyants, ils nous rejoignirent à l'avant du vaisseau, affamés, porteurs d'une palanquée de notes et de plusieurs photos d'Eshkol, toutes différentes. Ils nous donnèrent des explications pendant que Julien leur apportait à manger et, si les informations glanées ne permettaient plus de douter qu'Eshkol était un homme extrêmement dangereux, elles montraient aussi pourquoi notre équipe serait mieux armée que les Israéliens ou les Américains pour le traquer.

— C'est un assassin, oui, un boucher, vraiment, déclara Tarbell, enfournant la nourriture avec voracité. Mais il joue aussi sur notre terrain, pourrait-on dire.

Devant nos expressions intriguées, Jonah, qui mangeait à peine moins gloutonnement, expliqua :

— Il a toutes les qualités d'un agent secret — art du déguisement, maniement des langues —, mais la vraie raison de son succès, c'est que c'est un dingue d'informatique. Remarquable chercheur, il est capable de fabriquer toutes sortes de documents personnels pour avoir accès à toutes sortes d'archives et d'effacer ensuite toute trace de son passage. Il a même réussi à tromper le fichier universel d'ADN.

— Je croyais que c'était impossible? s'étonna Larissa.

— Pas impossible, simplement très, très difficile, corrigea Eli. Le truc consiste à se procurer les échantillons corroborants. Si par exemple vous prenez l'avion en usurpant l'identité d'une personne décédée, vous devez fournir un échantillon d'ADN au moment de l'enregistrement, et il vaut mieux qu'il provienne de quelqu'un qui présentait plus qu'une vague ressemblance avec vous. Mais surtout, surtout, de quelqu'un dont la mort n'a pas été enregistrée dans le fichier universel d'ADN. Eshkol disposait apparemment d'une kyrielle d'*alter ego*, et je pense que vous devinerez aisément comment il se fournissait...

— Les autres agents du Mossad qu'il a exécutés, dit Slayton, hochant la tête.

— Ainsi qu'un certain nombre d'agents arabes qu'il a tués, ajouta Tarbell. (Il consulta ses notes et indiqua les photos, dont plusieurs montraient Eshkol en costume traditionnel arabe.) Le narcissisme de la différence mineure, eh? Votre confrère le Dr Freud serait ravi, Gideon. En tout cas, quel que soit leur camp, ces victimes n'ont pas eu droit à la moindre notice nécrologique, et leur mort ne figure pas dans les bases de données. Des donneurs d'ADN idéaux, quasiment impossibles à retrouver.

Jonah prit le relais pendant que Tarbell se remettait à manger :

— Eshkol a fait l'objet de plusieurs blâmes. Le premier en 2011, quand il avait vingt-six ans. Mutilation du corps de sa victime, pour reprendre les termes du Mossad.

— Ce n'est pas une pratique inconnue dans ce métier, le prélèvement de trophées, fit observer Larissa.

— En effet, convint Eli, feuilletant ses notes. C'est pourquoi Eshkol s'en est tiré avec un simple avertissement. Plusieurs fois. Et c'est ce qui nous donne une chance de l'avoir. Ni les Israéliens ni les Américains ne connaissent le *modus operandi* d'Eshkol : nous sommes les seuls à l'avoir découvert par hasard en comparant les noms de ses victimes — obtenus dans les fichiers les mieux protégés du Mossad — avec ceux des banques de données de toutes les compagnies aériennes. Nous avons relevé dans un premier temps plusieurs coïncidences, puis d'autres.

— Eshkol s'est offert quelques escapades hors programme, au fil des ans, ajouta Jonah. Et je ne pense pas que c'était du tourisme, pas avec la façon dont il couvrait ses traces.

— Vous voulez dire qu'il se livrait à une vendetta personnelle, résuma Malcolm d'un ton sombre.

Eli acquiesça.

— Néo-nazis, skinheads, intellectuels arabes exilés ardemment opposés à la paix avec Israël : tous ont mystérieusement disparu alors qu'Eshkol se trouvait dans le pays qu'ils habitaient. Dans certains cas, nous avons même pu repérer son passage dans la ville même où l'exécution a eu lieu.

Malcolm fixait l'océan en silence comme il le faisait généralement quand les choses prenaient une tournure inquiétante. Remarquant son humeur, Slayton chaussa temporairement les bottes du chef :

— Vous pensez que vous pouvez retrouver sa trace? Avec cette méthode?

— Nous avons déjà commencé, répondit Jonah avec enthousiasme.

— Et? fit Larissa.

— *Et...* fit Eli, il semble qu'il ait quitté les Etats-Unis. Pour Paris. Il y a deux jours.

Il s'ensuivit un murmure général, chacun de nous se demandant tout haut pourquoi Eshkol aurait choisi pour se cacher un endroit aussi évident que la capitale française. Ce fut Malcolm qui, sans se tourner vers nous, donna la réponse à voix basse :

— Une arme. Il a besoin d'une arme.

Fouché eut l'air perplexe.

— Mais il ne peut pas s'encombrer d'un char ou d'un canon de gros calibre, les articles proposés le plus souvent par les Français sur le marché des armes. Quant aux explosifs, on peut s'en procurer n'importe où, alors pourquoi...

Ses lèvres se figèrent au milieu de sa phrase, ses yeux s'écarquillèrent quand il comprit. Malcolm n'eut pas même besoin de voir son expression.

— Oui, Julien. Vos compatriotes justifient la vente de cette technologie en affirmant qu'il a toujours été et qu'il sera toujours impossible de se procurer en France du plutonium à destination militaire. Mais les Irakiens se sont procuré le plutonium ailleurs... et le mécanisme à Paris. Ou plutôt, devrais-je dire, dans une petite ville située au sud-est de la capitale.

Nous comprîmes tous instantanément ce à quoi Malcolm faisait allusion. En 2006, Saddam Hussein, président irakien et ennemi juré de l'Occident depuis des lustres, décida de mettre en cause l'embargo économique toujours imposé à son pays en proclamant qu'il possédait l'arme nucléaire. A l'Ouest, beaucoup jugèrent cette déclaration absurde puisque la surveillance constante des usines d'armement irakiennes n'avait enregistré aucun progrès soudain qui aurait permis à Saddam de fabriquer le dispositif nécessaire. Alors, pour bien se faire comprendre, Saddam envoya un candidat au suicide faire exploser une arme nucléaire tactique dans l'une des communautés kurdes les plus prospères de la zone nord du pays protégée par les Alliés. L'homme fut intercepté, l'arme récupérée, et l'on put finalement établir que son mécanisme miniaturisé avait été acheté en France.

— Je suggère que nous prenions tous nos postes, continua Malcolm. Cap sur la France. Par la route la plus rapide que vous pourrez déterminer, colonel. Nous n'avons pas le temps de nous soucier d'éventuels accrochages avec nos adversaires habituels.

Comme tout le monde se levait, Eli demanda :

— Les Israéliens et les Américains, nous les mettons au courant de ce qui se passe?

— Certainement, bien que je ne pense pas qu'ils y croiront, répondit Malcolm avec un haussement d'épaules. Surtout si l'information provient d'une source anonyme et non vérifiable. Mais je vous en prie, prévenez-les.

Contemplant de nouveau l'océan, il ajouta :

— Prévenez-les que cet âge merveilleux de l'information a engendré un monstre, un monstre capable d'utiliser leurs propres outils bien mieux qu'ils ne peuvent l'imaginer.

Regardant Malcolm baisser les yeux et approcher l'injecteur transdermique de sa main, je me demandai si cette dernière remarque concernait Dov Eshkol.

30

Bien que la nécessité de gagner rapidement la France éclipsât celle de rester caché des avions de chasse de l'Amérique et de ses alliés, il semblait avisé de prendre toutes les précautions possibles pour éviter d'être détecté pendant notre voyage vers l'est. Malcolm et Eli entreprirent donc de créer pour notre vaisseau une nouvelle signature radar, afin que tout écho anormal capté au sol par les stations à longue portée ne puisse correspondre à celui que les Américains et les Anglais avaient sans aucun doute consigné dans leurs fichiers après nos accrochages en Afghanistan et au-dessus de la mer du Nord. Il fallait quelqu'un pour remplacer Eli au poste de contrôle dans la tourelle, et comme c'était une tâche avec laquelle je m'étais déjà un peu familiarisé, il sembla logique que Larissa propose que je m'en charge. Je crois toutefois que si la logique avait dicté un autre choix, Larissa l'aurait rejeté : plus je passais de temps avec elle, plus elle réclamait ma présence, situation — je lui en fis la remarque — absolument sans précédent pour moi.

— Pourquoi? me demanda-t-elle avec un rire, passant un bras sous le mien pour m'entraîner dans les couloirs du vaisseau de son allure à la fois martiale et aguichante. Tes choix sentimentaux ont été si mauvais? Je n'arrive pas à y croire. Pas le brillant docteur Gideon Wolfe...

— Le sarcasme est généralement une forme inférieure d'humour, ripostai-je. Et quoi que disent les femmes sur le respect dû aux hommes qui se consacrent à leur travail, elles réclament toujours leur présence auprès d'elles.

— Pourquoi pas? Toute femme digne d'intérêt mérite plus qu'une simple part d'attention.

— Quelle chance que tout retour à ma vie antérieure soit hors de question! fis-je d'un ton songeur. Maintenant que ma tête est mise à prix...

Larissa s'arrêta soudain et tourna vers moi un visage étonné.

— Tu veux dire que tu y as pensé?

Je haussai les épaules.

— Pas vraiment. Mais ce n'est que naturel de se poser la question.

Depuis que je la connaissais, je n'avais vu qu'en quelques occasions l'incertitude se refléter sur ses traits — et encore, fort brièvement. Cette fois, l'expression s'attarda.

— Oh, murmura-t-elle, baissant les yeux vers le sol.

— Larissa? (Dérouté, je lui caressai le visage.) Ce n'est pas comme si je l'avais envisagé, je me suis posé la question, c'est tout.

Elle hocha la tête sans rien dire. Il y avait dans son silence une tristesse et une ingénuité si insupportables que je la pris dans mes bras et l'attirai contre moi.

— Je suis désolé, dis-je.

Larissa est bien la dernière personne avec qui

j'aurais dû faire ce genre de plaisanterie, pensai-je tout penaud. Avec un tel passé, elle ne pouvait se permettre beaucoup de moments de véritable vulnérabilité émotive et, pendant ces épisodes exceptionnels, elle demeurait sans doute très consciente de la possibilité d'une trahison. Avec des personnalités de ce type, toute remarque, même désinvolte, sur un éventuel abandon ne pouvait que sembler cruelle. Je gardai donc les lèvres closes et continuai à la serrer contre moi, espérant que mon étreinte suffirait à effacer les effets manifestes de mon étourderie, mais quasiment certain que celle-ci n'y parviendrait pas.

Je me trompais, toutefois, comme ce fut si souvent le cas dans mes rapports avec Larissa.

— Ce n'est rien, finit-elle par dire, à voix basse mais d'un ton convaincu.

— Tu es sûre ?

— Je m'amuse parfois à être puérile, Gideon, mais cela ne fait pas de moi une enfant. Je sais que tu ne voulais pas vraiment me blesser.

Elle avait raison, bien sûr, et tandis que je considérais ce dernier rappel du fait qu'elle était différente de toutes les femmes que j'avais connues, je ne pus retenir un petit rire.

— Qu'est-ce qu'il y a de drôle, incroyable salaud ?

— Cela a effectivement quelque chose de ridicule, répondis-je. L'idée que je pourrais, moi, te quitter toi.

— Exact, dit-elle, recouvrant son admirable maîtrise de soi. Maintenant que tu en parles, cela est tout à fait absurde.

— O.K., dis-je en la secouant doucement. Pas la peine d'en rajouter non plus.

Elle pressa plus durement son visage contre ma poitrine et murmura, d'une voix si basse que je ne fus pas sûr qu'elle voulait que je l'entende :

— Tu ne me quitteras pas, Gideon...

Si j'avais su que c'était le dernier des moments sans complication que Larissa et moi réussirions à dérober à notre situation extraordinairement compliquée, j'aurais cherché avec plus d'ardeur à le prolonger. J'aurais pu, pour commencer, m'efforcer de ne pas entendre la sonnerie d'alarme du vaisseau, qui se mit à retentir à cet instant précis avec son manque d'à-propos caractéristique. Mais dans mon esprit stupide, tout danger me semblait alors émaner d'autres domaines que mes relations avec Larissa, et je relâchai mon étreinte, échouant totalement à donner à ce moment l'importance merveilleuse et terrible qu'il méritait. Je me rends compte maintenant, bien sûr, que ce ne fut que l'une des nombreuses erreurs que j'étais alors en train de commettre, mais cette prise de conscience n'atténue en rien la douleur du souvenir

Plusieurs minutes après le début de la sonnerie, Larissa et moi marchions de nouveau dans le couloir lorsque nous entendîmes un bruit de pas venant vers nous, et nous nous retrouvâmes bientôt face à face avec le colonel Slayton au pied de l'escalier menant à la tourelle.

— Nous n'avons toujours pas créé la nouvelle signature, annonça-t-il avec quelque chose dans le ton qui ressemblait vaguement — et fort étonnamment chez lui — à de la peur. Trop tard, trop *tard*... Vous les avez repérés, *vous* ?

L'accent mis sur le dernier mot semblait indiquer qu'il avait déjà posé la même question au reste de l'équipe. Il n'expliqua cependant pas de quoi il parlait et n'attendit pas que Larissa ou moi lui répondions.

— Ils n'ont quand même pas fabriqué ces engins, grommela-t-il en gravissant les marches. Même eux ne seraient pas assez stupides pour ça !

Nous suivîmes le colonel dans la tourelle, où il se dirigea immédiatement vers la droite et, les mains sur la coque transparente, se mit à scruter l'obscurité au-dessus de notre vaisseau. Je ne vis rien méritant d'être remarqué sur l'horizon courbe de la stratosphère, et Larissa, inspectant le même secteur, n'eut pas plus de succès.

— Colonel, que se passe-t-il, vous avez détecté quelque chose sur les scanners ?

Slayton acquiesça d'un hochement qui se transforma en mouvement de tête découragé.

— Un vol d'oiseaux : c'est l'aspect qu'ils ont. J'aimerais y croire, mais quelle sorte d'oiseaux survivrait à cette altitude ?

Je le rejoignis.

— Détendez-vous donc un peu, colonel, suggérai-je. D'après vous, qu'est-ce qu'il pourrait y avoir là-haut ?

— La mort, docteur. Et le pire, c'est que c'est peut-être une mort que j'ai moi-même conçue.

31

— Nous avons commencé à ruminer l'idée au Pentagone il y a un bon bout de temps, expliqua Slayton sans quitter des yeux l'horizon obscur. Cela faisait longtemps que nous essayions de régler le problème de la détection moderne. Ces cinquante dernières années, à chaque nouveau système de détection succédait un progrès dans les technologies de furtivité et, avec l'apport de l'informatique, la course s'est considérablement accélérée. Tous les grandes puissances cherchaient une issue, une réponse absolument sûre, mais la technologie permettant une telle avancée n'avait pas encore été mise au point. Ou du moins, c'était l'avis général. En fait, la graine de la solution avait été plantée des années plus tôt, pendant la guerre de la drogue en Colombie et en Equateur. Plantée par des unités placées sous *mon* commandement.

Une fierté passagère éclaira un instant l'humeur sombre du colonel, qui poursuivit :

— Nous avions pris l'habitude d'utiliser de petits drones équipés de caméras et de micros pour nos missions de reconnaissance, et cette tactique se révéla très efficace, mais nous ne nous doutions absolument pas que nous étions tombés par hasard sur la bonne réponse.

— Comment ça, la bonne réponse? demanda Larissa. Ces avions téléguidés n'avaient ni radar ni capacité à se rendre invisibles.

— Exactement, répondit Slayton avec un bref sourire. Le plus beau de l'histoire, c'est qu'ils n'en avaient pas besoin. Nous avons tous tellement pris l'habitude de travailler avec des informations produites par l'informatique que nous avons oublié les outils fondamentaux que Dieu nous a donnés : nos yeux et nos oreilles, que ces drones sont *devenus*. Après le succès des premiers essais, nous avons suffisamment miniaturisé leur structure et leur équipement pour non seulement les doter d'une très longue portée mais aussi pour leur permettre de pénétrer dans n'importe quel champ de détection, ou presque, sans déclencher d'alarme. Après la guerre de la drogue, l'usage des drones s'est généralisé. Et quand la miniaturisation des armes puissantes s'est considérablement développée, il y a dix ans, il s'est forcément trouvé quelqu'un pour avancer l'idée de drones armés. Téléguidés dans des endroits reculés, ils feraient exploser leur charge — classique ou nucléaire — avec une précision absolue. Du moins en théorie. Les avantages étaient évidents... (La cicatrice de Slayton parut rougeoyer à la faible lumière de la tourelle quand son ton redevint lugubre.) Mais les dangers aussi. Un espion étranger s'introduisant dans un labo américain pouvait facilement emporter les plans, mais également les prototypes. Heureusement, il y avait d'énormes problèmes de conception et de systématisation qui semblaient insolubles. Nous avons abandonné le projet alors que j'étais encore là-bas. Apparemment, ils l'ont relancé.

— Ce n'est pas sûr, objectai-je. Autant que nous sachions, le vaisseau a peut-être détecté une pluie de petits météores, ou de la poussière cosmique.

Piètre tentative pour fournir une explication différente, je l'admets, et Slayton la rejeta avec le dédain qu'elle méritait :

— Trouvez-moi des météores qui volent en formation et sur une trajectoire d'interception, docteur, et je... (Ses traits se figèrent.) *Là*, fit-il à voix basse.

Je fixai le lointain sans déceler aucune raison de s'alarmer. Toutefois, quand je me tournai vers Larissa, je m'aperçus qu'elle avait rivé son regard sur ce que le colonel regardait : son visage avait la même expression d'appréhension.

— Où ça ? demandai-je.

Pour toute réponse, Slayton se retourna, tendit le bras vers la console de contrôle et mit en marche le système de communication du vaisseau.

— Ici Slayton. Les drones sont maintenant à cent cinquante mètres de l'arrière. Nous devons être le plus silencieux possible : pas de bruit inutile, pas de conversation à voix haute. Le plus important, ce sont les moteurs. Julien, il faut les réduire au minimum. Jonah, relance la projection holographique.

Le ton du colonel reflétait l'imminence du danger et me fit scruter la stratosphère plus attentivement encore pour découvrir ces mystérieuses inventions qui lui causaient une telle inquiétude. Quand je les découvris enfin, elles me parurent aussi intriguantes qu'effrayantes : ces dizaines de drones de la dimension d'un ballon de basket — on aurait dit une image fabriquée par John Price — avaient de grands « yeux » qui, je ne tardai pas à l'apprendre, abritaient en fait des instruments d'optique sophistiqués. Des appendices contenant des moniteurs audio tout aussi complexes et des carapaces enchâssant le matériel de vol et de guidage leur donnaient l'aspect d'énormes insectes. Chacun d'eux était en outre hérissé d'antennes écailleuses. Des détonateurs programmables, expliqua brièvement Slayton, gardant les détails pour une nouvelle mise en garde au reste de l'équipage :

— Rappelez-vous. Si je ne me trompe pas, chacun de ces engins porte une charge nucléaire capable de pulvériser le vaisseau. Nous allons poursuivre notre route avec la plus grande prudence.

Comme en réponse à Slayton, les drones nous encerclèrent, leurs yeux inquisiteurs prenant maintenant un aspect menaçant. Suivant les ordres du colonel, notre vaisseau ralentit progressivement jusqu'à ne plus avancer qu'au pas, semblait-il, allure très éprouvante pour les nerfs. La peur ne m'aidait pas à maintenir ma voix au niveau du murmure, mais il fallait que je pose la question :

— Quelqu'un se risquerait à faire exploser un engin nucléaire à cette altitude ?

Slayton hocha la tête en soutenant le regard des drones qui flottaient autour de nous.

— Je suppose qu'ils sont armés de lasers à rayons X : ils fonctionnent à l'énergie dégagée par une explosion nucléaire et ont un potentiel destructeur immense, avec un minimum de retombées.

— Un minimum ? chuchota Larissa.

— Les Américains considèrent manifestement que la menace que nous présentons justifie le risque.

Même s'ils ne comprennent pas la nature exacte de cette menace. Ce type de raisonnement n'est pas rare dans le système de sécurité national américain, comme vous l'avez vous-même écrit, docteur.

— Le projecteur holographique nous protège pour le moment? m'inquiétai-je.

— Il devrait. A l'œil nu, notre vaisseau a maintenant l'apparence d'une inoffensive bande de brouillard atmosphérique.

— Et le projecteur fait sur ces drones le même effet que sur l'œil, ajouta Larissa.

— Transformant ainsi la force des drones en faiblesse, conclut Slayton. Mais, je l'ai dit, nous n'avons pas encore commencé à émettre une nouvelle signature radar, et nous devons partir du principe qu'ils resteront fixés sur l'ancienne, attendant la confirmation d'une activité humaine ou mécanique quelconque. Il faut continuer à faire le moins de bruit possible.

Constatant que les engins, à l'extérieur, n'avaient toujours fait aucun mouvement hostile, le colonel laissa son corps raidi se détendre un peu.

— Ils semblent abusés, pour le moment du moins. Je me demande ce que diraient mes anciens amis, en bas, s'ils savaient que c'est *moi* qu'ils pourchassent, dit-il avec un bref sourire.

Malgré la légère détente permise par le projecteur holographique, nous nous déplacions tous avec précaution et parlions à voix basse, conformément aux recommandations de Slayton. Après une demi-heure de ce régime, je me tenais silencieusement près de Larissa quand je l'entendis communiquer avec son frère par leurs implants. Ses mots et son ton apaisant me firent supposer que notre situation en général, augmentée de la tension de ce moment particulier, affectait Malcolm. J'en eus confirmation quand elle me demanda d'aller le voir dans sa cabine où, souffrant de vertiges, il s'était retiré. Il fallait quelqu'un auprès de lui pour l'aider à traverser ce moment difficile, souligna Larissa, qui avait elle-même l'intention de rester à son poste, prête à ouvrir le feu sur les drones en cas de défaillance, pour une raison quelconque, du nouveau système holographique.

Avec des mouvements lents et prudents, je descendis l'escalier de la tourelle, gagnai l'arrière du vaisseau. En pénétrant dans la cabine de Malcolm — qui évoquait celle d'un capitaine d'un voilier ancien, avec une fausse fenêtre à petits carreaux encastrée dans la coque —, je crus d'abord qu'il devait être resté dans le dôme d'observation puis je découvris son fauteuil roulant renversé près d'une table en bois grossièrement équarrie, et son corps, pris sous le siège.

— Malcolm ! lâchai-je, mais sans élever la voix car les drones étaient encore visibles à l'extérieur.

Je m'approchai, redressai le fauteuil avec précaution et soulevai Malcolm, stupéfait par la légèreté de son corps. Je l'allongeai sur le lit clos fixé contre une cloison, desserrai son col et cherchai son pouls.

J'eus beau chercher, je ne le trouvai pas.

32

Malcolm reprit conscience sans que j'y sois pour quelque chose, car je n'avais pas même commencé à tenter de le réanimer que son corps tout entier tressauta comme s'il avait reçu une forte décharge électrique. Ses poumons aspirèrent désespérément une longue goulée d'air et il se mit à tousser, pas assez fort, par bonheur, pour attirer l'attention des drones. Je remplis un verre avec l'eau d'un pot en étain, fis boire Malcolm ; quand sa respiration fut à peu près redevenue normale, il murmura :

— Je suis resté inconscient combien de temps ?

— Je ne sais pas, répondis-je. Je vous ai trouvé par terre. Vous n'aviez plus de pouls, Malcolm, dis-je, donnant à mes sourcils un froncement interrogateur.

Il but encore un peu d'eau, hocha la tête.

— Ça arrive, haleta-t-il. Plus fréquemment ces temps-ci, je dois dire. (Il s'allongea de nouveau, s'efforça de calmer son corps.) C'est l'un des symptômes les plus imprévisibles de mon état : arrêt spontané des fonctions fondamentales. Mais cela ne dure jamais longtemps. (Il considéra le plafond de bois de son lit avec une apparente frustration.) J'aimerais quand même savoir si je rêve ou non quand cela se produit...

— Avez-vous déterminé ce qui déclenche ces évanouissements? demandai-je, déconcerté par son attitude. L'épuisement joue un rôle?

Il haussa les épaules.

— Probablement. Quoique... (Il roula sur le côté, regarda au-dehors, plissa le front en découvrant les drones.) Toujours là, hein? Epuisé ou pas, je dois aller voir Eli...

Il n'était même pas capable de se redresser.

— Pour le moment, vous n'allez nulle part, décrétai-je. (Comme il tendait la main vers son injecteur transdermique, je le lui confisquai.) Et je ne pense pas que l'automédication soit indiquée après une crise de neuroparalysie.

Dès notre première rencontre, j'avais compris que l'orgueil de Malcolm passait avant tout : il avait désespérément besoin de sentir qu'il n'était pas réduit à l'impuissance et il se portait à des extrémités quasi surhumaines pour éviter cette impression. Je n'étais donc pas du tout sûr de la façon dont il réagirait au diktat médical que j'entendais lui imposer. Chose étonnante, il se contenta de me lancer un regard à l'expression consentante, comme un jeune garçon à qui on vient d'annoncer qu'il doit rester à la maison et n'ira pas à l'école.

— D'accord, dit-il avec calme. Mais donnez-moi mon fauteuil.

Il semblait en fait soulagé d'être forcé de se reposer un peu, quoiqu'il ne l'eût jamais admis, je le savais. J'approchai le fauteuil du lit, laissai Malcolm s'y asseoir seul.

— Merci, Gideon, dit-il, comme s'il m'était reconnaissant de ne pas l'avoir aidé.

— Vous avez de la chance que votre sœur se soucie de vous. Dieu sait combien de temps vous seriez resté allongé par terre si elle ne m'avait pas demandé de venir vous voir. Et dans quel état vous auriez été quand nous aurions fini par vous trouver.

Il reconnut la justesse de la remarque en levant une main puis me regarda avec une curiosité évidente.

— Vous et Larissa, vous êtes très épris l'un de l'autre, semble-t-il. Quel effet cela fait-il?

Je pensais bien qu'il finirait par me poser des questions sur ma relation avec sa sœur, mais je n'avais pas prévu celle-là. La crise l'a déboussolé plus que je ne pensais, diagnostiquai-je.

— Vous voulez dire, quel effet cela fait d'être amoureux de votre sœur?

— D'être amoureux de n'importe quelle autre femme. Et d'être aimé d'elle. Quel effet ça fait?

La clarté de son regard et de ses mots me fit comprendre que ma supposition était erronée et que, bien qu'affaibli, Malcolm n'était pas du tout déboussolé. Cette constatation me tomba dessus comme une masse. De toutes les choses dont Stephen Tressalian avait privé son fils, l'amour me paraissait la plus précieuse. Il était indiciblement cruel que Malcolm ignorât la réponse à sa question, et la raison évidente de cette ignorance était plus cruelle encore. Après avoir désespérément cherché une réponse qui ne trahirait pas ma propre affliction, je finis par dire :

— Larissa ne ressemble à aucune « autre femme ».

Il considéra l'affirmation et demanda :

— Vous en avez la certitude? Empiriquement, je veux dire?

— En tout cas, je le crois. C'est ce qui compte.

— Oui, murmura-t-il pensivement en se touchant les lèvres. C'est ce qui compte, n'est-ce pas. Croire...

Nous restâmes près d'une minute sans parler, les poumons de Malcolm aspirant et rejetant l'air dans un sifflement, puis il répéta :

— Croire... Je ne m'y suis pas suffisamment intéressé, Gideon. Je me suis concentré sur la tromperie... les mystifications de cet âge, et mes propres efforts pour les révéler au moyen même de la tromperie. J'aurais dû accorder plus d'importance au fait de croire, parce que c'est ce qui nous a mis dans cette situation...

Il semblait recouvrer des forces, mais j'eus l'impression que c'était plutôt l'occasion de parler de ce qui le tourmentait qu'une véritable amélioration physique qui lui donnait cette énergie.

— Qu'est-ce que c'est, Gideon? Ce qui fait qu'un homme comme Dov Eshkol est si attaché à ce qu'il croit qu'il devient capable de commettre n'importe quel crime?

Conscient de l'effet thérapeutique que cette conversation avait sur lui, je me prêtai au jeu. Et dans le silence étrange, menaçant, du vaisseau avançant lentement, encerclés et épiés par les sbires mécaniques de nos ennemis d'en bas, nous entreprîmes de décortiquer l'esprit de l'homme que nous traquions.

— Il y a beaucoup de facteurs impliqués dans ce genre de conviction, naturellement, répondis-je, mais si je devais en désigner un comme essentiel, je dirais la peur.

— La peur? Peur de quoi? De Dieu?

Je secouai la tête.

— Le type de peur auquel je me réfère frappe bien avant que nous ayons une quelconque notion de Dieu. Dès la naissance, deux terreurs fondamentales consument tous les hommes, quel que soit leur milieu. Il y a d'abord la terreur engendrée par le sentiment de notre solitude, de notre isolement les uns des autres. En second lieu, bien sûr, la peur de la mort. Ces peurs affectent chacun de nous et sont au moins en partie responsables de tous les crimes... y compris ceux qu'Eshkol a commis.

Je m'interrompis, examinai Malcolm. Il hochait la tête et semblait se rasséréner, bien que le regard de ses yeux bleus demeurât fixé sur les drones.

— Poursuivez, me dit-il au bout d'une trentaine de secondes. Nous devons savoir comment son esprit fonctionne.

— D'accord, acceptai-je, mais uniquement si vous me promettez de ne pas vous énerver. (Il agita la main avec impatience, signe qu'il se sentait effectivement mieux.) La plupart des gens s'efforcent de noyer la première de ces peurs — isolement — dans un sentiment d'appartenance à un groupe. Religieux, politique, technique, peu importe. On le retrouve aussi derrière la plupart des opérations de marketing de masse menées aujourd'hui, derrière la culture populaire elle-même. Derrière n'importe quoi, en fait, pourvu que cela donne l'impression de briser le mur de l'isolement et le sentiment d'avoir sa place dans le monde.

— Ce qui crée d'immenses ouvertures pour la

manipulation, murmura Malcolm, écarquillant délibérément les yeux.

— Et pour les manipulateurs. Encore appelés dirigeants. La plupart d'entre eux cherchent simplement à apaiser leurs propres peurs en créant un espace d'identité dans lequel pourra s'insérer le plus grand nombre possible de pauvres âmes n'ayant en commun que leur sentiment d'être déconnectées et perdues.

— Vous parlez des supérieurs d'Eshkol ?

— En partie, mais pas principalement. Ses chefs israéliens entrent bien dans la catégorie dont nous discutons, assez commune, qui comprend presque tous les leaders engagés dans un mouvement politique, religieux, économique ou culturel. Mais Eshkol ? Son cas n'a rien de commun et, si nous voulons comprendre comment il fonctionne, nous devons porter toute cette affaire au niveau supérieur.

Malcolm soupira.

— Le *fanatisme*, dit-il, manifestant le même dégoût que la fois précédente.

— Oui. Le leader de type courant et ses adeptes sont essentiellement mûs par le désir de mettre fin à l'isolement, mais le leader fanatique et ses disciples incorporent la seconde peur primale — celle de la mort — dans l'équation. Et par mort j'entends annihilation, liquidation de tous les aspects de l'existence sur terre d'une personne. Le dirigeant qui promet à ses troupes qu'adhérer à ses règles et à ses enseignements non seulement les délivrera de la souffrance de la solitude mais leur permettra aussi de défier la mort, d'accéder à une sorte d'immortalité spirituelle par des actes méritoires, ce type de dirigeant exerce un ascendant absolu incomparable par rapport à celui de la première catégorie et crée du même coup un type d'adepte tout à fait différent. Celui-ci aura tendance à ne tenir aucun compte des règles généralement admises de comportement social pour la simple raison qu'il n'y aura d'obscène, à ses yeux, que ce que le chef qualifiera de tel. Et la définition de l'obscénité par ce dirigeant sera très spécifique, car il ne voudra pas limiter le champ des actions qu'il pourra ordonner à ses partisans.

— D'accord, approuva Malcolm, dont les doigts se mirent à tambouriner sur les bras de son fauteuil. Mais, alors, qui est-ce ? Qui est le dirigeant qui dit à Eshkol ce qu'il doit faire ?

— Je ne pense pas que qui que ce soit le lui dise, du moins pas au sens où vous l'entendez. Mais il a bel et bien des leaders, et de la pire espèce. Vous en avez parlé vous-même, Malcolm : il s'agit de sa famille, et des personnes assassinées il y a près d'un siècle.

Il parut dérouté.

— Comment est-ce possible ? Ceux-là sont morts, et ce n'étaient pas des leaders.

— Pas de manière évidente. Et c'est ce qui les rend encore plus dangereux. Ils représentent toutes les valeurs de l'héritage ethnique et religieux d'Eshkol. En fait, étant morts depuis longtemps, ils n'ont aucun défaut. Ils exigent, dans l'esprit d'Eshkol, une foi inébranlable et une vengeance totale, perpétrée avec la même violence que ce qui a causé leur mort. Ils lui offrent en retour la promesse de bras accueillants et d'une communauté éternelle au cas où il viendrait à mourir dans sa tentative. Et surtout, la cruauté qu'il incarne, la cruauté inhérente à tout fanatisme, se pare des ornements plus séduisants de l'amour parce qu'elle sert leur mémoire. Eshkol est le loup solitaire type, même les Israéliens le savent. Il n'écoute qu'une seule voix, la voix collective qu'il imagine provenir de ses ancêtres assassinés.

Prenant mon raisonnement en marche, Malcolm enchaîna :

— Et lorsqu'il a vu les images de Staline, il ne les a pas mises en doute une seconde.

J'acquiesçai :

— Eshkol est presque certainement devenu paranoïaque : il a eu tout le temps de ruminer un massacre sans précédent, de le lier à des événements survenus dans sa propre famille et dans sa vie personnelle, de conclure que ce massacre continue et qu'il exige de lui une réaction personnelle. En nous fondant sur ses activités, nous pouvons déduire sans risque de nous tromper qu'il soupçonne le monde entier de tremper dans un complot pour exterminer les Juifs. Les Juifs eux-mêmes, du moins certains Juifs, ne sont apparemment pas, à ses yeux, au-dessus de tout soupçon. La paranoïa engendre une tension extrême qu'aucune réfutation ne peut réduire et que seule une justification peut atténuer. Dans les images de Staline, Eshkol a perçu ce qu'il avait toujours voulu voir : la preuve qu'il avait raison et la justification de tous ses actes.

Fixant toujours les drones, Malcolm commença à murmurer « *Mundus vult...* », mais la formule ne le satisfaisait plus et il se laissa aller en arrière avec un long soupir.

— Seigneur Dieu !

— Je ne vous ai rien dit que vous ne sachiez déjà, ou que vous ne soupçonniez. La question que je me pose maintenant, c'est : comment pouvons-nous espérer l'arrêter ? Si j'ai raison, s'il ne rend de compte à aucun être vivant et s'il traverse la société moderne comme un fantôme... où est notre avantage ?

Malcolm serra les poings mais garda un ton feutré :

— Notre avantage, c'est nous. Personne d'autre n'est capable de le neutraliser avant...

Malcolm ne tenait apparemment pas à aller au bout de sa pensée, mais, désireux d'être absolument sûr que nous nous comprenions et que nous comprenions la situation, je répétai :

— Avant... ?

Un mouvement à l'extérieur de la fenêtre attira notre attention : en formation déployée, les drones s'éloignaient de notre vaisseau et repartaient dans la direction d'où ils étaient venus. Quoique soulagé, je ne compris pas d'abord la raison de leur départ puis j'entendis la voix d'Eli dans le système de communication :

— Tout va bien, j'ai lancé la nouvelle signature, ils n'ont plus rien à quoi s'accrocher.

Malcolm se tourna, appuya sur l'une des touches d'un cadran encastré près de son lit.

— Bien joué, Eli. Julien, reprenons de la vitesse. Je veux être en France dans moins d'une heure. (Posant les mains sur les roues de son fauteuil, il me jeta un regard critique.) Avant quoi devons-nous mettre la main sur Eshkol ? Nous en avons tous deux une idée assez claire, Gideon, et, aussi terrifiante soit-elle, je suggère que nous nous efforcions d'en faire prendre conscience aux autres. (Il fit pivoter son siège et le dirigea vers la porte.) L'esprit de cet individu grouille peut-être de fantasmes vengeurs, comme vous l'avez dit, mais ceux-ci mourront avec lui.

33

Ayant recouvré notre capacité de filer à pleine vitesse, nous atteignîmes la Manche, à défaut de la France elle-même, dans le délai d'une heure fixé par Malcolm. Notre descente de la stratosphère se termina au nord du Havre et, après avoir remis en marche le projecteur holographique, nous survolâmes cette ville à altitude de croisière et suivîmes la Seine qui serpentait à travers l'une des banlieues tentaculaires les plus denses du pays. Comme tout en France, cette banlieue s'était progressivement américanisée dans ses détails et son aspect, mais parce qu'elle s'étendait à travers l'une des plus belles régions historiques de Normandie, elle semblait à certains égards plus grotesque encore que ses homologues américaines.

Le plus perturbant, c'était l'éclairage étrange de la scène. Dans les zones de banlieue des Etats-Unis, on était habitué depuis longtemps à la lumière tremblotante et aseptisée qui suintait chaque nuit des maisons pour se répandre dans les rues et les jardins obscurs, émanation de centaines de milliers d'écrans d'ordinateur. Jouissant d'un taux de criminalité plus bas que les Américains, les Français pouvaient se permettre de montrer plus de subtilité dans l'éclairage de leurs rues et se laisser aller à leur aversion typiquement européenne pour la décoration des fenêtres, de sorte que la lueur de ces mêmes moniteurs — aussi omniprésents en France qu'aux Etats-Unis ou dans n'importe quel autre pays du monde numérique — n'était pas seulement visible mais dominante.

A mesure que nous nous rapprochions de Paris, la densité du tissu urbain augmentait et l'incandescence des innombrables moniteurs croissait. Malcolm et moi, qui regardions tout cela défiler sous nous de l'avant du vaisseau, fûmes bientôt rejoints par Julien qui, naturellement, avait plus de raisons que tout autre d'être découragé par ce qu'il voyait. Il prétendait avoir accepté depuis longtemps le fait que son pays natal était aussi vulnérable aux maux de l'âge de l'information que n'importe quel autre. C'était d'ailleurs le refus persistant de ses confrères universitaires de reconnaître ce fait qui l'avait amené à s'expatrier.

— Dans ce domaine, il faut être philosophe, dit-il, croisant les bras et passant une main dans sa barbe. Et pourtant la philosophie ne fait que rendre la condamnation plus tranchante. Vous avez lu Camus ? « Une seule phrase suffira pour l'homme moderne : il forniquait et lisait le journal. » Il faut maintenant la modifier légèrement : « Il se masturbait, branché sur l'Internet. »

Il tenta de ponctuer d'un gloussement, à tout le moins, cette remarque qui, en d'autres circonstances, aurait pu être amusante, mais à cet instant précis, ni lui ni moi — ni Malcolm, à coup sûr — n'avions le cœur à rire.

Après plusieurs minutes de silence, Larissa entra, porteuse d'une nouvelle qui, à défaut de nous transporter d'enthousiasme, mit un peu de baume sur nos plaies : Tarbell était parvenu à identifier dans la région parisienne un homme qui vendait régulièrement au gouvernement israélien, par l'intermédiaire du Mossad, des armes et des secrets technologiques volés. Il était plus que probable qu'Eshkol se rendait à Paris dans l'intention de prendre contact avec cet individu, capable, selon les recherches de Leon, de mettre la main sur n'importe quel type de matériel, y compris des engins nucléaires miniaturisés. Ce trafiquant vivait dans une magnifique propriété en bordure d'un lac, près de la ville médiévale de Troyes. Nous maintînmes donc notre cap et accélérâmes l'allure, parfaitement conscients que les chances qu'avait cet homme de survivre à une rencontre avec Eshkol étaient minces.

Si rapide que fût notre vaisseau, il ne le fut pas assez. Il commençait à survoler le paysage ondoyant des environs de Troyes quand Leon capta des rapports de la police française sur un meurtre commis au domicile du trafiquant d'armes. Etant donné les activités de la victime, la police s'efforçait de ne rien révéler de l'affaire mais reconnaissait cependant, sur des lignes de communication qu'elle croyait sûres, n'avoir aucune piste : apparemment, les Israéliens ne s'étaient pas précipités pour déclarer qu'ils travaillaient avec le mort et qu'un de leurs agents était peut-être l'auteur du meurtre. Nous ne pouvions rien faire d'autre que programmer nos ordinateurs afin qu'ils surveillent attentivement toutes les ventes de billets d'avion pour des déplacements à partir d'un aéroport français. En recoupant ces informations avec celles d'autres bases de données selon le système déjà mis en place par Tarbell et les Kuperman, nous pouvions raisonnablement espérer découvrir la prochaine destination d'Eshkol.

Découverte, cette destination surprit plus qu'un peu plusieurs d'entre nous.

— *Kuala Lumpur*? m'exclamai-je après que Tarbell nous eut livré l'information. La *Malaysia*? Il se jette en plein cœur d'une guerre qui...

— Ah-ah, fit Leon, agitant l'index. Une « intervention des Nations unies », s'il te plaît, Gideon. Ils y tiennent beaucoup.

— D'accord, ronchonnai-je. Il se jette dans une intervention des Nations unies devenue le plus grand bain de sang régional depuis le Vietnam ! Pourquoi ? Il veut se faire tuer ?

— C'est toi le psychologue, Gideon, dit Fouché. C'est plutôt nous qui devrions te poser la question, non ?

Je lui décochai une taloche peu appuyée mais rapide qu'il esquiva avec l'agilité impressionnante dont je l'avais vu faire preuve en Afghanistan.

— Ce n'est pas drôle, protestai-je. Personne ne s'imagine que nous irons aussi là-bas, j'espère ?

— Pourquoi pas ? dit Larissa.

— En pleine guerre de Malaysia ?

— Ah-ah, fit de nouveau Tarbell. Ce n'est pas une...

— Leon, tu veux bien la fermer ? le coupai-je. (Aucun d'eux ne montrait la moindre appréhension et cela me tapait sur les nerfs.) Dois-je vous rappeler que toutes les puissances occidentales ont actuellement des troupes là-bas ? De *vraies* troupes. Pas la milice, pas la police : l'*armée*. Et les Malaysiens sont devenus tellement enragés après deux ans de combat qu'ils en donnent à ces troupes pour leur argent. Vous ne vous attendez pas à ce que je plonge au milieu de *ça*?

Larissa s'approcha de moi par-derrière, me passa les bras autour du cou.

— Chéri, roucoula-t-elle, ne me dis pas que tu as peur...

— Bien sûr que j'ai peur! m'écriai-je, ce qui l'amusa encore plus. Désolé, mais il y a des limites à ce qu'on peut exiger de quelqu'un, et ça...

— C'est nécessaire.

Voix de Malcolm, qui ajouta un autre argument, décourageant mais irréfutable :

— Il n'y a qu'une chose qui puisse attirer Eshkol à Kuala Lumpur. Les Malaysiens financent en partie leur effort de guerre par l'un des plus vastes systèmes de marché noir jamais vus : ils blanchissent l'argent de la drogue du Tiers-Monde, ils s'adonnent à tous les trafics, des animaux rares aux êtres humains, et sont aussi très actifs dans le secteur des technologies et des bases de données volées. Rien de tout cela, cependant, n'intéresse Eshkol; il cherche autre chose, quelque chose en provenance du Japon, si je ne me trompe...

Toute jovialité avait maintenant disparu autour de la table.

— L'économie japonaise ne s'est jamais vraiment remise de la crise de 2007, poursuivit Malcolm. Comme les Malaysiens, les Japonais ont dû recourir aux méthodes disponibles pour susciter une reprise, même modeste. Ils n'avaient ni l'argent ni les ressources naturelles pour moderniser leurs infrastructures énergétiques : encore aujourd'hui, ils dépendent principalement de l'énergie nucléaire et n'ont pas pu éliminer progressivement leurs réacteurs surrégénérateurs...

Eli se prit soudain le front.

— *Surrégénérateurs,* répéta-t-il, comprenant apparemment ce qui demeurait pour moi très obscur.

— Quoi? fis-je. Qu'est-ce que c'est, un réacteur surrégénérateur?

— Un réacteur nucléaire qui fabrique du plutonium utilisable à partir de déchets d'uranium, répondit Jonah. L'idée avait paru très prometteuse, à une époque.

— Elle a été abandonnée par presque tous les pays du monde en raison de problèmes de sécurité, précisa Malcolm. Et aussi à cause de la tentation irrésistible que de grandes quantités de plutonium entreposées dans une installation civile constitueraient pour des terroristes.

Me lançant un regard appuyé, il ajouta :

— Ainsi que pour ceux qui font affaire avec les terroristes. Des trafiquants japonais ont régulièrement vendu — sans la complicité de leur gouvernement, on peut le supposer — de grandes quantités de plutonium à de telles personnes. A...

— A Kuala Lumpur, murmurai-je, me laissant tomber sur une chaise.

— En fait, non, dit Jonah. L'ONU contrôle la capitale. La plupart des affaires sérieuses se traitent sur les hauteurs de Genting, qui dominent la ville et où pullulaient autrefois les maisons de jeu. Mais Kuala Lumpur est le seul endroit où les Alliés permettent aux avions d'atterrir puisqu'ils contrôlent à la fois la ville et l'aéroport. Eshkol se rendra donc d'abord dans la capitale, en se faisant probablement passer pour un bénévole quelconque, puis se faufilera entre les lignes et gagnera les hauteurs.

Réagissant du mieux que je pouvais, je baissai la tête et pris plusieurs longues inspirations.

— C'est comment, la cuisine malaysienne? finis-je par marmonner.

— Je doute que tu aies l'occasion d'y goûter, répondit Tarbell. C'est la guerre, là-bas, tu ne le savais pas?

34

Il fut un temps où je considérais avec une fascination horrifiée les effets écologiques des guerres tribales africaines comme celle que j'observais maintenant depuis neuf mois. J'avais naturellement conscience que cette réaction était due en grande partie aux images de ces conflits diffusées par les agences de presse du monde entier. Bien que conscient de cette manipulation, j'étais aussi captivé et ému que le reste du monde, au point même que je ne m'intéressais pas aux campagnes bien plus destructrices menées contre la forêt dans d'autres parties du monde par une constellation de sociétés opérant dans le secteur agricole et l'exploitation du bois — éléments essentiels de compagnies plus vastes, propriétaires d'un bon nombre des agences de presse maintenant l'attention de l'opinion rivée sur l'Afrique. Dans ces autres parties du monde, le taux de destruction de la forêt pluviale — tout aussi importante pour la santé générale de la planète que celle d'Afrique, bien entendu — excédait de beaucoup les dégâts que des hommes comme mon ami le chef Dugumbe et ses ennemis pouvaient causer au cours de leurs affrontements les plus âpres. Mais l'emploi, c'est l'emploi, les affaires sont les affaires, et le monde ne voyait de cette déforestation gigantesque que quelques images occasionnelles prises par des journalistes indépendants.

Cette situation prévalut jusqu'à ce qu'il soit presque trop tard : c'est-à-dire jusqu'à ce que les hommes de science se mettent à signaler plutôt qu'à prédire les changements de qualité de l'air accompagnant la disparition de ces fabriques naturelles d'oxygène. La détérioration globale de l'atmosphère, quand l'opinion en prit enfin conscience, causa une panique générale, et un mouvement sans précédent pour sauver ce qu'il restait de forêt vit le jour. De nature plus belliqueuse qu'évangélique, cet élan déboucha sur la création de « forces spéciales de surveillance » des Nations unies — des armées multinationales, à vrai dire — qui prirent position dans les pays où la situation semblait la plus facile à redresser : le Brésil, diverses parties de l'Amérique centrale et la Malaysia.

Les gouvernements du Brésil et d'Amérique centrale acceptèrent avec une passivité relative cette « surveillance ». Mais les Malaysiens, inspirés par leurs vieilles traditions guerrières, se dressèrent contre l'envahisseur, résolus à ne pas se laisser prendre les quelques sources de revenus qu'il leur restait après la crise de 2007 sans obtenir des compensations adéquates, compensations qu'aucune nation occidentale n'était en mesure d'accorder ou d'humeur à consentir. Ainsi naquit une guerre des ressources d'un nouveau type, auprès duquel les conflits très violents qui avaient déjà éclaté dans d'autres parties du monde pour le pétrole et l'eau semblaient anodins. Certes, la Malaysia orientale fut assez aisément amadouée grâce à un don généreux fait à l'ONU par l'Etat voisin de Brunei, dont le sultan ne fut que trop heureux de saisir cette occasion de restaurer l'image de sa petite principauté ternie par les scandales. Mais, en Malaysia occidentale, ce fut une autre affaire. Après avoir lancé l'offensive dans trois directions, les troupes de l'ONU se heurtèrent à une résistance bien plus vive que prévu. Lorsque des soldats de leurs unités avaient la malchance d'être capturés, ils étaient généralement torturés à mort, mutilés et renvoyés du côté des lignes alliées avec un petit drapeau de l'ONU planté dans la bouche. Finalement, les troupes alliées parvinrent à s'emparer de la plupart des villes de la péninsule, mais quelques-unes tinrent bon. Elles devinrent les corridors permettant d'accéder à la jungle des hauts plateaux, bourbier dans lequel les Alliés s'étaient enlisés, aimant attirant la canaille et les mercenaires du monde entier.

Tel était le monstre dans la gueule duquel mes compagnons me poussaient. Le voyage commença à Marseille, car c'est de cette ville qu'Eshkol avait choisi de quitter la France. Le nom inscrit sur son billet d'avion, Vincent Gambon, réapparut bientôt sur la liste des voyageurs d'un TGV reliant Troyes au Midi. Lorsque le train quitta la gare, notre vaisseau le suivit comme son ombre, volant à basse altitude sous la protection de notre projecteur holographique afin de ne laisser à Eshkol aucune possibilité de nous échapper. Le train arriva à Marseille bien avant l'heure à laquelle l'Israélien devait embarquer, ce qui laissait amplement le temps, à lui comme à nous, d'aller à l'aéroport. Malcolm tenait à ce que nous restions aussi près de l'avion que nous l'avions été du train, même avant le décollage. Cette perspective suscitait non seulement chez moi mais aussi chez plusieurs de mes compagnons une angoisse allant bien au-delà de la simple inquiétude que ressent toute personne saine d'esprit en approchant de l'un des aéroports internationaux les plus surchargés du monde. Dangereuse comme l'est déjà cette version sophistiquée de la roulette russe qu'on nomme voyage en avion, faire voler un appareil non enregistré et quasiment invisible au milieu d'un tel cirque semblait la stupidité même. Mais Larissa, qui avait transféré les commandes du vaisseau dans la tourelle, envisageait avec joie cette entreprise, et je ne pus que m'en remettre à la vivacité de ses capacités mentales, renforcées génétiquement, en évitant de regarder trop souvent autour de moi.

Résolution impossible à suivre, car tout terrifiant qu'il fût l'exercice se révéla étrangement grisant. Jamais je n'aurais cru que le vaisseau qui avait volé si lentement au-dessus des murs de la prison de Belle Isle serait capable de l'agilité presque joueuse qu'il montra en se faufilant entre les avions qui se posaient sur l'aéroport international de Marseille ou en décollaient. Notre frayeur reposait cependant sur de solides raisons : des dizaines d'avions de ligne viraient brusquement pour éviter de se télescoper, tant le rythme auquel on leur demandait d'atterrir ou de décoller était démentiel, et Larissa prenait, me sembla-t-il, un plaisir pervers à les frôler. Mais, bien que hurlant parfois de terreur, je ne me sentis jamais vraiment en danger de mort et, au bout de quelques minutes, je me mis même à ponctuer mes cris d'éclats de rire.

Je ne fus toutefois pas mécontent lorsque le gigantesque Airbus d'Eshkol, avec ses deux niveaux et demi de sièges accueillant près d'un millier d'âmes confiantes, s'éleva lourdement dans le ciel et mit cap au sud-est. Les quatre énormes moteurs de l'appareil laissaient derrière eux d'épaisses traînées de fumée qui nous empêchaient de voir quoi que ce soit de la tourelle du vaisseau et, pendant ces quelques minutes tendues, nous évitâmes de justesse une collision avec un autre monstre bondé qui arrivait d'Afrique, totalement en dehors du couloir aérien qu'on lui avait imparti parce que — je l'appris en écoutant les messages de la tour de contrôle — aucun membre de l'équipage ne parlait anglais ou français. Grâce à l'aide de l'ordinateur et à ses propres talents, Larissa nous tira de cette fâcheuse situation puis plaça le vaisseau à bonne distance au-dessus de l'avion d'Eshkol. Nous étions cependant encore assez près pour que je puisse me rendre compte, à travers les hublots, des conditions épouvantables dans lesquelles les passagers étaient entassés, et assister à l'ouverture soudaine d'un casier plein de poulets vivants qui provoquèrent moult crises de nerfs parmi les hôtesses et leurs ouailles.

Il y eut d'autres moments pénibles tandis que nous progressions lentement sur l'une des routes aériennes les plus encombrées du monde, franchissant une demi-douzaine de fuseaux horaires. Au sud et à l'est de l'Inde, la circulation devint heureusement moins dense, mais le répit fut de courte durée. Pendant la descente vers Kuala Lumpur, les essaims d'appareils civils firent place à des modèles militaires : chasseurs-bombardiers, transports de troupes, avions radar et ravitailleurs. Le soleil se couchait derrière nous, éclairant d'une somptueuse lumière dorée les colonnes de fumée qui montaient de la jungle : apparemment, les troupes de l'ONU, dans leur ardeur à empêcher les

Malaysiens de détruire la forêt pluviale, se chargeaient elles-mêmes du travail. Ou alors la colère d'avoir été ridiculisés au combat par un pays supposé faible pour — je fis le calcul — la onzième ou la douzième fois en trente ans les rendait aveugles à toute considération logique. Quoi qu'il en soit, les preuves de la dureté des combats nous apparurent quand nous approchâmes de Subang, l'aéroport de la capitale, en même temps que l'avion d'Eshkol. Pendant que le monstre se posait, nous dûmes éviter non seulement d'autres appareils mais aussi les obus d'artillerie à longue portée tirés depuis les hauteurs de Genting où, selon toute vraisemblance, nous serions bientôt contraints de grimper.

La vue des dégâts infligés à l'aéroport n'était pas particulièrement attristante car Subang appartenait à l'un de ces nombreux terminaux du XXe siècle dessinés par des architectes qui avaient tenté d'imaginer l'avenir avec des résultats qui, maintenant que cet avenir était devenu le présent, se le disputaient en terme de stupidité. Rien d'affligeant non plus dans le fait qu'un grand nombre des gratte-ciel, célèbres et néanmoins hideux, de Kuala Lumpur — notamment les tours jumelles Petronas, autrefois les plus hautes du monde — avaient été endommagés ou même rasés. Mais les dégâts causés dans la partie historique de la ville étaient plus pénibles à regarder. A l'époque coloniale, Kuala Lumpur abritait quelques-unes des plus belles constructions de la fin de l'ère victorienne, notamment le vieux Bâtiment administratif et la célèbre gare mauresque. Tous deux avaient disparu, à peine regrettés par un monde désespérément en manque d'oxygène. Peut-être fut-ce la raison pour laquelle, après que j'eus été déposé dans un champ, à l'ouest de l'aéroport, en compagnie du colonel Slayton, de Larissa et de Tarbell, mon absence totale de sympathie pour l'un ou l'autre camp en conflit vira à la colère.

Je ne tardai pas à découvrir que c'était l'humeur appropriée pour poser les yeux pour la première fois sur Dov Eshkol. Nous repérâmes notre homme tout de suite après qu'il eut passé la douane de Subang, et bien que nous eussions tous examiné des photos de lui sous divers déguisements et potassé son signalement, cet Eshkol barbu aux yeux fous donnait l'impression d'être beaucoup plus grand, fort et mentalement dérangé que nous ne l'avions pensé. Vêtu, comme Jonah l'avait prédit, de l'uniforme d'une organisation humanitaire internationale (Médecins sans frontières), il traversa à grands pas la foule de musulmans et d'hindous venus attendre d'autres passagers, se faufila entre de nombreux groupes de militaires en faction à l'aéroport comme s'il ne risquait absolument rien — ce qui, bien entendu, se révéla le cas. Nul d'entre nous ne s'étonna que personne ne l'arrête pour l'interroger : on ne devait pas le rechercher en un tel lieu avec beaucoup de zèle. Quel fugitif irait chercher refuge dans une zone de guerre? Avant longtemps, nous nous retrouvâmes dans un vieux taxi Lexus puant, derrière un véhicule semblable emmenant Eshkol en ville.

Il apparut bientôt que nous avions pour destination la tour de style islamique portant le nom de complexe Dayabumi, où Eshkol devait avoir rendez-vous. Notre chauffeur souligna d'un ton geignard que filer un collègue relevait d'une éthique discutable, une façon comme une autre de réclamer un peu plus d'argent.

En l'écoutant jacasser, je songeai à Max et ris intérieurement en imaginant la manière sommaire dont il aurait traité le petit homme râlant derrière son volant. Je me demandai aussi ce qu'il aurait pensé de mes récentes aventures, et je ne fus pas enchanté des réponses que je me fournis à moi-même. Si, je n'en doutais pas, Max aurait beaucoup apprécié Larissa et condamné avec force injures Dov Eshkol, la situation malaysienne et bien d'autres choses qui m'étaient arrivées, je ne l'imaginais pas approuvant notre mission actuelle. Je tâchai de me convaincre que cette attitude aurait découlé de son cynisme sans fond, de son refus de croire — durci par des années passées dans la police new-yorkaise — que quiconque pût avoir un motif élevé pour faire quoi que ce soit. Cette critique impromptue de la philosophie de mon ami mort ne fit que me troubler davantage, et lorsque notre taxi s'arrêta devant le complexe Dayabumi, je décidai que je ferais mieux de chasser totalement de mon esprit l'image de Max.

A peine étions-nous entrés dans le bâtiment que nous vîmes Eshkol en ressortir, accompagné cette fois d'un homme qui, à en juger par son costume et ses traits, devait être un Malaysien musulman. Les minorités hindoues et bouddhistes du pays, d'origine indienne et chinoise, s'étaient rangées dans le camp allié dès le début de la guerre pour se venger des années de mauvais traitements que leur avait fait endurer un gouvernement essentiellement musulman. Le choix de ce compagnon indiquait assez clairement qu'Eshkol avait bien l'intention de rejoindre les hauteurs contrôlées par les forces loyalistes. Sur la place noire de monde s'étendant devant l'édifice, nous attendîmes qu'Eshkol et son guide disparaissent dans un vieux 4×4 japonais sur la route menant au pic où, au-delà du front, se trouvait la station de Genting. Larissa prévint alors son frère et nous courûmes vers un endroit peu fréquenté, derrière la Mosquée nationale, pour regagner notre vaisseau, à bord duquel Eli suivait déjà par satellite la piste du véhicule d'Eshkol.

Nous menâmes notre lente poursuite dans une humeur collective plutôt sombre, en direction de ce qui était peut-être le plus grand centre de trafic et d'hédonisme effréné de toute la planète, un lieu auquel nul titre n'eût mieux convenu que celui de « Las Vegas de la Malaysia ». Mais, avant d'y parvenir, nous devions découvrir une scène horrible. Nous trouvâmes la voiture d'Eshkol et son chauffeur à l'endroit où une route longue d'une vingtaine de kilomètres, creusée de cratères de bombes, quittait la nationale pour mener à Genting : le musulman non identifié qui avait aidé Eshkol à franchir tous les postes de contrôle alliés en avait été récompensé par une large entaille à la gorge. Après quoi, Eshkol avait apparemment continué à pied. Il était clairement résolu à ne laisser aucun témoin derrière lui, conclusion dont je tirai en fait un encouragement : elle indiquait qu'il avait l'intention de survivre à l'opération qu'il préparait, ce qui excluait un attentat suicide, à ce jour encore la seule méthode parfaitement sûre pour commettre un acte terroriste.

Si j'avais considéré avec le sérieux requis la seconde possibilité sous-tendant ses actes — Eshkol tuait par plaisir chaque fois qu'il en avait l'occasion —, j'aurais été beaucoup moins optimiste; si j'avais su qu'il s'apprêtait à assouvir ce penchant sur l'un d'entre nous, j'aurais écouté la voix que j'attribuais à Max et incité mes compagnons à faire demi-tour.

35

Longtemps avant le début de la guerre, l'ensemble des grands hôtels blancs regroupés autour d'un vaste casino sous le nom de « station de Genting » s'était imposé comme le tripot le plus luxueux et le plus fréquenté de toute l'Asie du Sud-Est. Avec le temps, d'autres distractions avaient été ajoutées au casino pour donner l'illusion d'un lieu de vacances familiales, mais les tables de jeu demeuraient la principale attraction, comme le prouvaient les foules qui s'y pressaient vingt-quatre heures sur vingt-quatre. Si plusieurs hôtels avaient été endommagés pendant la guerre, si le tourisme malaysien avait subi une baisse compréhensible, de nombreuses âmes résolues en quête d'amusement continuaient à venir de l'étranger pour faire le pèlerinage de Genting. Avec les soldats non musulmans de la garnison malaysienne (le Coran interdit le casino aux musulmans), ces clients fidèles assuraient l'animation des tables de jeu et soutenaient en même temps ces industries auxiliaires — prostitution, alcool, trafic de drogue, vol — qui naissent généralement dans les endroits où les gens montrent une détermination irraisonnée à se séparer de leur argent.

En 2023, ces activités relativement banales, et présentant même un charme désuet, ne constituaient plus l'essentiel des affaires de Genting, comme cela nous sauta aux yeux dès que le vaisseau nous déposa, Slayton, Larissa, Tarbell et moi, sur le toit du vieil hôtel du Parc à thème, bombardé à plusieurs reprises pendant la guerre et finalement abandonné. Les rues jonchées de débris et inébranlablement joyeuses de Genting accueillaient ce que je ne puis décrire que comme une sorte de bazar du jour du Jugement dernier. Des stands d'armes, dont certaines perfectionnées, avaient été installés dans les bassins de béton d'anciennes fontaines, et les vendeurs proposaient leur marchandise avec acharnement aux bandes de soldats malaysiens ainsi qu'aux trafiquants et aux terroristes en visite. Voyant que nous étions étrangers, des « commerçants » ne cessaient de nous aborder pour nous demander si nous souhaitions acheter et emmener des « serviteurs » — euphémisme transparent pour esclaves —, tandis que des hommes et des femmes plus subtils engageaient discrètement la conversation sur tous les modèles imaginables d'équipement high-tech. Une foule nombreuse beuglait, buvait, fumait, tirait des coups de feu et des feux d'artifice, copulait sur la moindre surface plane, aussi bien horizontale que verticale. Pendant ce temps, les batteries de canon installées autour de la station pilonnaient Kuala Lumpur d'un tir incessant, et la parabole géante d'un radar mobile balayait le ciel en quête d'avions alliés. La scène était stupéfiante, et plus encore si l'on songeait à sa cause sous-jacente : le simple désir du reste du monde de continuer à respirer.

Le chaos qui régnait dans la localité ne nous

inquiéta pas outre mesure tandis que nous la traversions, car si nous avions momentanément perdu de vue Eshkol, nous en savions assez sur la raison de sa venue à Genting pour être à peu près sûrs de le retrouver. Après avoir posé quelques questions sur les possibilités d'achat de plutonium à destination militaire — questions qui ne paraissaient ni alarmer ni surprendre le moins du monde les trafiquants que nous abordions —, nous apprîmes que ces transactions relevaient strictement du général Tunku Saïd, dont le quartier général se trouvait dans un bowling jouxtant le casino. Ce bâtiment ressemblait, de l'extérieur, à ce qu'il était effectivement devenu : un abri de béton sans fenêtres contre les bombardements. Saïd, qui exerçait apparemment un pouvoir de seigneur de la guerre sur la région depuis l'escalade des hostilités, contrôlait aussi le casino, mais c'était de la vente du type le plus rare de marchandise qu'il tirait ses plus gros profits. Larissa avait naturellement emporté son pistolet à rail et, après un bref conciliabule, nous décidâmes d'en faire une démonstration à Saïd, dans l'espoir que son désir d'acquérir un article d'une technologie aussi avancée l'inciterait à partager les informations qu'il pouvait avoir sur Eshkol.

Comme nous nous dirigions vers les gardes postés à l'extérieur du bowling, je constatai que mes battements de cœur étaient remarquablement réguliers : j'avais maintenant assez d'expérience des situations violentes — notamment, après l'Afghanistan, de celles où étaient impliqués des extrémistes islamistes — pour me sentir capable d'affronter les spécimens de fanatiques que nous trouverions à l'intérieur. (Bien entendu, cette bravoure était renforcée par la certitude que Larissa couvrirait mes arrières.) Les gardes surveillant l'entrée du bâtiment se révélèrent cependant tout à fait différents des terroristes rencontrés pendant l'épisode afghan. Leur tenue soignée et leur attitude pointilleuse les faisaient paraître singulièrement déplacés dans la folie environnante. Après que nous nous fûmes présentés, l'un des hommes alla prévenir un officier, un certain major Samad, qui apparut bientôt avec d'autres soldats et qui, après avoir réprimandé les gardes parce qu'ils n'étaient pas restés constamment au garde-à-vous, daigna écouter notre proposition. Il tira de sa poche un petit appareil et entama une conversation à voix basse avec un interlocuteur que je présumai être le général Saïd. Quelques minutes plus tard, nous remontions un couloir sombre en compagnie du major.

— Veuillez excuser les gardes, dit-il avec empressement dans un anglais fluide. Il est difficile de maintenir la discipline dans un pareil endroit.

— Tout à fait compréhensible, répondit le colonel Slayton. L'idée n'est jamais venu à votre commandant de nettoyer la ville?

— Il y pense constamment, soupira Samad, mais notre gouvernement a besoin d'argent, voyez-vous. Nous ne disposons plus que de quelques F-117 qui, comme vous le savez, colonel, sont déjà passablement dépassés. Le casino nous fournit de quoi acheter aux Français des armes antiaériennes avancées et de l'artillerie, mais, pour acquérir de nouveaux avions, il nous faudra autre chose que les recettes du jeu. Voilà pourquoi nous tolérons cette offense à Allah, dit-il en indiquant le centre de la ville, et prions pour que le Prophète — que son nom soit béni, que son âme connaisse la paix — nous pardonne, car nous nous battons en son nom, et pour le triomphe de la vraie foi en Malaysia.

— Combien de raids subissez-vous par jour? s'enquit Slayton.

— Nous ne savons pas au juste, répondit Samad, mais hier nous en avons compté au moins quatre-vingt-dix-sept... (Il s'interrompit quand un bruit soudain de quilles renversées et des applaudissements résonnèrent au bout du couloir, devant nous.) Ah! fit Samad, dont le visage s'éclaira, on dirait que le général se débrouille bien!

La salle dans laquelle nous entrâmes était somptueusement aménagée mais presque déserte. Deux ou trois groupes de gardes étaient postés stratégiquement dans ce vaste espace et des officiers malaysiens à l'uniforme impeccable buvaient du thé provenant manifestement d'un grand samovar tarabiscoté posé sur le comptoir du bar. Un petit homme, dont l'uniforme était encore plus nettement repassé que celui des autres officiers et les galons dorés un peu plus brillants, expédiait une boule vers les quilles d'une des pistes. C'était à l'évidence un débutant, mais il compensait par l'enthousiasme ce qui lui manquait en adresse.

— Vous avez devant vous le général Tunku Saïd, fléau de Kuala Lumpur, pourfendeur des Nations unies, nous annonça Samad.

Informé de notre arrivée, le commandant rondelet s'approcha d'un pas sautillant, sourit sous une moustache bien taillée et tendit la main à chacun de nous — excepté Larissa — quand nous lui fûmes présentés.

— Un jeu terriblement amusant, ce bowling, chers

amis infidèles ! s'exclama-t-il dans un anglais encore meilleur que celui du major. J'ignore toutefois ses origines : certains disent que c'est une invention hollandaise, d'autres prétendent que ce sont les Anglais qui l'ont conçu. Peu importe, d'ailleurs, puisqu'ils ont gouverné les uns et les autres la Malaysia !

Une explosion retentissante secoua tout à coup le bâtiment, faisant tomber du plafond du plâtre et de la poussière de béton. D'autres explosions suivirent et je fus saisi d'une envie de me réfugier ignominieusement sous un banc proche, mais le général Saïd se contenta de lever les yeux, les mains sur les hanches.

— Et maintenant, ces mêmes Anglais et Hollandais nous bombardent, dit-il, l'air à la fois étonné et furieux. Ils bombardent les merveilleux bâtiments qu'ils ont eux-mêmes construits dans tout le pays — vous imaginez, mécréants ? Et pour quoi ? Pour la forêt pluviale ? Pour l'oxygène ? Balivernes ! Ils la détruisent eux-mêmes, la jungle, et leur mobile n'est rien d'autre que l'orgueil, un péché devant Allah ! (Il se reprit.) Oh ! veuillez m'excuser... Du café, chers infidèles ? Du thé ? Une partie, peut-être ?

Il retourna lentement vers la piste que plusieurs soldats débarrassaient des débris et de la poussière qui la recouvraient.

— On dit que les Américains sont passés maîtres dans ce sport. (Il tendit le bras vers le gros poste de télévision du bar.) Et il semble que ce soit exact !

Sur l'écran immense, plusieurs joueurs professionnels américains s'affrontaient.

— Nous avons la chaîne Bowling, vous connaissez ? « Tout le bowling, tout le temps », c'est leur slogan.

Nous ne la captons que par intermittence parce que les alliés brouillent...

Au moment où Saïd prononçait ces mots, l'écran devint neigeux. Le général parut un instant sur le point de hurler, mais il ravala sa colère et soupira :

— Je comprends que nous soyons en guerre, infidèles, mais je vous le demande : est-ce que ce n'est pas un peu gratuit ?

Larissa s'avança.

— Avec votre permission, général, je crois pouvoir vous aider...

L'offre provoqua chez Saïd un rire condescendant, aussitôt repris par ses officiers.

— Excusez-nous, Lady Infidèle, réussit à articuler le général. Ce n'est pas votre sexe qui nous amuse, bien que votre père, ou votre mari, ou votre frère doivent vivre dans un état de honte perpétuelle de savoir que vous vous montrez ainsi en public. Mais comment une femme...

Larissa leva une main, se détourna, approcha cette même main du col de sa combinaison et prononça quelques mots d'une voix trop basse pour être entendue.

Le général adressa à Slayton un hochement de tête :

— Ah. Elle a la faveur, donc.

— La faveur ? fit le colonel.

— La faveur d'Allah, expliqua Tarbell. Le général croit que Larissa est faible d'esprit.

Tunku Saïd haussa les épaules et s'expliqua :

— Elle s'habille en homme, elle parle au vide...

— Regardez plutôt, général, suggérai-je en montrant le poste de télévision, où les images de bowling avaient réapparu, arrachant des cris ravis et des applaudissements aux officiers.

J'avais supposé à juste titre que Larissa avait demandé à son frère d'utiliser l'un des satellites Tressalian pour diffuser la chaîne Bowling (et comme j'aurais voulu voir la tête de Malcolm quand il avait entendu cette requête!) à Kuala Lumpur.

Saïd se répandit en remerciements :

— Eminents hôtes infidèles! C'est trop aimable! Trop aimable, vraiment! Vous avez gagné notre amitié, tout mécréants que vous êtes. Dites-moi, que pouvons-nous faire pour vous? D'après le major Samad, vous cherchez du plutonium.

— En fait, nous cherchons un homme, rectifia Tarbell, tirant de sa poche des notes et une photo d'Eshkol.

Le général parut perdu.

— Un homme? Pas du plutonium?

— L'homme que nous cherchons opère sur le marché du plutonium, expliqua Slayton. C'est pourquoi nous nous sommes adressés à vous.

Pour la première fois, Tunku Saïd parut légèrement mécontent, comme s'il soupçonnait la véritable raison de notre venue.

— Et comment s'appelle cet homme?

Tarbell lui tendit la photo, consulta ses notes.

— Il utilise probablement le nom et les papiers d'un certain Vincent Gambon, qui a travaillé pour Médecins sans frontières.

Comme un seul homme, Saïd et ses officiers reculèrent et leur expression, jusqu'ici amicale, devint hostile. Le général posa la main sur l'arme de poing accrochée à sa ceinture.

— Ce Gambon... c'est un de vos amis?

— Non, me hâtai-je de répondre, sentant que le malentendu pouvait facilement devenir fatal. C'est notre ennemi. Nous le recherchons parce qu'il nous a volé quelque chose d'une grande importance pour nous.

La main du général s'écarta du pistolet.

— Alors, vous serez peut-être intéressés par ce que j'ai à vous montrer, dit-il.

Il fit signe à l'un de ses officiers, qui nous conduisit à une porte située derrière le comptoir de location de chaussures du bowling. En m'approchant, je crus percevoir une plainte étouffée puis l'officier ouvrit la porte de la remise à chaussures, révélant...

Eshkol. Bâillonné, ligoté sur une lourde chaise en bois, les chevilles solidement attachées aux pieds de devant du siège. Une brosse électrique munie de dents métalliques tournait sous ses pieds nus, arrachant lentement sa peau. De la salive coulait des coins de la bouche de l'Israélien qui continuait à crier, les yeux écarquillés de souffrance.

Lorsque je regardai de nouveau Tunku Saïd, je ne vis plus l'officier à la mise et à l'élocution soignées qui m'amusait tant l'instant d'avant. Je voyais maintenant pourquoi on le craignait, et le sourire qui étirait encore ses lèvres ne fit que me rappeler que, pendant des siècles, les dirigeants islamiques avaient torturé leurs prisonniers de cette manière : en leur écorchant la plante des pieds.

— Le voilà, votre ennemi! proclama-t-il fièrement. Et cela réjouira sans doute vos cœurs d'infidèles de savoir qu'il mourra très lentement!

36

J'étais trop abasourdi pour réagir, et je pouvais voir qu'il en allait de même pour mes trois camarades. Nous avions passé tant d'heures à nous préparer à une confrontation violente avec Eshkol que le découvrir dans un tel état — et dans un tel endroit — nous laissait irrésolus sur ce que nous devions faire maintenant. Il y avait bien sûr l'option consistant à refermer la porte et à laisser le général Saïd finir le travail qu'il avait commencé avec tant d'enthousiasme, mais, en dépit de nos récentes déclarations sur la nécessité de neutraliser Eshkol de manière définitive, aucun de nous n'avait envie de jouer un rôle — même passif — dans sa mort lente par torture. Et puis, comme Malcolm le rappela à Larissa lorsqu'elle lui fit le compte rendu des derniers événements, nous ne pouvions pas être sûrs qu'Eshkol n'avait parlé à personne d'autre des images de Staline : il fallait absolument qu'il déclare à ses supérieurs avant de mourir que le disque était un faux, afin d'empêcher la propagation de rumeurs qui auraient sans doute été plus nuisibles que les faits. L'un après l'autre, nous prîmes conscience que nous devions le sortir de cette pièce, de ce bâtiment et de cette ville, et ce fut le rusé Tarbell, bien entendu, qui s'en rendit compte le premier et prit la situation en main.

— Dites-moi, général, commença-t-il, jetant un regard détaché à Eshkol qui se tortillait sur sa chaise, qu'est-ce que cet homme vous a fait, exactement?

— C'est un porc! répondit Saïd, qui cracha sur Eshkol. Il m'a créé des ennuis avec ma famille. Il vient ici acheter du plutonium, il promet beaucoup d'argent et, en route, il assassine l'homme que j'ai envoyé pour le guider. Pourquoi? Je n'en sais rien et il refuse de me le dire.

— Il a déjà tué, et de manière aussi irraisonnée, expliqua Tarbell. Nous pensons qu'il cherche à effacer la piste qu'il laisse derrière lui. Il aurait peut-être même essayé de vous tuer après avoir conclu l'affaire.

— *Moi*? s'exclama Tunku Saïd, interloqué. *Ici*?

Tarbell émit une sorte de rire flatteur.

— Absurde, n'est-ce pas?

— Absurde, approuva Saïd, riant lui aussi. Il est fou, alors! (Le général cessa soudain de rire et posa sur Eshkol un regard profondément irrité.) Mais le type qu'il a assassiné, c'était un cousin de ma femme, vous comprenez. Je me fiche de lui, mais de quoi ai-je l'air maintenant? Non seulement aux yeux de ma famille, mais pour cette bande d'abrutis, là, dehors. Mauvais, infidèles, très mauvais. En outre... (Il retourna à sa piste de bowling, prit un dossier sur la table de marque.) Nous avons nos propres moyens de recueillir des informations. Saviez-vous que votre ennemi est en fait un agent de la CIA?

Le général plaça une feuille imprimée sur une partie éclairée de la table, et le texte apparut sur un écran au-dessus de la piste. C'était la copie d'un document de la Central Intelligence Agency selon lequel un agent se faisant appeler Vincent Gambon avait infiltré le QG de Médecins sans frontières dans le secteur kurde de la Turquie d'où, comme je l'ai déjà signalé, Israël tirait une bonne partie de son eau, au grand déplaisir des Turcs et de leurs alliés américains. C'était probablement la raison pour laquelle Eshkol avait liquidé le véritable et malheureux Gambon, mais Saïd ne savait rien de cette affaire, comme il le prouva en disant :

— Nul doute que son objectif était d'affaiblir nos positions sur ces hauteurs. Peut-être au moyen de l'engin nucléaire que nous avons trouvé sur lui ! (Il nous montra un petit sac à dos frappé du logo de Médecins sans frontières que nous avions remarqué sur les vêtements d'Eshkol.) L'engin qu'il avait l'intention d'armer avec le plutonium que nous avions accepté de lui vendre !

De sa main libre, le général souleva un caisson métallique servant à transporter des matières radioactives puis se tourna de nouveau vers la porte ouverte de la remise à chaussures.

— Oh ! l'âme de cette créature est un puits de vice, infidèles, et je ferai en sorte qu'il regrette chaque minute de son exécrable existence avant de mourir !

— Tout à fait compréhensible, dit Tarbell, qui promena le regard sur la salle pour, me sembla-t-il, dénombrer les soldats malaysiens qui s'y trouvaient. *Tout à fait* compréhensible, réitéra-t-il. (Il regarda ensuite Slayton et Larissa, qui secouèrent tous deux la tête comme pour lui répondre que l'idée d'une sortie en force était irréalisable. Leon accusa réception du message par un hochement de tête réticent.) Pourtant, j'ai l'impression que vous laissez échapper une excellente occasion, reprit-il, revenant au général.

— Moi? fit Saïd, étonné. Comment ça, docteur?

— Je comprends votre désir de tuer lentement cet homme. Mais en privé? Vous l'avez dit vous-même : les gens de cette ville ne sont qu'une bande d'abrutis. Pourquoi ne pas saisir l'occasion de resserrer votre emprise sur eux?

Le général réfléchit puis sourit.

— Ah! je vois où vous voulez en venir, Dr Tarbell. Une exécution publique!

— Exactement, répondit Leon en lui rendant son sourire.

L'expression de Tunku Saïd redevint sérieuse.

— Ce serait forcément rapide?

— Oh, pas nécessairement, dit Leon.

— Nous pourrions faire ça dans le vieux théâtre, proposa Saïd, qui se mit à faire les cent pas d'un air pensif. Ils l'aiment, leur théâtre, ces dégénérés, et nous leur offririons un spectacle spécial. (Il réfléchit.) Une crucifixion? Je n'ai jamais crucifié personne, mais...

Tarbell inclina la tête d'un air dubitatif.

— Un peu banal, non? Sans compter les implications. Vous ne voulez pas en faire un martyr, je suppose?

— Non, non, pas de ça, dit Saïd. (Il s'arrêta de marcher, se tourna vers Tarbell.) Eh bien, docteur, j'écoute vos suggestions.

— Je ne suis pas sûr que la lenteur de son agonie soit vraiment le plus important, commença Leon. Personnellement, je proposerais cette idée : vos hommes le conduisent dans un endroit exposé après l'avoir revêtu d'un de vos uniformes...

— Un des mes uniformes ? Mais pourquoi le...

— Je présume que les Américains vous ont placé sous étroite surveillance par satellite ?

— Oh, par le Prophète — la paix et la bénédiction de Dieu soient avec lui —, vous pouvez le dire, gémit Saïd, momentanément affligé. Vingt-quatre heures sur vingt-quatre ! Je peux à peine quitter cet... (Il s'interrompit.) Je vois. Excellent, Dr Tarbell. Pour un infidèle, c'est vraiment inspiré ! (Il fit un pas vers la remise, examina son prisonnier.) Il faudra raser sa barbe, bien sûr, et tailler sa moustache, mais à part ça...

Complètement perdu, je demandai tout haut :

— Raser sa barbe ? Mais pourquoi ?

— Afin que les Américains le prennent pour le général Saïd, me répondit Slayton.

— Et l'exécutent eux-mêmes, conclut Larissa, secouant la tête d'un air admiratif en regardant Leon. Un seul missile guidé par satellite devrait suffire.

Tunku Saïd tourna vers elle un regard étonné.

— Remarquable faculté de compréhension ! Pour une infidèle et une femme, *doublement* remarquable !

Sentant que le général commençait à épuiser la patience de Larissa, Tarbell le prit par le coude et l'éloigna d'elle en disant :

— La mort d'Eshkol sera non seulement un message pour la vermine de cette ville, mais elle fera croire aux Américains que vous avez cessé de vivre... et ils mettront fin à leur surveillance par satellite.

— Ce qui me permettra de sortir d'ici ! Un plan brillant à tout point de vue ! (Le général se tourna vers ses officiers pour aboyer ses ordres.) Nous utiliserons le toit de l'hôtel du Parc à thème, ces imbéciles feront exploser ce qu'il en reste ! Prévenez le directeur du casino : dans une heure, il fait arrêter le jeu à toutes les tables et il met tous les clients dehors, sous la menace des armes, au besoin. Tous ceux qui traînent dans les rues seront aussi conduits sur la place pour assister au spectacle!

Profitant de la confusion, Slayton nous fit discrètement signe de le suivre dans la remise. Là, il modifia légèrement la position de la machine à brosser pour qu'elle ne soit plus en contact avec les pieds d'Eshkol et il murmura à l'oreille du prisonnier :

— Continue à crier, sinon, nous sommes tous morts. Ecoute-moi, Dov Eshkol. Nous savons qui tu es et pourquoi tu es ici. Si tu veux échapper au sort que le général te réserve, fais exactement ce que je te dis.

Eshkol hocha rapidement la tête entre deux plaintes étouffées, et le colonel se tourna vers nous.

— Il nous faut son sac : nous ne pouvons pas laisser un engin pareil dans les mains de ces types. Et autant prendre aussi le plutonium. Larissa, dites à votre frère qu'il devra venir nous récupérer sur le toit du casino d'ici une heure.

— Et que se passera-t-il quand le général s'apercevra que nous l'avons privé d'exécution? demandai-je.

— Gideon, vraiment! me lança Tarbell d'un ton réprobateur. Cette question est indigne de toi. Le temps que le général s'en aperçoive, nous serons loin.

— Oh, fis-je. Oui, bien sûr. (Respirant un peu mieux, je sortis de la remise à la suite des autres et tapotai le dos de Tarbell.) Bien joué, Leon. Tu serais capable de vendre de la glace à un Esquimau.

— C'est presque effrayant, mais je ne peux pas m'en empêcher, s'esclaffa-t-il. Les gros coups, les mensonges aux enjeux élevés : c'est si puissamment sexuel ! Dans des moments pareils, j'ai vraiment la sensation d'être capable de convaincre n'importe qui de faire n'importe quoi !

Encore maintenant, tandis que j'attends que l'aube se lève sur l'obscurité africaine, je vois le visage souriant de mon étrange et génial ami dans la flamme de la lampe qui brûle devant moi, et si cette vision me fait sourire, je frissonne aussi de peine. Car il y avait un spectre « asexué » que même Leon n'aurait pu détourner de son sinistre objectif, et il se trouvait tout près au moment même où nous riions...

37

Pour que notre plan réussisse, il fallait naturellement qu'Eshkol soit en état de marcher. De plus, la torture que Saïd avait fait subir à son prisonnier suscitait en moi une forme primitive de compassion, malgré tout ce que je savais sur cet homme. Pour ces deux raisons, je fis de mon mieux pour nettoyer et panser ses plantes de pied à vif, oubliant, dans mon indignation devant les tourments infligés, qu'un agent de son expérience et de son tempérament aurait probablement été capable de courir sur des moignons sanglants s'il estimait que cela pouvait servir ses visées fanatiques. Ce que je fis ne fut tant compatissant que stupide, et j'aurais dû être le seul à payer cette erreur. La tragédie qui s'ensuivit aurait peut-être alors eu une sorte de sens biscornu.

Juste avant l'heure fixée pour la mort d'Eshkol, nous accompagnâmes le major Sadad au lieu d'exécution : le toit de l'hôtel abandonné où notre vaisseau nous avait débarqués. Mettant en pratique d'autres suggestions habiles de Tarbell, les Malaysiens y avaient installé un faux centre de commandement d'où le général Saïd aurait pu donner ses ordres. Le colonel Slayton était à peu près sûr que nous étions déjà sous surveillance par satellite — les Etats-Unis avaient acquis une grande expérience dans ce domaine, au cours des trente dernières années, en cherchant à localiser divers dirigeants ennemis — et quand nous retournâmes auprès de Saïd, qui restait prudemment hors de vue dans une suite à moitié démolie d'un étage inférieur de l'hôtel, le colonel déclara que l'air d'authenticité de la scène et des accessoires donnerait à coup sûr le résultat désiré. Ravi de cette assurance provenant d'un collègue officier, le général ordonna à ses hommes d'amener Eshkol.

Conformément au plan, on avait habillé le prisonnier avec un uniforme très semblable à celui de Saïd, et apporté les modifications requises à sa pilosité faciale. Le général exprima quelque inquiétude quant à la différence de taille évidente entre lui et son double, mais Slayton fit valoir qu'elle était de peu d'importance puisque les satellites américains exerçaient leur surveillance d'en haut. Ils continuèrent de régler les détails de l'opération dans un climat confraternel qui contribua à distraire l'attention du général. Pendant ce temps, Larissa retourna discrètement au bowling avec Tarbell afin de récupérer le sac à dos d'Eshkol et le caisson contenant le plutonium. Ils revinrent bientôt avec leur butin, mais ce qui sur le coup parut un exploit se révéla être, là encore, une grave erreur.

A dix heures, Tunku Saïd annonça que le moment était venu pour ses hommes de conduire Eshkol sur le toit, où ils l'attacheraient à un gros morceau de béton. Nous découvrîmes en sortant qu'une brume magnifique entourait la station sans toutefois la recouvrir, comme c'était souvent le cas sur ces hauteurs. Le ciel étoilé demeurait parfaitement visible à travers le halo blanc. Au pied du bâtiment, la foule réclamée par le général s'était rassemblée et paraissait ne pas avoir besoin d'être encouragée par les soldats qui encerclaient la place pour applaudir et pousser des cris sanguinaires. La scène s'inscrivait admirablement dans le cadre de ce que nous avions vu depuis notre arrivée à Genting... comme, malheureusement, les événements qui allaient suivre.

Au moment où cinq des hommes de Saïd s'apprêtaient à attacher Eshkol à son bloc de béton prométhéen, quelque chose que j'avais espéré ne jamais revoir apparut au-dessus du bord du toit : l'un des drones de surveillance américains, nos compagnons de la stratosphère, et bien entendu, il n'était pas seul. En quelques secondes, tout le toit fut cerné. D'un ton très agité, le général Saïd demanda à Slayton ce qui se passait, s'interrompant à plusieurs reprises pour ordonner à ses soldats passablement effrayés de se calmer et de rester à leur poste. Slayton s'efforça de persuader le Malaysien qu'il s'agissait de simples appareils de surveillance, mais Larissa, Tarbell et moi connaissions la gravité de la situation. Pour commencer, les drones pouvaient à tout moment détruire le toit, voire tout l'hôtel, selon leur armement. Plus grave encore, peut-être, mes amis et moi-même étions dorénavant « logés », pour reprendre une expression originale de mon vieil ami Max, et cela ne pouvait que conduire à une profusion de problèmes pour la fuite du vaisseau et son camouflage, puisque tout nouveau signal radar insolite nous serait attribué.

Aussi dramatique que fût la situation, elle allait encore s'aggraver. Les drones ne passèrent pas immédiatement à l'attaque, sans doute parce que leurs opérateurs lointains étaient en pleine confusion quant à ce qui se passait sur le toit. Mais leur apparition fournit à Eshkol une occasion qu'il exploita avec toute son expérience. S'étant emparé de l'arme d'un des soldats qui l'entouraient, il se précipita vers Larissa. Eshkol était trop intelligent pour penser qu'il se sortirait d'affaire armé uniquement d'un pistolet ordinaire. Il avait apparemment deviné, alors même qu'il était encore attaché sur sa chaise et soumis à la torture, que l'arme que Larissa portait à la taille était un modèle exceptionnel. Lâchant une volée de balles qui nous contraignit à nous disperser et à nous mettre à l'abri, il se jeta sur elle en faisant croire qu'il cherchait à l'empoigner, arracha le pistolet à rail de son étui et roula avec sa prise de l'autre côté du toit.

Nous avions de gros ennuis et, à ce stade, nous n'étions encore que quatre à mesurer leur gravité. Les autres n'allaient pas tarder à s'en rendre compte eux aussi. Tandis que les drones s'approchaient des bords du toit, comme les spectateurs d'une bagarre cherchant quel camp encourager, Eshkol se déplaçait parmi les énormes débris avec une agilité qui aurait été remarquable même s'il ne venait pas de subir de longues heures de torture. Un soldat malaysien se dressa devant lui et Eshkol fit feu avec le pistolet de Larissa. Je n'avais jamais vu quelqu'un l'utiliser sur un homme, et l'effet fut à la fois plus spectaculaire et moins violent que je ne m'y attendais. Le corps du soldat se volatilisa en grande partie, comme celui de John Price, et les morceaux restants, intacts et nettement détachés du tronc, avaient un aspect prothétique, comme s'ils n'avaient jamais appartenu à un corps vivant.

Dissimulé derrière un pilier, Eshkol réclama en vociférant son sac à dos et le caisson contenant le plutonium — il avait sans doute vu Larissa et Tarbell les apporter sur le toit. Rassemblant mon courage, je rejoignis Larissa en quelques bonds suivis d'une course, plié en deux, mais elle m'informa que c'était Leon qui avait la marchandise mortelle. Où Leon pouvait-il bien être? Ni elle ni personne ne semblait le savoir. Pendant que le général Saïd criait à Eshkol que le sac et le caisson ne se trouvaient pas sur le toit — à sa connaissance c'était vrai —, Slayton, Larissa et moi rampâmes à la recherche de Tarbell en l'appelant à voix basse. Dans mes tentatives pour le retrouver, je finis, désespéré, par hausser stupidement la voix, et j'entendis murmurer en réponse, derrière le local d'une machinerie d'ascenseur :

— Gideon! Tais-toi donc, idiot! Tu vas nous faire tuer tous les deux...

Je ne pouvais le voir, mais je fus soulagé de le savoir en vie.

— Leon, tu es blessé?

— Pas encore, mais si tu t'obstines à... Oh non!

La peur qui s'était soudain insinuée dans sa voix me fit comprendre qu'Eshkol était proche. Relevant la tête, je le vis étendu sur le toit du local, à l'abri des balles des Malaysiens, braquant le pistolet à rail de l'autre côté, vers le bas. Je l'entendis réclamer à Tarbell le sac à dos et le caisson en lui promettant la vie sauve en échange.

— Sale eunuque menteur! répliqua Leon. Je te connais trop pour..

Ce qui suivit, quoique prévisible, fut, comme dans un cauchemar, impossible à empêcher. Eshkol avait démontré un penchant aussi marqué pour le meurtre gratuit que tous les sociopathes que j'avais rencontrés, et il n'y avait aucune raison de croire que Leon, dépourvu d'arme, d'abri et de moyen de marchander, obtiendrait la grâce refusée à tant d'autres. Pourtant, lorsque le pistolet à rail libéra silencieusement sa charge, je bondis hors de ma cachette en hurlant, assez fort pour qu'Eshkol se retourne, surpris. Peut-être pensa-t-il que pour me conduire ainsi je devais avoir en main une arme extraordinaire; peut-être aussi avait-il gaspillé sur ses ancêtres morts le peu de sentiments humains dont il disposait et ne pouvait-il plus croire quiconque capable de se mettre en danger simplement par amitié ou par compassion. Quoi qu'il en soit, il parut un instant dérouté, et cette hésitation me sauva probablement la vie. La confusion ambiante atteignit son paroxysme quand le ciel s'ouvrit au-dessus de l'hôtel pour révéler Julien, campé dans l'encadrement de la porte de notre vaisseau.

Il tenait à la main un fusil incapacitant à longue portée qu'il braquait sur l'endroit où Eshkol était allongé. Mais, là encore, la capacité de réaction de l'agent israélien fut à la hauteur de sa réputation : il disparut de son perchoir avant même, je crois bien, que Fouché ne presse la détente. Les cris poussés par les Malaysiens nous révélèrent qu'Eshkol descendait du toit vers la rue par un escalier endommagé. Aucun d'eux ne s'élança cependant à sa poursuite, du moins pas avant que les exhortations du général Saïd ne se transforment en menaces directes. Quand les soldats commencèrent enfin à bouger, Slayton et Larissa se précipitèrent vers ma position, mais je l'avais déjà quittée pour gagner la machinerie de l'ascenseur et en faire le tour.

Il ne restait rien de Leon à part un bras, probablement celui qui avait tenu le sac à dos et le caisson. De ces deux objets, il n'y avait pas trace, mais, sur le moment, ce fait ne me parut pas important. Tombant à genoux, j'émis une sorte de plainte épuisée qui se conclut dans un éclat de rire, car le majeur de la main morte de Leon était dressé et l'avait été, j'en étais sûr, au moment où mon ami avait cessé de vivre. Larissa passa ses bras autour de moi, tenta de m'entraîner vers la porte du vaisseau qui descendait vers nous, mais, dans mon affliction, je refusai de bouger. En bas, dans la rue, les soldats ouvrirent le feu sur nous, cependant que les drones dérivaient vers la porte du vaisseau dans le but manifeste de l'observer de plus près afin que leurs opérateurs puissent décider s'il fallait attaquer ou non. Je ne voulais toujours pas bouger, pas avant d'avoir déterminé ce que nous devions faire du bras de Tarbell.

L'idée me traversa l'esprit que Leon aurait apprécié plus que tout au monde l'effet terrifiant que ce vestige solitaire et inquiétant de son existence terrestre aurait eu s'il était tombé dans la foule. Sorti de son contexte, le geste peut paraître macabre, voire grotesque, mais je baignais à ce moment-là dans une atmosphère si bizarre, si absurde, même, qu'il me sembla tout à fait approprié. Je levai donc un pied et envoyai les restes du curieux petit homme — qui, dès mon arrivée à bord du vaisseau de Malcolm, s'était révélé un ami véritable — jouer une dernière farce au monde.

38

De notre fuite et de notre retraite en lieu sûr, je ne peux dire grand-chose car le choc avait engourdi mes esprits. La fermeture de la porte du vaisseau après que nous fûmes tous remontés à bord et la réactivation complète de la projection holographique déroutèrent les drones assez longtemps pour nous permettre d'atteindre la côte et de plonger dans le détroit de Malacca. Il n'en restait pas moins que quatre d'entre nous avaient été observés et sans nul doute identifiés. Que Slayton l'ait été, c'était déjà grave, mais la présence de Larissa inciterait nos adversaires à poser des questions gênantes sur Malcolm, et probablement aussi sur St Kilda, sitôt qu'ils auraient découvert — ce qui semblait inévitable — que l'île lui appartenait. Malgré ces dangers et sa propre affliction après la mort de Tarbell, Malcolm était résolu à rester à proximité de Kuala Lumpur jusqu'à ce que nous découvrions où était passé l'ex-agent israélien maintenant monstrueusement « enfouraillé », comme aurait dit Max. Tous les systèmes informatiques du vaisseau furent affectés à la surveillance du trafic aérien civil et militaire de la région ainsi qu'à l'écoute des transmissions navales, des communications téléphoniques privées par portable, des messages sur l'Internet et même des émetteurs radio des petits bateaux de pêche : Eshkol pouvait être n'importe où, mais il fallait bien qu'il soit quelque part, et quand il se déciderait à quitter la Malaysia, Malcolm tenait à ce que nous soyons juste derrière lui.

Ma participation aux recherches manqua à la fois de concentration et d'ardeur. Les circonstances entourant la mort de Tarbell, comme celle de Max, m'avaient révélé un versant du comportement humain qui me semblait pire, d'une certaine façon, que tout ce que j'avais vu dans ma carrière de psychologue du crime. Mais alors que la disparition de Max avait fait naître en moi le désir d'arracher des explications puis d'infliger des représailles à des gens qui avaient abusé de leur position de pouvoir, le sort de Leon vint confirmer ce que j'avais déjà commencé à soupçonner : jouer une partie aux enjeux aussi gros, même pour le meilleur des motifs, se révélerait non seulement désastreux mais corrupteur. Bref, les événements tragiques que nous traversions étaient causés par le désir collectif de *tous* les joueurs — et non uniquement de Dov Eshkol — de faire triompher leur propre conception du bien, quel qu'en soit le prix.

— Que veux-tu dire, Gideon ? me demanda Larissa, alors que nous étions étendus sur le lit, dans ma cabine, après douze heures d'une garde relativement silencieuse dans la tourelle. Que nous sommes aussi mauvais qu'Eshkol ?

— Non, répondis-je, me rebiffant un peu devant cette simplification. Mais tu ne peux pas nier que si nous étions restés sagement à notre place, Saïd l'aurait discrètement tué dans son bowling. Et si Malcolm n'avait pas demandé à Price de fabriquer les images de Staline, pour commencer, Eshkol aurait continué à faire ce que font des centaines d'agents de renseignements chaque jour et nous n'en serions pas là...

Elle se redressa :

— Je n'ai jamais beaucoup aimé les « et si », déclara-t-elle d'un ton sec. Dans une situation de ce genre, dans *n'importe quelle* situation où la force et le pouvoir jouent un rôle, la vertu est une valeur relative. Et puisqu'on parle de relatif, je dirais que nous sommes les seuls dans tout ce gâchis à essayer de faire un peu de bien.

Je fixai le plafond.

— Comment dit-on, déjà : ce sont toujours les hommes bons qui causent le plus de dégâts ?

Larissa parut plus agacée encore, peut-être, pensai-je, parce qu'au fond d'elle-même elle était de mon avis.

— L'intérêt de ce genre de formule a tendance à dépendre de la personne qui la prononce.

— Je crois que c'était Henry Adams, dis-je. Qui, je le reconnais, a choisi de rester toute sa vie un simple observateur du jeu de pouvoir. A la différence de ses ancêtres.

— Exactement, approuva Larissa, apparemment soucieuse d'éteindre l'étincelle de mésentente qui s'était allumée entre nous. La question n'est pas que Leon soit mort mais qu'il soit mort aussi bien que possible.

Avec un sourire plein de tendresse, elle ajouta :

— Et dans la peau de son personnage, en tout cas.

J'eus un rire bref et triste.

— Il était incroyable, ce gaillard, murmurai-je. Même quand il prenait plaisir à faire quelque chose, il avait l'air si... *dédaigneux.* (Je me tournai sur le flanc, le visage à quelques centimètres de celui de Larissa.) A propos, est-ce que quelqu'un savait d'où il venait ? Je le lui ai demandé une ou deux fois, mais il a toujours esquivé.

— Il m'a raconté une histoire, un jour. Je ne sais pas si elle est vraie. C'était juste après qu'il nous eut rejoints, et je crois qu'il essayait de m'inspirer de la compassion pour me séduire. Dieu sait que le sexe était bien la seule raison qui pût l'amener à montrer ce côté de lui-même. Il prétendait que sa mère était une prostituée sibérienne de Vladivostok et son père, un cadre des télécoms anglais de passage. La mère a été tuée dans un raid de bombardement russe, après quoi la grand-mère a emmené Leon en Indonésie pour fuir la guerre et a payé les études du gamin en travaillant dans une fabrique de puces électroniques. Ça a fini par la tuer. Leon s'est mis à voler, et plus tard à fabriquer des faux, pour terminer son éducation.

Je considérai un instant ce que Larissa venait de dire.

— Cela expliquerait en partie son attitude. Et si cette histoire n'est pas vraie, il était le seul capable de l'inventer.

Malgré elle, sans doute, Larissa revint à la charge :

— Ça te pose un problème ? Ce que nous devons faire maintenant ?

Je m'accordai quelques instants de réflexion et finis par répondre :

— Je ne nie pas que j'aie des doutes. Mais je sais

aussi que cette situation, nous en sommes en partie responsables, et que nous avons donc la responsabilité de la résoudre. Nous n'aurions peut-être pas dû nous jeter dedans, mais les choses n'iront pas mieux si nous prenons la tangente.

— C'est vrai, dit Larissa en m'attirant contre elle.

Je ne crois pas qu'elle ait été totalement rassurée par mes nobles propos. Moi, je ne l'étais certes pas. Mais il ne restait plus aucune direction que la conversation pût prendre, et ce fut pour nous une sorte de délivrance quand la voix de Malcolm se fit entendre dans les haut-parleurs pour nous demander de le rejoindre à l'avant. Apparemment, nous tenions enfin une piste, et nous avions commencé à la suivre avec une promptitude évidente : le temps de nous précipiter à l'avant, le vaisseau remontait déjà vers la surface à bonne allure, et nous rejoignîmes le reste de l'équipe (moins Julien, occupé dans l'un des labos) au moment précis où l'appareil jaillissait dans le ciel au-dessus du détroit. L'effet revigorant que l'annonce de Malcolm avait pu avoir fut instantanément anéanti : les eaux, juste en dessous de nous, grouillaient de navires américains qui ouvrirent aussitôt le feu sur notre vaisseau. Les champs électromagnétiques entourant la coque détournèrent les missiles ou les firent exploser à bonne distance, mais cela n'expliquait pas comment ces bâtiments de guerre nous avaient repérés.

— Ils sont enfin devenus malins, dit Slayton, guidant le vaisseau à travers la grêle de projectiles. Ils ont suivi le sillage que nous laissions dans l'eau et les turbulences de l'air à l'endroit où nous avons fait surface. Puis ils ont déclenché un tir de barrage.

— Mais... ils ne risquent pas de se toucher mutuellement ? demandai-je.

— Bien sûr que si, répondit Malcolm, qui fit rouler son fauteuil pour prendre position à côté du colonel. Mais ils semblent plus que jamais disposés à courir ce risque... ce qui n'a rien d'étonnant.

Voyant ma perplexité, Eli se tourna vers moi pour m'expliquer :

— Il y a un quart d'heure environ, nous avons capté un échange de transmissions entre Malaysiens signalant que quelqu'un venait de décoller avec l'unique bombardier B-2 qui leur restait : ils le gardaient sur un aérodrome écarté parce que le seul Malaysien capable de le piloter s'est fait tuer. Bref, un tas de propos confus et affolés avec une référence à un engin nucléaire...

— Eshkol, lâcha Larissa. Il sait aussi *piloter,* ce salaud ?

— C'est l'agent secret complet, répondit Jonah. Nous sommes sur sa piste, mais les Malaysiens ont aussi parlé de vous quatre et de ce qu'ils ont vu de notre vaisseau. Les Américains, à en juger par leurs transmissions, ont conclu que le mystérieux vaisseau dont ils avaient entendu parler, et sur lequel ils étaient plusieurs fois tombés ces derniers mois, est lié d'une façon ou d'une autre au B-2. Le voyage risque d'être mouvementé.

— Mais pourquoi ? fis-je. Ils ne peuvent pas nous suivre...

— Non. Mais nous, nous devons suivre l'avion d'Eshkol, dit Jonah.

— C'est un vieux modèle américain dont l'armée de l'air américaine savait déjà déjouer les systèmes de furtivité alors même qu'elle l'utilisait encore, rappela Slayton. Ils pensent que notre vaisseau escorte Eshkol, pas qu'il le pourchasse : ils resteront fixés sur lui et chercheront des turbulences aériennes similaires à celles qu'ils ont observées quand nous avons fait surface.

— Est-ce que nous devons absolument suivre Eshkol de si près, en ce cas? voulut savoir Larissa. Nous pouvons aussi bien le faire de la stratosphère, après tout...

— Où nous serions trop loin pour l'empêcher de commettre un acte insensé, intervint Malcolm.

Larissa considéra l'argument, hocha la tête.

— Alors, abattons-le.

— Les Américains sont peut-être disposés à courir le risque de retombées radioactives, moi pas, dit-il. Non, sœurette, cette fois, ils nous tiennent, ces idiots. Pour le moment.

— Pour le moment seulement? demandai-je, perturbé par les projectiles qui explosaient autour de notre vaisseau. Que pourrons-nous faire plus tard?

— Tout dépend de l'engin nucléaire d'Eshkol, répondit Eli. Julien en étudie les plans en ce moment. S'il comporte des éléments électroniques qu'on peut neutraliser en toute sécurité...

— Ce qui est le cas de son avion, nous le savons, précisa Jonah.

— Alors, nous pourrons utiliser une impulsion.

— Une impulsion? m'étonnai-je. (Je songeai d'abord au sens psychologique du terme puis me rappelai sur quelle sorte de vaisseau nous nous trouvions.) Une impulsion *électromagnétique*, murmurai-je.

Je respirais mieux, conscient que nous avions peut-être une chance de réussir, et ce sentiment se renforça quand Julien pénétra brusquement dans la salle en s'exclamant, l'air un peu surpris lui-même :

— Tonnerre ! Ça marchera !

39

Pendant les quelques heures qui suivirent, les espoirs engendrés par l'admirable plan de mes compagnons de bord furent sommairement fracassés par la ruse apparemment inépuisable de Dov Eshkol. Il apparut bientôt que son plan d'évasion — brillant, reconnaissons-le — reposait sur plusieurs considérations. En premier lieu, les forces alliées de l'ONU ne permettraient à personne de s'enfuir de Malaysia avec un bombardier B-2 — spécimen de technologie obsolète, peut-être, mais toujours destructrice — sans lui donner la chasse afin de le capturer ou, si cette première option se révélait irréalisable, de le détruire. En cas de combat aérien, Eshkol n'aurait aucune chance face aux escadrilles d'appareils plus modernes qui seraient envoyées pour l'intercepter. La seule arme dont il disposait vraiment, c'était l'avion lui-même : s'il demeurait dans des cieux s'étendant au-dessus de régions très peuplées et s'abstenait de toute provocation, aucun pays au monde ne prendrait le risque de faire pleuvoir sur la surface de la Terre des débris qui causeraient au bas mot des centaines, voire des milliers de morts. Enfin, la tactique d'Eshkol serait également efficace contre notre vaisseau car, si nous envisagions une méthode moins cataclysmique de mettre fin à son vol, la possibilité qu'une panne des systèmes électriques du B-2 provoque un crash aussi dévastateur qu'un combat aérien serait assez forte pour nous faire reculer.

La situation devint doublement frustrante quand, pénétrant à la suite d'Eshkol dans l'espace aérien thaïlandais — où il se fit un devoir de survoler la banlieue surpeuplée de Bangkok —, nous nous aperçûmes que la marine américaine transmettait les informations du complexe système de repérage mis en place pour suivre notre vaisseau non seulement à ses propres bâtiments mais aussi à l'aviation anglaise : les canons de marine qui nous avaient causé un tel choc au moment où nous émergions du détroit de Malacca furent remplacés par le feu de chasseurs à réaction tentant de contraindre notre vaisseau et le B-2 d'Eshkol à se poser sans combattre (ils n'utilisaient pas leurs missiles, sans doute par crainte de ces mêmes dommages collatéraux qui les dissuadaient d'abattre Eshkol). Dans un premier temps, nous supposâmes que cette situation prendrait fin dès que nous serions hors de portée des premières escadrilles, mais, en parvenant au-dessus du Bangladesh, nous découvrîmes d'autres appareils en provenance de porte-avions croisant dans la baie du Bengale, et il devint clair que les Alliés entendaient tout faire pour mettre un terme à ce qu'ils estimaient être une sorte de gigantesque complot terroriste.

Nous volions donc dans le crépuscule indien sous les tirs quasi incessants des avions alliés tandis qu'Eshkol calquait habilement sa route sur les courbes de densité de population au sol. Apparemment, il suivait en gros un cap ouest-nord-ouest, bien qu'il fût impossible de deviner sa destination finale à cause des détours qu'il s'imposait. Nous redoutions que ce ne fût la Russie, et nos craintes parurent fondées quand il fila vers le Caucase, mais il obliqua tout à coup vers la Turquie et survola, ville après ville, la côte de la mer Noire jusqu'à Istanbul.

— Se pourrait-il qu'il cherche seulement à s'échapper? demanda Julien, qui se tenait avec les Kuperman, Larissa et moi derrière Malcolm et Slayton assis à la console.

Jonah haussa les épaules.

— Il veut peut-être attendre d'être moins surveillé pour mettre à exécution ce qu'il a en tête, quoi que ce puisse être.

— Je souhaite de tout cœur que vous ayez raison, soupira Malcolm, sans quitter des yeux la grande aile volante noire qui filait juste devant nous.

Il devenait de plus en plus difficile de distinguer l'appareil de la surface de la terre à présent obscure, fait qui, bien que sans réelle importance, n'en était pas moins vaguement décourageant.

— Ne nous y trompons pas, poursuivit Malcolm. Eshkol est fondamentalement un terroriste, aussi avide de publicité que n'importe quel terroriste. Etre observé ne le rend que plus dangereux, j'en ai peur.

— Il faut commencer à songer aux options, déclara Slayton, d'une voix si calme — même pour lui — que je compris que la situation était effectivement aussi désespérée que le ton de Malcolm le laissait penser. Je sais que nous ne voulons pas l'abattre au-dessus d'une région fortement peuplée, mais n'oublions pas ce qu'il transporte : mettre fin à cette fuite, c'est peut-être autant limiter les dégâts que les causer.

— J'y ai songé, colonel, répondit Malcolm. Et s'il avait continué vers la Russie, nous aurions probablement été contraints de choisir cette option. Mais en attendant d'avoir une meilleure idée...

Il fut interrompu par une explosion qui semblait indiquer que les pilotes alliés lancés à nos trousses étaient parvenus à la même conclusion que Slayton : ils utilisaient des missiles, à présent, et les faisaient exploser assez près pour nous signifier qu'ils ne plaisantaient pas. L'explosion eut peu d'effet, naturellement — les champs magnétiques de notre vaisseau étaient capables d'affoler les systèmes de guidage de n'importe quel missile air-air, et rien, à ce stade, ne pouvait intimider Eshkol —, mais l'inefficacité même de la tentative était inquiétante en ce sens qu'elle sembla plonger les pilotes alliés dans une témérité furieuse. Ils se rapprochèrent encore du B-2, augmentant considérablement les risques d'une collision catastrophique, et tandis que nous survolions les Balkans et nous dirigions vers la Pologne, la situation devint encore plus dangereuse et explosive. Eviter à la fois les appareils alliés et le B-2 sans se laisser distraire par les explosions des missiles se révéla finalement une tâche trop lourde même pour Slayton, et Larissa le remplaça aux commandes. Si grande que fût ma confiance en elle, ce changement ne me rassura pas, car je savais que Slayton ne laisserait jamais la colère le dominer, alors que Larissa...

Je ne crois pas qu'aucun des autres se sentait plus en sécurité, excepté Malcolm, bien sûr, et c'est donc lui qui remarqua le premier que notre cap avait brusquement changé.

— L'est, murmura-t-il, si bas que je faillis ne pas l'entendre par-dessus le vacarme des moteurs et des explosions. L'est, répéta-t-il plus fort. Il a tourné vers l'est !

Slayton se pencha vers l'un des moniteurs et déclara, d'une voix encore plus maîtrisée, à ma consternation :

— S'il maintient ce cap, il a quasiment une ligne droite de forte population : Bialystok, Minsk, Smolensk...

Répugnant à nommer le dernier maillon de la chaîne, il leva les yeux et regarda l'avion d'Eshkol.

— *Moscou*, annonça lentement Malcolm, le visage cendreux. Larissa, Gideon, je vous suggère d'aller tous deux à la tourelle !

Larissa, qui n'avait pas besoin d'encouragement, se leva aussitôt et me poussa vers le couloir.

— Nous attendrons qu'il ait passé Smolensk, nous lança Malcolm. S'il ne dévie pas de cette route...

Larissa se retourna.

— Ce sera peut-être un peu juste, cher frère. Etant donné sa vitesse...

— Etant donné sa vitesse, ton tir devra être précis, chère sœur.

Malcolm fit pivoter son fauteuil pour adresser à Larissa un regard où la confiance prenait le pas sur la peur, et elle le fixa un moment avant de me suivre dans le couloir.

Larissa et moi échangeâmes à peine quelques mots en nous installant à nos postes dans la tourelle et, pendant les trois quarts d'heure qui suivirent, tandis que l'est de la Pologne et l'ouest de la Russie défilaient sous nous, le silence continua à régner dans notre bulle transparente, même plus brisé, désormais, par les détonations des obus et les explosions des missiles : les avions alliés avaient abandonné la chasse bien avant que nous pénétrions dans l'espace aérien imprévisible de cette ruine d'empire tout aussi imprévisible, la Russie. Je ne sais ce que Larissa pensait — je ne lui posai pas la question, ni à cet instant ni par la suite —, pour ma part, je me surpris à me demander ce qui lui passait par la tête au moment où elle s'apprêtait à mettre un terme, une fois de plus, à la vie d'un homme. Il semblait assuré qu'elle serait appelée à le faire : depuis l'instant où nous avions appris son existence, Eshkol ne nous avait pas offert d'autre choix que son exécution. Il ne restait qu'à espérer que celle-ci causerait le moins de blessés et de morts possible, songeais-je tandis que nous attendions dans la tourelle.

Autrement dit, l'idée ne me vint jamais à l'esprit que l'avion d'Eshkol pouvait tout bonnement disparaître. C'est pourtant ce qu'il fit, quelque part entre Minsk et Smolensk. Il n'y avait plus trace de l'appareil sur mes écrans, ni, comme Malcolm nous en informa bientôt, sur les autres systèmes de repérage du vaisseau. Cette disparition me troubla profondément jusqu'à ce que Larissa suggère la plus simple des explications : Eshkol s'était écrasé. Rassuré par cette hypothèse, je m'imposai cependant le scepticisme : pourquoi n'avions-nous pas vu de flammes, ni détecté sa chute ? Est-ce qu'Eshkol n'aurait pas fait fonctionner son siège éjectable s'il s'était retrouvé en situation de détresse ? Pas nécessairement, répondit Larissa. Il arrive que des avions s'écrasent sans exploser, après une chute si soudaine qu'on repère difficilement leur changement d'altitude. Et voler de nuit peut parfois désorienter un pilote au point qu'il ne s'aperçoit même pas qu'il a des problèmes. Une longue série de vérifications était cependant requise, et nous retournâmes à l'avant pour aider les autres à y procéder. Mais notre équipe au complet ne put repérer un seul indice de crash au sol ni le moindre dysfonctionnement de nos instruments. Il semblait bien que l'avion d'Eshkol se fût écrasé, probablement dans un champ ou une forêt, où sa carcasse ne serait pas découverte avant l'aube — si tant est qu'elle le soit un jour.

Comment aurions-nous su? Qu'est-ce qui aurait bien pu inciter l'un d'entre nous à tourner de nouveau nos appareils d'écoute vers la Malaysia, pour apprendre qu'Eshkol n'avait pas seulement volé un B-2? Et même si nous avions appris par hasard qu'un système de furtivité américain — si sophistiqué et secret qu'une poignée de gens seulement aux Etats-Unis savait que ses plans avaient été dérobés — avait été installé sur ce même B-2, aurions-nous été capables de relever le défi de le déjouer à temps? Toutes ces questions étaient terriblement futiles. Un seul fait prévalait cette nuit-là, comme il prévaut cette nuit encore : au moment même ou chacun de nous commençait à croire que notre chance avec Eshkol avait enfin tourné, une lumière vive éclaira l'horizon au nord-est. Comme rien ne bouchait la vue, cette soudaine lueur suffit à capter toute notre attention.

Mortellement conscient de ce qui se passait, aucun de nous ne prononça le moindre mot jusqu'à l'inévitable dénouement, cependant que le champignon révélateur, embrasé par les terribles couleurs de l'explosion qui venait d'être libérée, commençait lentement à se former au-dessus de ce qui avait été la partie la plus ancienne de la ville de Moscou.

40

Ce fut Eli qui parla le premier, exprimant la question qui taraudait tous les esprits : comment Eshkol avait-il pu nous échapper ? Personne n'avait de réponse, bien sûr, et le terrible point d'interrogation demeura suspendu au-dessus de nous pendant tout le retour à St Kilda, où le colonel Slayton finirait par trouver l'explication après de longues heures passées dans la salle d'écoute. Pour l'heure, nous ne pouvions que secouer la tête en silence, abasourdis, ne sachant que faire. Finalement, ce fut Malcolm — rien d'étonnant à cela — qui nous tira de notre hébétude. D'une voix grinçante parfaitement assortie à sa pâleur extrême, il ordonna à Larissa de diriger le vaisseau au-dessus des flammes, ordre qui nous arracha un hoquet collectif d'incrédulité. Voyant l'accablement de son frère, Larissa suggéra avec douceur que cela pouvait être dangereux, mais Malcolm rétorqua, furieux, que le vaisseau nous protégerait des radiations, du moins un certain temps, et qu'il avait *besoin* de voir la ville dévastée. Comme nous tous, ajouta-t-il. Sans plus discuter, Larissa prit les commandes et nous survolâmes les décombres, perdant ainsi notre innocence comme,

Dieu merci, peu d'hommes avant nous dans l'histoire l'avaient perdue.

Il n'y a pas de mots, et je laisse à d'autres le soin de les inventer. Tout au plus puis-je énumérer les nuances de ce qu'on nomme généralement « cendres grises », ainsi que l'infinie palette de couleurs qui caractérise ce qu'on se contente d'appeler « terre brûlée ». Et quelle prose pourrait décrire ces milliers de corps humains brûlés et déchiquetés, vivants et morts, ayant échappé à une désintégration totale ? Je ne pouvais détourner les yeux. J'avais entendu dire que la destruction retient l'œil de manière perverse, mais je ne m'attendais pas à m'en donner moi-même confirmation en fixant obstinément une scène aussi cauchemardesque.

Comme on pouvait s'y attendre, le point de radiation maximale au sol se trouvait à l'emplacement du Kremlin. Derrière ses murailles, le dément Staline avait autrefois bu de la vodka poivrée en préparant un génocide, mais pas celui dont Dov Eshkol l'avait cru complice. Il ne restait naturellement rien du bâtiment, ni de la place Rouge, ni du quartier qui l'entourait ; il ne restait pas grand-chose du quartier commercial de Tverskaya, redessiné par Staline lui-même, du quartier chic de l'Arbats ou du faubourg médiéval de Zamoskvoreché, de l'autre côté de la Moskva. La bombe miniaturisée avait été assez puissante pour arracher à la ville — et à la Russie — son cœur même, tout cela pour venger une faute imaginaire qu'Eshkol, profondément déséquilibré, avait besoin de croire vraie pour justifier enfin la violence de ce qu'il imaginait être sa foi dans ses ancêtres victimes de l'Holocauste.

Mundus vult decipi.

Le survol sinistre que Malcolm avait cru nécessaire se révéla finalement trop pénible pour lui : le sentiment de culpabilité, l'épuisement et le choc se conjuguèrent à sa faiblesse chronique pour déclencher une crise qui ne surprit aucun de nous, je crois. De fait, il me semble maintenant étonnant qu'aucun autre membre de notre groupe ne se soit effondré sous le poids d'une telle scène. Slayton passa une fois de plus le bras gauche de Malcolm autour de ses épaules, souleva de son bras droit le corps terriblement maigre et se dirigea vers l'arrière du vaisseau. Larissa se pressa contre moi durement, soupçonnant peut-être — à juste titre — que tout était changé après ce dont nous venions d'être témoins. Puis elle me laissa pour aller s'occuper de son frère, dont elle prit la main pendante. Eli lança le vaisseau sur la route programmée à l'avance, vers St Kilda, et les autres se séparèrent enfin, chacun cherchant un peu de solitude pour parvenir à accepter l'inacceptable.

Avant même d'atteindre la côte écossaise, j'avais décidé que je ne voulais plus jouer de rôle dans le grand dessein de Malcolm. Les doutes que j'avais nourris sur ses travaux et que j'aurais peut-être dû écouter depuis que nous avions capté les premières informations sur l'homme que nous finirions par connaître sous le nom de Dov Eshkol — un homme pathologiquement disposé à être consumé par des informations fausses, un homme prêt, en fait, à commettre un crime à une échelle sans précédent sur la base de ces informations — menaient maintenant une sarabande assourdissante dans mon crâne. Combien d'autres Dov Eshkol rôdaient en liberté dans le monde ? Pouvions-nous aller au-devant de désastres semblables en fabriquant d'autres faux? Et les plaintes de Malcolm — selon lesquelles le monde n'était pas prêt à reconnaître ses mensonges élaborés pour ce qu'ils étaient — ne venaient-elles pas de trouver une épouvantable confirmation? Ce que faisaient Malcolm et les autres ne rendait pas la société humaine moins fascinée, moins abrutie par l'information, je m'en rendais compte maintenant. Et la responsabilité, quoique indirecte, d'avoir poussé un dément à sauter le pas était assez réelle à mes yeux pour m'empêcher de continuer à prendre part à l'opération.

Bien que difficiles à tirer, ces conclusions semblaient simples comparées aux problèmes pratiques et sentimentaux posés par la perspective d'un départ. En premier lieu, bien sûr, il y avait Larissa. Après m'être résigné pendant des années à ne jamais rencontrer une femme qui non seulement tolérerait mais admirerait la façon dont je vivais et travaillais, il ne m'était pas facile d'envisager de renoncer à celle que j'avais enfin trouvée, d'autant que notre attirance mutuelle et notre entente étaient renforcées par les liens puissants qui se tissent souvent entre des êtres dont l'enfance a été gâchée par la violence. Il se pouvait que Larissa abandonne son frère pour moi, et d'ailleurs l'hypothèse contraire était si déchirante que je me raccrochai à cette idée pendant le reste du voyage de retour à St Kilda.

Ce fantasme malencontreux, qui battait en brèche non seulement toute mon expérience professionnelle mais aussi tout ce que je savais de Malcolm et Larissa, était cependant assez fort pour biaiser également la façon dont j'envisageais le problème de mon statut de criminel international. Risquerais-je la prison, m'en remettrais-je à la clémence de la justice en expliquant que je n'avais personnellement pas participé à la mystification qui avait causé la mort de millions de personnes ? Certainement pas. Mais je pouvais apprendre à supporter, voire à apprécier la vie de fugitif international, utilisant les techniques acquises auprès de Malcolm et des autres... à supposer, bien sûr que Larissa accepte de m'accompagner. Tandis que le vaisseau filait au-dessus de l'île de Skye, mon rêve prit une coloration plus romanesque encore : Larissa et moi passerions notre vie en cavale, arrachant de quoi satisfaire nos besoins et nos envies à un monde incapable de nous arrêter.

Aussi, quand Larissa me rejoignit enfin dans ma cabine, après s'être assurée que Malcolm dormait paisiblement, et éclata en sanglots dans mes bras, je choisis d'y voir un signe que son amour pour moi commençait à prendre le pas sur son dévouement envers son frère. Je ne dis rien dans ce sens, rien sur mes illusoires projets d'avenir, estimant qu'il convenait d'en parler d'abord à Malcolm. Je maintins ce silence à Hirta pendant les quelques jours où chacun de nous s'efforça de retrouver un semblant de paix intérieure. Ce ne fut pas un moment facile : si nous réussissions à éviter d'aborder le sujet avec les autres, nous étions tous tenaillés par un besoin quasi compulsif de lire ou de regarder en privé des informations sur le désastre de Moscou, et à mesure que le nombre des victimes croissait, une peine commune mais non partagée pesait plus durement sur nous. La vérité sur Dov Eshkol finit par émerger, assortie cependant d'articles selon lesquels il aurait eu des complices qui se seraient échappés dans un vaisseau ultra-perfectionné, et la crainte d'un éventuel assaut contre St Kilda s'ajouta à la liste des inquiétudes qui tourmentaient chacun de nous sur l'île.

Je fus au moins libéré de cette dernière peur quand Larissa, sortant d'une veille de deux jours au chevet de son frère, annonça que Malcolm avait été en contact avec Edimbourg : le gouvernement écossais n'avait rien révélé aux alliés de l'ONU sur l'achat de l'île par Malcolm ; en retour, ce dernier leur avait promis des fonds supplémentaires pour leur guerre d'indépendance. Soulagés de savoir qu'on nous laisserait au moins un moment en paix, les autres quittèrent la salle pour retourner à leur rumination d'un passé récent et d'un avenir incertain. Je m'apprêtais à faire de même quand Larissa me saisit le bras.

— Il veut te voir, dit-elle, indiquant la chambre de Malcolm, située de manière à bloquer l'unique accès à son laboratoire privé. Ne le laisse pas s'énerver, je t'en prie. Il va mieux mais il n'est pas encore bien. (Elle me donna un baiser tendre, quoique rapide.) Tu m'as manqué.

Souriant, je passai une main dans ses cheveux argent.

— C'était moche, ces deux jours sans toi.

— Très moche, dit-elle en me serrant contre elle.

— Larissa, murmurai-je, j'ai quelque chose à te dire. (Je sondai son regard, espérant y voir de la curiosité, mais ne découvris que de l'épuisement.) Seigneur, il faut que tu te reposes.

Elle hocha la tête, demanda cependant :

— Quelle chose ?

— Nous en parlerons plus tard, décidai-je, persuadé que nous aurions tout le temps de le faire et continuant à penser, comme un soupirant bien intentionné, qu'il valait mieux en discuter avec son frère avant de lui soumettre l'idée. Pour le moment, repose-toi.

Elle marqua son accord d'un soupir, m'embrassa de nouveau puis s'éloigna d'un pas fatigué en laissant la porte de la chambre entrouverte.

J'entrai, certain de ce que j'allais dire, espérant que Malcolm approuverait mon plan, bref, ne soupçonnant absolument pas qu'il allait me révéler ce qu'il considérait comme le plus grand de ses nombreux secrets, une histoire si étrange, si parfaitement incroyable que je ne pourrais qu'en conclure qu'il avait en fait perdu l'esprit.

41

La chambre de Malcolm à Hirta était encore plus spartiate que sa cabine à bord du vaisseau et ne présentait guère plus de confort, me sembla-t-il, que ce qu'on aurait pu trouver deux siècles plus tôt sur cette île peu peuplée. Au fond de la pièce, une baie vitrée identique à celle de ma propre chambre donnait sur une autre étendue de côte rocheuse, et c'est devant cette vue que Malcolm était assis dans son fauteuil roulant, baigné de la douce lumière de St Kilda, observant les centaines d'oiseaux de mer perchés sur les rochers avec cette même joie simple que j'avais lue plusieurs fois sur son visage. C'était la preuve éclatante que le petit garçon admis des années plus tôt dans une clinique infernale n'avait pas été complètement détruit par cette expérience. Paradoxalement, la jeunesse même de son expression aurait dû me rappeler à quel point il dépendait de Larissa et me faire comprendre que tout espoir de le voir approuver notre départ ensemble était absurde.

Il sentit ma présence, mais ne se retourna pas pour me faire face.

— Gideon, dit-il d'une voix qui, plutôt que ferme, s'efforçait à la fermeté.

Il se tut pendant un moment que je mis à profit pour me préparer à plaider ma cause, mais, avant que je puisse commencer, il me demanda :

— Les documents pour votre opération à Washington sont toujours en place?

— Je vous demande pardon? bredouillai-je.

— Votre opération à Washington, répéta-t-il, observant toujours les oiseaux. Quand serez-vous prêt à la lancer?

Je parvins à me ressaisir suffisamment pour répondre :

— Vous ne parlez pas sérieusement.

Toujours tourné vers la baie, Malcolm hocha la tête comme s'il s'attendait à cette réponse.

— Vous pensez que ce qui est arrivé à Moscou nous contraint à interrompre notre tâche. Vous pensez que cela pourrait se reproduire.

A cet instant, mon aveuglement s'écoula de moi comme du sang, jusqu'à la dernière goutte. Je fis quelques pas chancelants vers un fauteuil d'acajou, m'y laissai tomber en prenant soudain conscience de la folie de mes plans et de l'attachement de Malcolm à son entreprise. Protestations, grandes déclarations émues semblaient inutiles, étant donné la situation, et je déclarai d'une voix aussi rationnelle que je pus :

— Malcolm... vous avez reconnu vous-même qu'il y a de terribles problèmes inhérents à ce que vous faites.

— Ce que j'ai *dit*, repartit-il d'un ton calme mais appuyé, c'est que nous avons trop bien fait notre travail, Dov Eshkol l'a prouvé.

Je n'arrivais pas à croire à cette réponse.

— Ça, vous pouvez le dire.

— On apprend, on continue, reprit Malcolm, qui ne semblait toujours pas disposé à me regarder dans les yeux. Nous en avons déjà discuté, vous et moi : nous devons nous assurer que toutes les supercheries seront à l'avenir dévoilées dans un délai raisonnable. Nous laisserons des indices — plus que des indices, des erreurs flagrantes —, de manière que même les plus obtus...

— Malcolm? le coupai-je, trop consterné pour continuer à l'écouter. Malcolm, je ne veux plus être mêlé à ça. Ce que vous faites, ce n'est pas seulement subversif, c'est incroyablement dangereux. Vous vous en êtes sûrement rendu compte. (Il ne répondit pas et l'incrédulité m'enfiévra la tête.) Vous n'allez quand même pas le nier? Cette entreprise, ce *jeu* que vous menez, vous avez peut-être l'impression de les maîtriser, mais il y a dans le monde des millions de gens qui doivent essayer de trouver chaque jour un sens à des dizaines de milliers d'informations bizarres, et ils n'ont ni le temps ni les instruments pour séparer ce qui est vrai de ce qui est un faux flagrant. Le monde est allé trop loin et nous n'avons aucune idée de ce qui poussera le prochain malade mental à agir. Que ferez-vous si, une fois le dernier plan lancé, un fou atteint de rage antigouvernementale — ce n'est pas ce qui manque aux Etats-Unis — y trouve une justification pour faire exploser le centre de Washington?

Je m'interrompis et changeai de direction, abandonnant le terrain de la dialectique politique et morale dans laquelle il était passé maître pour me concentrer sur mes inquiétudes, très réelles, pour lui et les autres.

— En outre, combien de temps pouvez-vous vraiment espérer vous en tirer ? Nous nous en sommes sortis de justesse, cette fois, et regardez ce que cela nous a coûté. Vous devez aussi y penser, vous ne...

Je me tus en voyant sa main se lever lentement.

— D'accord, dit-il d'une voix étranglée par la peine et les regrets. D'accord, Gideon...

Il fit enfin pivoter son fauteuil et laissa sa tête tomber si bas que son menton toucha presque sa poitrine. Quand il leva les yeux, il ne croisa toujours pas mon regard, mais son chagrin était imprimé sur ses traits, et cette vision m'était insupportable.

— J'aurais fait n'importe quoi pour empêcher ce qui est arrivé à Leon, poursuivit-il à voix basse. Mais chacun de nous connaît les risques.

— Les risques ? Malcolm, ce n'est pas une guerre, pour l'amour de Dieu !

Ses yeux bleus hypnotiques rencontrèrent enfin les miens.

— Vraiment ? (Il chercha à tâtons les béquilles fixées au dossier du fauteuil.) Vous pensez que ma façon de traiter le problème ne convient pas, dit-il, haussant la voix. (Il se mit péniblement debout et, malgré un désir de l'aider plus fort que jamais, je n'intervins pas.) Vous pensez que ce genre de traitement est impuissant à guérir la maladie du monde. Fort bien. (Il fit quelques pas dans ma direction.) Que prescrivez-vous à la place ?

Je ne pouvais le suivre sur ce terrain et je le signifiai clairement :

— Malcolm, il ne s'agit pas de « maladie », ni de « traitement ». La civilisation fera ce qu'elle fera, et si vous continuez à tenter de vous y opposer, vous ne ferez que provoquer d'autres désastres. Vous avez peut-être raison : il se peut que cette société de l'information nous entraîne dans un âge des ténèbres high-tech. Mais peut-être pas. C'est peut-être *nous* qui ne la comprenons pas. Julien a peut-être tort et nous ne sommes pas à un « moment seuil ». Quand Gutenberg a imprimé sa première bible, il y avait peut-être des gens comme nous assis dans un carrosse ultra-moderne et criant : « Ça y est, c'est fini ! » Je n'en sais rien. Mais vous non plus. La seule chose que nous sachions, c'est que vous ne pouvez pas arrêter le changement et que vous n'arrêterez pas la technologie. Il n'y a rien dans le passé pour suggérer que ce soit possible.

Malcolm s'était tourné, presque avec la lenteur d'une aiguille d'horloge, pour contempler de nouveau les oiseaux.

— C'est vrai, murmura-t-il.

Prêt que j'étais à continuer à argumenter, je fus totalement pris au dépourvu par cet aveu.

— Vous le pensez vraiment ? fis-je d'une voix un peu faible.

Il hocha la tête.

— Oui. Il n'y a rien dans le passé pour suggérer que ce soit possible. Rien *encore.*

Comme il faisait rouler son fauteuil vers la fenêtre, je le suivis, soudain très inquiet.

— Que voulez-vous dire, « rien *encore* » ? Dans le passé ? Ce que vous dites n'a pas de sens. Malcolm.

Il entreprit de s'expliquer et me parut perdre peu à peu conscience qu'il y avait quelqu'un d'autre dans la pièce avec lui. L'éclat vide que prirent ses yeux en fixant le bleu tout aussi éblouissant du ciel au-dessus de l'océan constituait le premier indice de son déséquilibre mental.

— Si je vous disais que là derrière... (il indiqua la direction de son laboratoire), derrière une grosse porte en bois, vous trouverez un engin capable de redéfinir, voire de détruire, l'histoire et le temps, du moins comme nous les entendons couramment. Si je vous disais que d'ici peu il sera possible de se déplacer dans notre continuum temporel et de modifier le passé, de sorte que « l'histoire » ne sera plus un bloc chronologique inaltérable mais un laboratoire vivant dans lequel nous pourrons procéder à des expériences afin d'améliorer la situation actuelle de notre planète et de notre espèce...

Si j'avais pris cette déclaration au sérieux, je serais peut-être tombé à la renverse. En l'occurrence, ma conviction se renforça que son esprit avait largué les amarres.

— Ecoutez, Malcolm, dis-je, posant une main sur son épaule. Comprenez-moi : en tant que médecin, j'ai le devoir de vous dire que vous avez subi une dépression. Potentiellement grave. Après ce que nous avons tous traversé, je n'en suis pas étonné. Vous avez des amis à Edimbourg, ils connaissent sans doute un hôpital où vous pourriez être admis discrètement. Si vous me laissez procéder à quelques examens et suggérer un traitement...

— Vous n'avez pas répondu à ma question, Gideon, m'interrompit-il d'une voix ne trahissant aucune émotion.

— Votre question? Vous voulez dire votre idée d'aller et venir dans le temps?

— Pas aller *et* venir, corrigea-t-il, secouant lentement la tête. Personne ne pense sérieusement qu'on puisse créer des courbes temporelles fermées qui permettraient à un sujet d'avancer dans un sens puis de revenir à son point de départ. A ce stade, ce n'est pas réalisable.

— Ah, mais un aller simple, c'est possible?

Ne relevant pas le sarcasme, Malcolm poursuivit :

— Le problème physique n'est pas particulièrement complexe. Comme dans la plupart des cas, ce n'est à vrai dire qu'une question d'énergie... d'énergie électromagnétique. Et la seule façon concevable de produire une telle énergie...

— ... serait d'utiliser des supraconducteurs, achevai-je, me rappelant vaguement un article que j'avais lu sur le sujet quelques mois plus tôt. Des supraconducteurs hautement miniaturisés, ajoutai-je avec appréhension, malgré mon ton désinvolte.

Maîtrisant de plus en plus difficilement son émotion, Malcolm reprit :

— Vous imaginez : ne plus être contraint d'accepter le présent qui nous a été transmis. Avoir la possibilité de manipuler une série différente de déterminants historiques. Vous dites que ce que nous faisons ne peut aider le monde contemporain, qu'il est trop malade pour ce genre de remèdes. Eh bien, cette même idée m'est venue il y a quelques années déjà. Mais la réponse ne consiste pas à suspendre nos activités. Nous avons besoin de les ajuster, certes, et c'est en partie pour cette raison que nous avons fait appel à vous. Mais nous devons poursuivre nos efforts jusqu'au jour où nous pourrons changer les circonstances de notre réalité actuelle en modifiant le passé.

Il porta une main à son front, manifestement sous l'effet de la passion, maîtrisée mais cependant extrême, avec laquelle il m'avait raconté cette histoire.

— Ce jour n'est pas loin, Gideon. Pas loin du tout...

Je me rassis. Les pires élucubrations se présentent souvent sous une forme ostensiblement rationnelle, et je me dis que c'était la raison pour laquelle j'avais été momentanément dérouté. Je pris également conscience que je ne pouvais en aucune façon lui *imposer* le repos, la médication et la psychothérapie dont il avait manifestement besoin. Je fis néanmoins une dernière tentative pour le convaincre :

— Malcolm, je me demande si vous vous rendez compte du langage que vous employez. Et si cela ne vous suggère pas quelque chose...

Il ne répondit pas, ce que je pris pour le signe qu'il était disposé à m'écouter.

— Vous parlez de « manipuler » le passé, continuai-je. Ce mot ne vous paraît pas terriblement lourd de sens, étant donné votre histoire personnelle ? Je ne doute pas que vous aimeriez changer le passé qui vous a été « transmis » — vous avez toutes les raisons de le souhaiter. Mais vous devez entendre ceci. (Je me levai, m'approchai de lui.) Vous pouvez utiliser les instruments mis au point par votre père pour essayer de détruire le monde qu'il a contribué à construire. Vous pouvez plonger la société dans la confusion, tromper le public pour l'amener à croire à votre version de l'histoire ; vous pouvez même assister à la destruction de villes entières et vous raconter que c'est une croisade noble et nécessaire. Mais, au bout du compte, vous serez toujours l'homme que vous êtes maintenant, vous aurez toujours besoin de ces béquilles et de ce fauteuil, vous serez toujours consumé de douleur et de rage. Vous ne voulez pas changer le passé, Malcolm, vous voulez changer *votre* passé.

Pendant de longues minutes, aucun de nous ne parla, puis les yeux brillants de Malcolm s'étrécirent et il hocha la tête une ou deux fois en retournant à son fauteuil. Il s'y assit lentement, leva les yeux vers moi et dit :

— Vous avez autre chose à m'offrir que des évidences, Gideon ?

Les insultes des patients souffrant de psychose n'avaient rien de nouveau pour moi, mais celle-là me piqua, je dois l'admettre. M'efforçant de ne pas paraître touché, je répliquai :

— Vous pouvez parler d'évidence et continuer quand même à faire ce que vous faites ?

Il eut une moue dédaigneuse.

— Vous vous imaginez que je n'ai pas réfléchi à tout ça ? Que je n'ai pas suivi les traitements que vous proposez ? Dans ma jeunesse, je les ai tous essayés : psychothérapie, électrochocs, traitements chimiques. Tous, à l'exception bien sûr d'une autre thérapie génétique qu'on m'excusera d'exclure, je pense. Oui, j'ai découvert ce qui m'anime, la profondeur de la colère qui court en moi, la nature personnelle, autant que philosophique, de mes motivations. Mais finalement, je vous dirai ce que j'ai dit à tous les médecins.. (L'éclat dément de son regard fit place à une tristesse absolue.) Cela ne change rien, non ?

— Cela ne change rien ? répétai-je, médusé. Malcolm, si vous savez que vous agissez à cause de préjugés personnels et de problèmes irrésolus...

— Oh ! ils sont résolus. J'ai *résolu* de haïr le monde que mon père et ses semblables ont édifié, un monde où les hommes manipulent la structure génétique de leurs enfants dans l'unique but d'améliorer leur quotient intellectuel afin qu'ils puissent, devenus grands, mettre au point des méthodes meilleures et plus commodes pour satisfaire les appétits mesquins du public. Un monde où l'intelligence se mesure à la capacité d'amasser des informations qui n'ont ni contexte ni objectif, hormis leur propre propagation, mais que l'humanité sert néanmoins avec servilité. Et connaissez-vous la dure vérité, Gideon ? Savez-vous pourquoi l'information a fini par dominer notre espèce ? Parce que le cerveau humain l'*adore*, il joue avec les informations qu'il reçoit, les dispose et les stocke comme un enfant ravi. Mais il déteste les examiner, faire l'effort de les assembler en systèmes intégrés de compréhension. C'est pourtant cet effort qui produit le savoir, Gideon. Le reste n'est que *récréatif.*

— Quel rapport avec la conscience que vous avez de vos motivations personnelles ? soupirai-je, sans chercher à cacher ma lassitude devant son long discours.

Secouant de nouveau la tête, il répondit :

— C'est *cela,* ma motivation personnelle, désormais. Je comprends que vous pensiez que j'ai besoin de soins, mais j'ai déjà parcouru cette route et... Je peux vous dire quelque chose ? Elle m'a ramené à mon point de départ. Certes, après avoir fait le voyage, on sait exactement où ce point se trouve et ce qui l'entoure. Mais on y est toujours. Que voulez-vous que les gens fassent après avoir découvert leurs motivations personnelles ? Qu'ils abdiquent ? Qu'ils cessent de jouer un rôle dans le monde ? Vous pouvez me citer un personnage historique qui n'a pas agi par motivation personnelle? Il n'y aurait pas eu de progrès sans ces motivations.

— Là n'est pas la question, contrai-je. Si vous avez réellement conscience de ce que vous êtes, vous pouvez changer de comportement.

— Ah! le mantra du psychologue! s'exclama Malcolm, dont le ton montait de manière préoccupante. Oui, il peut changer, mais pour devenir quoi? Devons-nous imiter le Christ et tendre l'autre joue à la cupidité, à l'exploitation, à la destruction? Devons-nous regarder le monde s'écrouler dans les flammes parce que nous craignons que nos mobiles soient quelque peu personnels? Je vous le dis, je préfère me jeter dans la mer! Parce que vous ne parlez pas de changement, Gideon, vous parler de paralysie!

— Non, je parle d'aborder ces problèmes avec des méthodes qui ne débouchent pas sur la mort de millions de personnes...

— *Je n'ai pas détruit cette ville*! hurla-t-il.

Au tremblement de son corps, je voyais bien la crise arriver. Pourtant, j'ai honte de l'avouer, j'étais trop sidéré par ses propos pour faire quoi que ce soit pour l'empêcher.

— Je n'ai pas formé Dov Eshkol, poursuivit-il, je ne l'ai pas lâché dans le monde, et je n'ai pas créé non plus une société si obsédée par le commerce qu'elle refuse de le réglementer, même sous ses formes les plus dangereuses! Je vais vous dire ce que j'ai fait, Gideon. J'ai subi une série d'expériences qui m'ont placé dans une perspective unique pour observer — et peut-être changer — cette même société. Dois-je refuser de le faire parce que mes motivations ont une dimension personnelle qui inquiète des gens comme vous ? Suivez mon conseil, Gideon, inquiétez-vous de la pureté de vos propres motivations, et ne vous occupez pas des miennes.

Il fit tourner son fauteuil vers la baie vitrée, brandit un poing.

— Je sais pourquoi je suis ce que je suis, Gideon, mais je n'offrirai pas à ceux qui m'ont fait ainsi le triomphe final de me voir accepter leur tentative pour transformer le monde en une immense *ruche,* une ruche dans laquelle les êtres humains jouent sans fin avec l'information au profit de maîtres cachés... et n'apprennent absolument *rien.*

Il me sembla qu'avec ce mot fatidique Malcolm avait mis fin à bien autre chose que notre discussion. Je ne lui opposai aucun argument, car il était vain d'argumenter avec une psychose aussi profonde. Une partie de ce qu'il avait avancé était sans aucun doute exacte, mais je n'aurais su dire dans quelle proportion. Je ne savais que deux choses, celles-là même dont j'étais déjà sûr en entrant dans la pièce : je ne pouvais demeurer plus longtemps sur cette île ni prendre part aux machinations de Malcolm, et je voulais que Larissa m'accompagne. Ma gêne à aborder ces questions avec Malcolm s'était envolée pendant sa tirade démente, et je déballai tout d'un ton assez condescendant. Pourtant, dès que j'eus terminé, ses traits se crispèrent en une expression de menace qui me fit regretter ma hardiesse.

— Je ne suis pas certain que l'idée de vous lâcher dans la nature me séduise, Gideon, dit-il d'un ton mesuré. Maintenant que vous connaissez tous nos secrets... Et vous pensez franchement que Larissa partira avec vous?

— Si vous n'y faites pas obstacle, rétorquai-je, aussi courageusement que je pus. Quant à vos secrets, de quoi vous inquiétez-vous? Je suis un criminel, rappelez-vous, je ne suis pas pressé de me présenter aux autorités. Et même si je l'étais, qui me croirait?

Malcolm inclina la tête sur le côté, considéra la chose.

— Peut-être...

Il aspira soudain une bouffée d'air, ses mains se portèrent précipitamment à ses tempes. Je m'avançai pour lui porter secours, mais il leva un bras.

— Non dit-il, serrant les dents et cherchant dans sa poche son injecteur. Non, Gideon. Ce... ce n'est plus votre affaire. Ramassez votre conscience délicate et partez. *Tout de suite*!

Que pouvais-je faire sinon m'exécuter? Des adieux auraient été déplacés, voire grotesques, à la lumière de ce que nous avions traversé et de ce que nous nous étions dit. Je me dirigeai simplement vers la porte, toute colère enfuie, toute compassion engourdie. En sortant, je me retournai et vis Malcolm, recroquevillé dans son fauteuil, presser l'injecteur contre une veine de sa main en murmurant quelque chose entre ses dents serrées.

Dommage, songeai-je, que toute cette histoire de voyage dans le temps ne soit manifestement qu'un fantasme car, en fin de compte, il n'y avait vraiment pas grand-chose dans le présent pour un tel homme.

42

Le seul dilemme qui se posait maintenant à moi, c'était ce que je devais révéler aux autres de ma conversation (si on pouvait qualifier cela de conversation) avec Malcolm. Je savais qu'ils lui témoignaient tous une extrême loyauté, chacun à sa manière, et il n'était pas dans mes intentions de m'immiscer dans ces relations. Mais ils avaient le droit de savoir que la conduite et les propos de Malcolm m'avaient amené à m'interroger sur sa santé mentale, et je les priai donc de me rejoindre dans ma chambre, ce qu'ils firent au coucher du soleil. Je racontai mon histoire assis devant la baie vitrée qui donnait sur la petite crique où les oiseaux de mer jacassaient si fort en cherchant leur nourriture que j'avais du mal à garder le ton bas que j'estimais requis par la situation. Je m'efforçai de ne pas orienter mes explications mais aussi d'être franc et complet, insistant sur le refus obstiné de Malcolm d'accepter quelque responsabilité que ce soit dans le désastre de Moscou, exposant en détail sa conviction, apparemment sincère, qu'il serait bientôt capable de voyager dans le temps.

— Est-ce que par hasard il a précisé quelle configuration il prend pour modèle ? demanda Eli qui, à ma consternation, avait l'air intrigué.

— *Quoi* ?

— Gödel ? poursuivit-il. Kerr ? Thorne, peut-être ?

— Pas *Thorne,* dit Jonah d'un ton dédaigneux. Même Malcolm n'a pas l'énergie nécessaire pour créer un « trou de ver » dans son lab...

— Eli ? Jonah ? les coupai-je, un peu étonné et le laissant voir. Vous ne lui ferez aucun bien en vous prêtant à son jeu. C'est un fantasme, un fantasme potentiellement dangereux, reposant sur une série de traumatismes psychiques anciens et récents...

— Tu sais ça, toi ?

Le ton était celui de Malcolm, la voix appartenait à Larissa. Elle était assise près de moi mais détournait les yeux avec une expression de profonde inquiétude : elle savait, depuis l'instant où j'avais commencé à parler, qu'elle devrait bientôt elle aussi affronter une crise.

— Alors, tu en sais plus que les nombreux cerveaux qui ont étudié le sujet depuis des générations, Gideon, dit Julien.

— Ecoutez, j'ai lu Einstein et Hawking, ripostai-je. Enfin, j'ai lu Einstein et j'ai lu des articles sur Hawking, rectifiai-je, un peu embarrassé. Et tous deux déclarent que les paradoxes inhérents à l'idée de voyage dans le temps en font une impossibilité physique...

— Impossibilité pour un certain *type* de voyage, contra Eli. Les courbes temporelles fermées. Mais il y a d'autres façons de voyager dans le temps, bien qu'elles ne soient pas particulièrement attirantes...

— Ce n'est peut-être pas le moment d'avoir une

discussion académique sur le voyage dans le temps, intervint Slayton en me considérant d'un œil sévère. Gideon, désolé de devoir vous le dire, mais on pourrait avoir l'*impression* que vous avez des raisons personnelles de mettre en doute l'opinion de Malcolm. Vous en avez conscience, j'espère. Et vous êtes également conscient que *nous* en sommes conscients...

Julien, Eli et Jonah parurent gênés, mais Larissa se rapprocha de moi.

— Cette remarque est un peu déplacée, colonel, lança-t-elle à Slayton. Gideon n'a jamais fait quoi que ce soit qui autorise la méfiance... ou le manque de respect

— Gideon n'ignore pas le respect que j'ai pour lui, Larissa répliqua Slayton. Mais il sait aussi que je ne pouvais faire autrement que de poser la question.

J'adressai un hochement de tête à Larissa, à la fois pour indiquer que Slayton avait raison et pour la remercier d'avoir volé à mon secours

— Je comprends, colonel, dis-je. Mais croyez-moi . aucun intérêt personnel ne m'incitera jamais à déformer un problème aussi grave. Non seulement ce serait contraire à l'éthique, mais je considère Malcolm comme un ami. Et c'est l'amitié qui me pousse à vous mettre en garde. Je ne peux rien faire de plus. J'ai prévenu Malcolm qu'il m'était désormais impossible de participer à son entreprise et, après un moment assez tendu, il a accepté que je parte. Ce n'est donc pas moi qui m'occuperai de sa santé mentale. Mais je me devais de vous le dire : je pense qu'il a grandement besoin de soins.

Slayton réagit par un lent hochement de tête et une expression qui, pour lui, frisait l'émotion. En revanche, Julien et les Kuperman montraient ouvertement leur tristesse.

— Mais où iras-tu, Gideon ? finit par demander Eli.

Je jetai un coup d'œil à Larissa, qui ne me rendit pas mon regard.

— Je n'ai pas encore décidé.

— Vous serez recherché, me prévint Slayton. Les Etats-Unis sont hors de question, et l'Europe sera dangereuse aussi.

— Je sais.

Pour la première fois depuis que ma participation aux activités de Malcolm me torturait sur le plan moral, j'envisageais réellement de quitter ces gens avec qui j'avais partagé tant de choses pendant un temps si court, et cela me déchirait.

— J'irai dans le Sud, je suppose, ajoutai-je. J'essaierai de trouver un endroit où personne ne fait attention à tout ça. (J'ébauchai un sourire.) Si quelqu'un a envie de m'accompagner, ce ne sera pas de refus.

Slayton, Julien et les Kuperman tâchèrent de me rendre mon sourire sans chaleur, mais avec aussi peu de succès que moi : le moment des adieux était arrivé, nous le savions tous. Slayton fut le premier à s'approcher de moi en me tendant sa main puissante.

— L'un de nous vous conduira en Ecosse avec le jetcoptère, Gideon. Nous avons une réserve de devises en cas d'urgence, vous pouvez y puiser. Il vous faudra aussi d'autres documents et disquettes d'identité. Soyez prudent, cependant : nous pouvons faire en sorte qu'ils correspondent à votre ADN pour un lecteur ordinaire, mais si quelqu'un vérifie avec le fichier universel, vous aurez un vrai problème. Emportez aussi quelques armes de poing.

— Merci, colonel.

Slayton plissa les yeux en scrutant mon visage, faisant vivre la longue cicatrice que je ne remarquais même plus quand je le regardais.

— Ne vous inquiétez pas trop pour Malcolm, dit-il. Il est exténué. Nous nous occuperons de lui, nous veillerons à ce qu'il se remette. Un fois qu'il sera rétabli, vous aurez peut-être envie de revenir, Gideon. Je sais qu'il y a des aspects de son combat que vous n'aimez pas, mais je crois qu'après y avoir participé, vous réadapter au monde que vous connaissiez avant vous paraîtra peut-être... difficile.

— Sans doute, convins-je. Mais vous ne pouvez pas avoir dans votre équipe quelqu'un dont vous ne seriez pas absolument sûr. Et après... Trop de doutes, c'est tout.

Slayton porta brièvement la main à sa balafre puis me pressa l'épaule.

— Vous avez probablement raison, mais je suis navré de vous voir partir, Dr Wolfe. (Il se dirigea vers la porte d'un pas lent.) Quant à moi, j'ai vu des fous brûler des villes. Pas aussi totalement, peut-être, mais assez souvent pour savoir au fond de moi sur qui pèse la responsabilité. Alors, croyez-moi, Gideon, vous n'avez pas besoin de vous encombrer de ce fardeau pendant votre cavale...

Tandis que le pas militaire de Slayton résonnait dehors sur les dalles de l'allée, les Kuperman s'approchèrent tous deux de moi. Eli m'adressa le même sourire généreux que lors de notre première rencontre, à la prison de Belle Isle.

— Je te dois une évasion, rappela-t-il. Alors, si

jamais ils te pincent et que tu peux donner le fameux coup de fil...

Je lui serrai la main en riant, fis passer mon regard sur Jonah.

— Ça ne vous tracasse ni l'un ni l'autre ? Ce que j'ai dit ?

— A propos de Malcolm ? demanda Jonah. Le colonel a raison. L'état mental de Malcolm est intimement lié à sa condition physique — je pense que tu le comprends aussi bien que nous. Nous, nous le connaissons depuis notre adolescence. Il sort de ces crises s'il parvient à prendre assez de repos.

— Mais... cette histoire de voyage dans le temps...

— La fatigue et le stress, expliqua Eli. Fais-nous confiance. (Il inclina pensivement la tête.) D'un autre côté...

— D'un autre côté, enchaîna Jonah, je tiens absolument à être dans le coin, au cas où. C'est quand même plus excitant que de se chamailler pour un poste à Harvard.

Comme il ne restait rien à ajouter, les deux hommes ôtèrent leurs lunettes presque en même temps, dans un même geste d'émotion embarrassée.

— Eh bien... au revoir, Gideon, fit Jonah.

— Rappelle-toi ce que le colonel t'a dit, ajouta Eli. La vie dehors te semblera peut-être étrange, maintenant. Tu n'as qu'un mot à dire pour qu'on vienne te chercher.

Ils m'adressèrent un signe de la main en franchissant la porte, l'air toujours aussi mal à l'aise. Je me tournai vers Julien et pris soudain conscience du nœud qui me serrait la gorge. Fouché coula un regard à Larissa, se leva et annonça avec tact :

— Il faut que je fasse chauffer le jetcoptère, Gideon. Il fera bientôt sombre, un vol de nuit attire toujours moins l'attention.

Après son départ, je me tournai vers Larissa qui se tenait devant la fenêtre, les bras étreignant son corps. Prêt à lui faire de notre avenir ensemble une description irrésistible qui la transporterait, je souris en m'approchant d'elle...

Avec une soudaineté qui m'étourdit, j'éprouvai le même sentiment qu'au début de mon ultime rencontre avec Malcolm : une perte d'illusions instantanée, qui me glaça et me vida comme un coup de rasoir dans une artère. L'expression éplorée du visage de Larissa me fit comprendre de la manière la plus claire et la plus brutale que si je la forçais à choisir entre son frère et moi, je perdrais, et que cette épreuve ne serait qu'un exercice vain et cruel. Mes fantasmes n'avaient été possibles — je m'en rendais compte maintenant — que parce que j'avais délibérément écarté et nié tout ce que je savais de leur passé commun, tout ce que je savais non seulement du besoin que Malcolm avait d'elle, mais aussi du besoin qu'elle avait de respecter le lien qui les unissait. C'était ce lien qui avait préservé leurs capacités, limitées, fragiles, à avoir des rapports affectifs pendant leur enfance ravagée, et qui avait maintenu ces capacités pendant les années qui avaient suivi. Non seulement j'étais stupide de penser que nos sentiments l'un pour l'autre pourraient un jour prendre le pas sur un attachement aussi fort, mais je commettais une terrible erreur en espérant que Larissa s'abaisserait à une trahison aussi fondamentale envers lui et envers elle-même.

— Il va faire nuit, murmura-t-elle en regardant le

ciel. Nous n'avons pas beaucoup de temps. (Ses bras se resserrèrent autour d'elle.) Dieu merci, ajouta-t-elle, soulignant l'inutilité de prolonger les adieux.

Il me fallut faire appel à toutes mes forces pour rester à quelques pas d'elle.

— Si son état empire...

— Je sais quoi faire.

Je pris une profonde inspiration avant de reprendre avec gêne :

— Il y a une chose que je n'ai pas voulu dire devant les autres : il a fait allusion au suicide. Peut-être une simple hyperbole, peut-être un aveu sincère. Il était vraiment à bout de forces.

— Je le sortirai de là. Je l'ai toujours fait.

La voix qui avait prononcé ces quelques mots était singulière : sans âge, désespérée. La petite fille qui avait comploté autrefois avec le frère handicapé mais courageux qui essayait de la protéger tentait de percer la carapace de sang-froid de la femme qui se tenait devant moi, pour dire que, s'il était vrai qu'elle ne quitterait jamais Malcolm, elle souhaitait désespérément que je ne parte pas. Aucun son ne sortit pourtant d'elle pendant de longues et douloureuses minutes puis, au moment même où je pensais que la carapace resterait intacte et que le cri ne jaillirait pas, au moment où je m'apprêtais à murmurer un adieu étranglé et à me forcer à franchir la porte, la digue se rompit. Larissa se retourna brusquement, se précipita vers moi, effondrée, en larmes, et enfouit son visage au creux de mon épaule comme elle l'avait si souvent fait.

— *Non*, dit-elle, me martelant la poitrine de ses poings. *Non, non, non...*

Je lui pris doucement les poignets, embrassai ses cheveux argent et murmurai :

— Je t'en prie, ne souffre pas, Larissa...

Puis je laissai ses bras retomber le long de ses flancs haletants et je quittai la pièce en courant.

Longtemps après être monté dans le jetcoptère, alors que je survolais une fois de plus les eaux glacées de l'Atlantique Nord, j'entendais encore ses sanglots.

43

Pendant le trajet en jetcoptère vers l'aéroport William Wallace d'Edimbourg, Julien, dont la sympathie et la compréhension allaient au-delà de l'habituelle perspicacité française dans les affaires de cœur, m'assura qu'on ne pouvait savoir ce qui se passerait à l'avenir, que Larissa et moi étions encore en vie, et trop bien assortis pour que notre histoire se termine aussi abruptement et totalement. Ses propos eurent pour effet paradoxal de me confirmer dans ma conviction désespérante que j'avais perdu à jamais la femme étrange mais merveilleuse qu'il m'avait fallu toute une vie pour trouver. Quand nous parvînmes à destination, Fouché descendit lui aussi de l'appareil, me pressa contre lui avec vigueur, m'embrassa sur les deux joues et me donna l'assurance personnelle que nous nous retrouverions. Mais lorsque le jetcoptère repartit, me laissant seul avec un petit sac contenant deux armes de poing — un pistolet incapacitant et un engin à rail mortel, tous deux fabriqués avec des résines composites qu'aucun système de sécurité ne pouvait détecter —, je dus prendre plusieurs inspirations et faire un effort de volonté pour chasser l'horrible sentiment de solitude qui me submergeait. Car j'étais seul, maintenant, d'une façon qui m'aurait paru autrefois inconcevable et qui me fit mettre aussitôt en cause les principes moraux qui m'avaient précipité dans cette situation aussi peu enviable.

Les jours suivants furent encore plus confus et bizarres. Partout où j'allais — restaurants, bars, hôtels —, les informations et les enquêtes sur le désastre de Moscou et ses suites dominaient l'actualité, ainsi que les articles concernant le mystérieux appareil qui aurait escorté le terroriste kamikaze pendant sa mission. La police et divers services de renseignements militaires pensaient que je m'étais trouvé à bord, et ma photo — comme celle de Slayton, de Larissa et du pauvre Leon — apparaissait sur les écrans vidéo avec une fréquence inquiétante. Cela rendait nécessaire un changement d'apparence et une modification de mes disquettes d'identité avant mon départ d'Edimbourg. Il fallut aussi que je m'habitue à voir le visage de Larissa surgir dans des lieux inattendus, épreuve supplémentaire quasi insupportable. Je pris le bateau pour Amsterdam (l'avion était hors de question puisque les compagnies aériennes devaient vérifier toutes les disquettes d'identité avec le fichier universel d'ADN) et, de là, je poursuivis en autocar, en train et même en stop, me limitant aux régions où la technologie de l'information n'était pas omniprésente, dans l'espoir de rester anonyme — et sain d'esprit.

J'atteignis le premier de ces objectifs ; quant au second, je ne saurais dire. Je ne savais toujours pas exactement où j'allais, et quand les jours se comptèrent en semaines, le besoin impérieux de nouveaux documents d'identité, d'argent (une fois dépensée la liasse de billets que j'avais emportée en quittant St Kilda), et l'obligation de mentir vingt-quatre heures sur vingt-quatre sur presque tous les détails de mon existence commencèrent à m'éprouver gravement sur le plan émotif et mental. Mon état s'aggrava quand, traversant lentement l'Italie, je passai un jour devant un petit café équipé d'un distributeur de journaux vidéo. Toutes les unes qui défilaient sur l'écran arboraient de gros titres en italien exhibant le nom de Washington et des portraits du premier président américain. Je parcourus les rues au pas de course jusqu'à trouver un appareil proposant le *New York Times*, insérai mon argent dans la fente et, haletant, attendis l'imprimé. Avalant deux *grappa* à la suite, je découvris que mes anciens compagnons étaient repassés aux actes : la mystification se déroulait exactement comme nous l'avions projeté, à ceci près que les erreurs grossières — et voulues — qu'elle contenait ne lui avaient pas été fatales, contrairement à ce que Malcolm espérait. On acceptait l'histoire partout, et particulièrement en Europe, où toute preuve apparente de l'imperfection morale des Etats-Unis était accueillie comme irréfutable.

Le choc m'ébranla à plusieurs niveaux. Le rappel de ma participation, peu de temps auparavant, à une entreprise aussi insidieuse était bien sûr inquiétant, maintenant que je m'en étais éloigné. Mais surtout, je compris que dorénavant tout article que je pourrais lire serait peut-être un mensonge, et le lien fragile avec la réalité que j'avais soigneusement cherché à préserver pendant mes semaines de cavale commença à s'effilocher. Je me mis à boire, à boire énormément. Je me racontais que c'était uniquement pour me fondre avec les gens du cru et m'attirer leur sympathie, de sorte qu'aucun policier local n'ait l'idée de diffuser ma trombine sur le Net ou de confronter mes disquettes au fichier universel d'ADN. A vrai dire, je n'avais rien d'autre que l'alcool pour soulager mon sentiment de totale aliénation. En descendant vers la partie inférieure de la péninsule, je sombrai dans une sorte de confusion mentale alcoolique, et quand je commençai à avoir des difficultés à me procurer de l'argent à cause du peu de fiabilité du système bancaire électronique dans cette région quasi anarchique, la confusion devint dégradation. Lorsque j'arrivai à Naples-la-sans-loi, je donnais l'impression d'être à ma place dans ses rues, et ce fut seulement une décoration murale sans intérêt, aperçue par hasard dans un bar minable, qui changea la situation.

En pleine hébétude, je levai un soir la tête de la table à laquelle je m'agrippais depuis près d'une heure, pour découvrir une affiche jaunie vantant les beautés de l'Afrique. Vieille d'une quarantaine d'années, c'était une relique de l'époque où ce que le public et les médias s'étaient remis récemment à appeler le continent Noir n'avait pas encore été quasiment dépeuplé par les guerres tribales et l'épidémie de sida, mais elle n'en enflamma pas moins mon imagination d'ivrogne. Des visions délirantes d'une terre de jungles luxuriantes, de savanes balayées par le vent et de faune extraordinaire s'emparèrent de mon esprit affaibli dans les jours qui suivirent, et je passai même une nuit à tenter de dessoûler afin de déterminer si l'idée d'aller là-bas présentait un intérêt quelconque. A ma grande surprise, je découvris que la réponse était positive, bien que le fait d'être à jeun m'amenât aussi à une appréciation réaliste des maux de l'Afrique. Je décidai cependant qu'il valait mieux tenter sa chance avec la maladie et la guerre qu'avec l'emprisonnement et la folie. Je me récurai, pris l'identité d'un respectable homme d'affaires américain ayant la passion du jeu et trouvai l'adresse d'un usurier napolitain notoire. Estimant avoir trouvé en moi un client sans risque, qui n'irait pas plus loin que les tables de jeu locales, l'homme me fournit volontiers les dollars dont j'avais besoin pour atteindre mon objectif désespéré.

Pendant mes semaines d'habitué des pires assommoirs à drogue et à alcool de la ville, j'avais fait la connaissance de deux pilotes français particulièrement peu recommandables qui se livraient au trafic d'armes dans diverses parties de la péninsule et passaient leurs périodes creuses à Naples parce qu'ils pouvaient se procurer de l'héroïne et du haschich exceptionnellement forts dans ses rues. Retournant à l'un de leurs bars favoris, j'appris qu'ils assuraient une livraison en... Afghanistan, mais qu'ils devaient rentrer dans la semaine. Les quelques jours qui suivirent furent pour moi agités mais pleins d'espoir car j'étais plus convaincu que jamais de me retrouver bientôt dans un territoire que la révolution informatique avait négligé, où les problèmes philosophiques et sociaux complexes qui avaient bouleversé ma vie ne seraient pas dominants, où la destruction de Moscou, ressassée ici sans fin, et les spéculations concomitantes sur le mystérieux « vaisseau fantôme » détecté dans la zone du désastre n'avaient pas droit de cité.

Passer au régime sec me permit d'investir mon argent dans des livres de voyage plutôt que dans la boisson. J'allai jusqu'à imaginer que je pourrais commencer une vie nouvelle en Afrique, même si, comme ces livres le rappelaient constamment, la plupart des espèces sauvages qui avaient autrefois attiré les touristes étaient maintenant éteintes. En raison des maladies et des troubles tout étranger souhaitant quand même visiter la région ou étant contraint de le faire devait se faire inoculer de copieuses doses de vaccin et rester en contact constant avec le consulat de son pays ou le représentant des Nations unies. Ces recommandations, je ne pouvais naturellement les suivre : la première parce que cela signifiait donner à un médecin un échantillon de mon ADN, la seconde pour des raisons plus évidentes encore. Désespérément accroché à mes rêves, j'entrepris de préparer mon départ avec un zèle que je ne peux que qualifier de fébrile.

Lorsque les deux Français revinrent enfin d'Afghanistan, ils n'étaient pas d'humeur à entendre parler de transporter des passagers en Afrique, quel que soit le prix que j'offrais. Un moment, je crus que je n'arriverais jamais à mettre mon plan à exécution, mais la chance — ou ce que je pris pour de la chance — finit par tourner de mon côté quand les deux hommes se virent proposer par un trafiquant local de livrer une quantité importante d'armes de petit calibre à l'homme dont la tribu occupait alors Kigali, la capitale rwandaise. Après avoir stipulé qu'ils se contenteraient de parachuter la marchandise — en dehors des Rwandais eux-mêmes, on ne pouvait plus persuader quiconque, même d'autres Africains, de se poser dans les ruines pestilentielles de cette ville où, au hasard de rues jonchées de cadavres en putréfaction, des bandes rivales se battaient comme des chiens pour un os empoisonné —, les deux pilotes donnèrent leur accord. Ils m'informèrent ensuite qu'ils avaient l'intention de refaire le plein à Nairobi après la livraison : si le Kenya me convenait comme point d'entrée en Afrique, ils acceptaient de m'emmener, à condition que je dispose toujours de la forte somme d'argent dont nous avions discuté auparavant.

C'est ainsi que je me retrouvai deux jours plus tard couché sur plusieurs parachutes, eux-mêmes posés sur une demi-douzaine de caisses d'armes françaises honteusement obsolètes. Pour éviter l'interminable carnage de la guerre civile soudanaise, l'avion avait survolé la mer Rouge jusqu'à la côte de l'Erythrée, d'où l'on pouvait sans risque gagner l'intérieur des terres : la guerre, la famine et la peste avaient quasiment anéanti la population non seulement de l'Erythrée mais aussi de l'Ethiopie. Une folle incursion au-dessus de l'Ouganda déchiré par la guerre devait constituer la dernière étape de notre vol vers l'intérieur, manœuvre dangereuse pour laquelle les deux Français jugèrent bon de se préparer au mieux en s'injectant l'héroïne qu'ils avaient emportée. Tout ceci aurait amplement suffi à rendre l'expérience intéressante ; l'addition d'un tir de la DCA ougandaise la hissa à un niveau fascinant. Les deux Français étaient alors à peine en état de piloter dans des conditions normales, encore moins dans une situation de combat mortel ; lorsqu'un obus atteignit l'un de nos moteurs et que l'avion commença à perdre rapidement de l'altitude, ils se mirent à s'invectiver avec une telle violence, une telle incohérence, que je ne voyais pas comment nous pourrions nous en sortir. Les pilotes, eux, le voyaient, semblait-il : l'un d'eux saisit un pistolet, se précipita à l'endroit où j'étais allongé, pressa le canon sur ma tête avant que je puisse tirer de mon sac une des mes propres armes, m'ordonna de me harnacher sur le dos un des parachutes. Apparemment, ils me considéraient comme un lest dont ils pouvaient se débarrasser ; j'eus beau tenter de discuter dans un français haché, l'homme me fit clairement comprendre que si je n'obéissais pas il m'abattrait tout simplement et me jetterait par-dessus bord. Etant donné les circonstances, je sautai presque avec plaisir.

Que mon atterrissage près de ce qui était — je l'appris plus tard — les chutes Murchison ne m'ait coûté qu'une légère fracture au tibia gauche relevait du miracle car je n'avais jamais été parachuté d'un avion, forcé de faire mon premier saut au-dessus d'un territoire d'une beauté spectaculaire mais traître, en pleine Afrique centrale. Une fracture, même légère, du tibia, peut être extrêmement douloureuse et, tandis que je reprenais mes esprits et récupérais mes affaires après avoir touché le sol, je poussais des gémissements de plus en plus forts : erreur. Un détachement des forces ayant tiré sur notre appareil avait apparemment suivi la descente de mon parachute dans l'espoir de faire une prise de choix. Ses membres auraient sans nul doute été déçus de mon peu de valeur, mais je leur épargnai cette déception en usant généreusement de mon pistolet incapacitant.

Déterminer ma position impliquait des spéculations assez hasardeuses. Après avoir péniblement progressé dans l'herbe haute pendant plusieurs heures, je débouchai soudain sur une vaste étendue d'eau. Sachant que notre avion n'était pas suffisamment descendu vers le sud pour qu'il s'agisse du lac Victoria, je ne pouvais que supposer que j'avais devant moi le lac Albert. Je me trouvais à l'extrémité nord, d'où coulaient des eaux dont je crus me souvenir d'avoir lu qu'elles faisaient partie des sources du Nil Blanc. Les suivre me conduirait au Soudan, où je n'avais aucune envie d'aller. A l'est et au sud, c'était la boucherie de l'Ouganda, et à l'ouest? A l'ouest s'étendait un pays plus encore ravagé par la guerre, et que tant de régimes successifs avaient baptisé de tant de noms au cours des vingt-cinq dernières années que le reste du monde avait recommencé à l'appeler par son ancien nom collectif: le Congo. C'est dans ce grand inconnu que, par élimination, je choisis de m'aventurer, claudiquant à travers les montagnes de Mitumba sans avoir la moindre idée de l'endroit vers lequel je marchais ni de ce que j'espérais y trouver.

Les jours passaient et ce que j'avais lu avant mon départ sur l'extinction de la faune semblait exact : je ne vis aucune trace d'animaux assez gros pour être mangés, je n'entendis même aucun signe de vie excepté l'écho de coups de feu dans les montagnes. Je dus me contenter d'un régime d'insectes, d'eau de pluie recueillie sur d'énormes feuilles, de racines analgésiques et hallucinogènes, ces dernières m'empêchant au moins de penser à ma jambe palpitante de douleur. Aucune altération mentale ne pouvait cependant me dissimuler que je serais bientôt mort, et quand ma longue marche me ramena au lac Albert — car je n'avais pas de boussole, et ceux qui pensent qu'il est facile pour un novice de trouver son chemin dans un pays sauvage en se guidant au soleil et aux étoiles n'ont manifestement jamais vécu cette expérience — je m'assis simplement sur un talus et me mis à hurler, continuant à pousser ma lugubre plainte jusqu'à m'évanouir de faim et d'épuisement.

Etre ranimé puis porté par un homme qui parlait anglais me parut sur le moment moins étonnant que le fait d'être encore en vie.

— Tu es un imbécile, me dit en riant le grand homme puissant qui me chargea sur son épaule revêtue de toile de treillis. Tu es venu voir les gorilles, alors, et tu t'es aperçu qu'ils sont tous morts?

— Un imbécile, répétai-je. (Tournant ma tête renversée, je vis plusieurs soldats marchant près de nous, tenue de camouflage délavée mais armes étincelantes.) Pourquoi tu me traites d'imbécile?

— Tout étranger qui vient en Afrique est un imbécile. Ce n'est pas un endroit où vivre, à moins d'y être né. Comment va ta jambe?

La douleur me transperçait à chaque pas que faisait l'homme mais je dis simplement :

— Comment savais-tu que...

— Nous t'avons vu sauter de l'avion. Et atterrir. Et abattre nos ennemis! Nous pensions que la jungle aurait raison de toi. Mais tu t'es mis à gémir comme une femme, cela aurait pu attirer nos ennemis. Alors, nous avons pensé qu'il valait mieux sauver un grand imbécile que devenir nous-mêmes de plus grands imbéciles encore en le laissant provoquer notre mort.

— Bien raisonné, le complimentai-je. Tu parles un très bon anglais.

— Il y avait encore une école où on l'enseignait quand j'étais enfant, répondit-il. Au pied des montagnes.

— Ah, fis-je, me demandant combien de temps je

resterais suspendu la tête en bas. A propos, où allons-nous ?

— Nous te conduisons à notre chef, Dugumbe. Il décidera quoi faire de toi.

Je considérai les soldats à l'allure plutôt féroce.

— C'est un homme compatissant ?

— Compatissant ? s'esclaffa-t-il de nouveau. Je ne sais pas. Mais il est juste, même avec les imbéciles.

Me faisant passer sur son autre épaule sans couper le rythme de sa marche, il ajouta :

— Ça doit être terrible.

— Qu'est-ce qui doit être terrible ?

— Ce qui t'a poussé à venir ici. Parce que quelque chose t'y a poussé. Je le sais. Même un imbécile ne *choisirait* pas cet endroit.

44

L'homme, je l'appris bientôt, s'appelait Mutesa et, dans les mois qui suivirent, lui et sa famille seraient mes sauveurs, m'accueillant parmi eux comme un croisement entre invité et animal de compagnie après que leur chef, le Dugumbe susnommé, eut déclaré que je ne pouvais rester dans le camp armé mobile de sa tribu sans parrain. Dugumbe se considérait comme un despote éclairé. Partageant sa garde-robe entre costumes traditionnels et uniformes militaires modernes, il se plaisait à saupoudrer sa conversation de dénonciations concises de la société occidentale. Son code de conduite personnel reposait — du moins le prétendait-il — sur le précepte d'un de ses ancêtres du XIXe siècle : « Seuls les faibles sont bons, et uniquement parce qu'ils ne sont pas assez forts pour être méchants. » Malgré ses fanfaronnades, Dugumbe possédait une étonnante rigueur intellectuelle, de l'érudition, même, et, avec le temps, son attitude envers moi s'adoucirait. Notre ressentiment commun à l'égard du monde techniquement avancé s'étendant au-delà des côtes africaines finirait par nouer entre nous une sorte d'amitié, mais ma gratitude et mon affection pour

Mutesa, sa femme et leurs sept enfants seraient alors solidement et irrévocablement établies.

Dès le début, Dugumbe me fit clairement comprendre qu'en plus d'avoir trouvé une famille pour m'abriter et me nourrir pendant que je vivais dans sa tribu, je devais aussi jouer un rôle dans sa troupe très impressionnante de cinq cents hommes disciplinés, endurcis au combat et — il faut le dire — impitoyables. Je n'avais aucune intention, bien sûr, de partager la remarquable technologie cachée dans mon sac. J'avais eu la chance que Mutesa et son détachement se soient trouvés assez loin de l'action pendant mon accrochage avec leurs ennemis pour penser que je les avais simplement tués avec une arme classique. Par ailleurs, je ne caressais pas l'idée de me lancer dans une guerre tribale un fusil américain ou européen dans une main, une machette dans l'autre. Je demandai à Dugumbe s'il disposait d'un officier de santé, ce à quoi il répondit qu'il y avait le sorcier de sa tribu mais qu'il avait conscience que, dans le domaine des blessures de guerre, les médecins occidentaux pouvaient souvent se montrer plus efficaces. Et je devins donc médecin-major, faisant appel à mes connaissances médicales universitaires, et plus encore aux grands principes de l'hygiène et de la stérilisation.

Nous fîmes campagne tout l'hiver et tout le printemps dans les montagnes où je passai une grande partie de mon temps à traquer les plantes auxquelles les hommes de Dugumbe attribuaient des vertus médicinales. Je finis par me constituer une pharmacie rudimentaire, ce qui était heureux car la tribu ne disposait plus de « médicaments » au sens occidental du terme : pendant le pic de l'épidémie de sida, après avoir fait don, à des fin publicitaires, de quantités insignifiantes de médicaments anti-HIV, les compagnies pharmaceutiques occidentales avaient cessé d'expédier à l'Afrique misérable non seulement ces produits coûteux mais aussi les médicaments traitant la kyrielle d'autres maladies décimant le continent : maladie du sommeil, malaria et dysenterie, pour n'en citer que quelques-unes. Dans les années suivantes, la nécessité avait contraint les femmes de tribus comme celles de Dugumbe à chercher d'autres remèdes dans la forêt (son sorcier continuait à s'en remettre aux charmes et aux potions absurdes composées essentiellement de chair animale et humaine desséchée) et elles avaient découvert plusieurs plantes ayant un puissant effet antibiotique et analgésique. Certaines d'entre elles — comme la racine que j'avais moi-même expérimentée dans la montagne — présentaient des effets secondaires importants, allant de l'hallucination à la mort. En doses limitées, ces plantes s'avéraient tout à fait utiles, et la pensée que ces mêmes compagnies pharmaceutiques qui avaient rayé l'existence de l'Afrique d'un trait de plume désinvolte auraient pu réaliser d'énormes profits si elles avaient montré un peu plus de sagacité — sans parler d'humanité — ne manquait pas de sel.

Dugumbe estimait que la nécessité de se déplacer sans cesse l'empêchait de participer au trafic d'esclaves local, m'épargnant ainsi une crise de conscience inopportune. Bien que n'ayant jamais tout à fait disparu d'Afrique, la traite d'êtres humains s'était développée à un tel point ces dernières années qu'elle frôlait les niveaux d'antan. J'entendais souvent Dugumbe la qualifier de tradition honorée, mais je préférais feindre de ne pas entendre ces propos, tout comme je feignais de ne pas remarquer les aspects les plus perturbants du folklore de la tribu, notamment et surtout les édits ridicules du sorcier La satisfaction d'avoir réussi à m'extraire de la société de l'information qui dominait le reste du monde ainsi que mes conversations nocturnes avec Dugumbe sur les maux de cette société me permirent de fermer les yeux non seulement sur les chamailleries mesquines à l'origine de la plupart des conflits de la région, mais aussi sur la façon dont la sagesse traditionnelle nuisait, dans les détails de la vie quotidienne, à ces gens pour qui mon attachement grandissait chaque jour. Ce ne serait pas avant l'été suivant que leurs coutumes et leurs rites me poseraient un grave problème — si grave que je faillis y laisser ma peau.

Arrivant un soir à l'enfilade de tentes de toiles qui constituait le foyer de la famille de Mutesa, je trouvai l'atmosphère inhabituellement solennelle. Mutesa faisait les cent pas avec un air de patriarche autoritaire qui contrastait de façon frappante avec la façon dont il plaisantait d'ordinaire avec ses enfants et son épouse. Nzinga, l'excellente femme en question, gardait le silence — fait, là encore, inhabituel — et si les quatre fils procédaient comme chaque soir au nettoyage de leurs fusils et de celui de Mutesa, les trois filles demeuraient blotties dans l'une des tentes. Toutes pleuraient, l'une plus fort que les autres : Ama, l'aînée, qui venait d'avoir treize ans.

Je demandai à Mutesa quel mal s'était abattu sur sa maison.

— Aucun mal, Gideon, répondit-il. Mes filles pleurent comme des idiotes.

— Et moi? explosa Nzinga, qui préparait le repas du soir. Je pleure aussi parce que je suis idiote?

— En tout cas, tu parles parce que tu es *désobéissante*, rétorqua mon ami. Finis de me faire à manger, femme, et prépare ensuite ta fille. Le sorcier va arriver.

— Le *boucher* va arriver, marmonna Nzinga en passant devant nous pour entrer dans la tente où se cachaient ses filles.

Mutesa fit mine de la frapper et, quoique doutant qu'il irait au bout de son geste, je retins son bras.

— Pourquoi le sorcier doit-il venir? L'un des tiens est malade? En ce cas, je peux...

— N'interviens pas, Gideon, me signifia Mutesa avec fermeté. En Occident, vous êtes contre, je le sais... mais le moment est venu pour Ama.

Tout devint soudain d'une clarté atterrante. Je poussai un gémissement au moment où la lumière se fit. resserrai ma prise sur le bras de Mutesa.

— Tu ne dois pas laisser faire ça, dis-je, à voix basse mais avec conviction. Mutesa, je t'en prie...

— C'est moi qui t'en prie, répondit-il, d'un ton radouci. Dugumbe l'a ordonné. Résister entraînerait la mort de ma fille, et la tienne aussi si tu t'en mêles.

Il se dégagea, l'air non plus furieux mais profondément triste, et tandis qu'il suivait sa femme dans la tente voisine pour réconforter Ama, je restai bouche bée, cherchant ce que je pouvais bien faire pour empêcher le rite de passage révoltant qui allait avoir lieu. J'avais l'esprit engourdi par le choc, et quand j'entendis une troupe de vieilles femmes se rassembler dehors en psalmodiant des absurdités sur l'entrée d'une fille dans la vie de femme, je perdis stupidement mon sang-froid, me ruai hors de la tente en leur criant de se taire et de s'en aller. Elles m'ignorèrent, me faisant comprendre que mon statut d'étranger me rendait invisible dans un moment rituel. Je continuai cependant à brailler jusqu'à l'arrivée du sorcier accompagné de plusieurs gardes armés, d'allure menaçante. L'homme tenait à la main un couteau dont la vue, conjuguée au regard sévère qu'il me lança, suffit à me renvoyer dans la tente, où je trouvai Mutesa entourant de son bras les épaules d'une Ama en larmes.

— Mutesa, dis-je, comprenant avec horreur qu'il était en fait impossible d'arrêter ce cauchemar, demande au moins au sorcier de me laisser la préparer. J'ai des drogues qui atténueront la douleur, et il faut nettoyer le couteau et la plaie...

— Gideon, *n'interviens pas*, répéta mon ami. C'est un sujet dont on ne peut pas discuter. Ce sera fait comme cela a toujours été fait.

Je crus qu'il allait se mettre à pleurer lui aussi quand il ajouta :

— Ama est une enfant femelle, Gideon. La douleur ne compte pas, seule la cérémonie compte.

A ces mots, l'adolescente se mit à pousser des cris de frayeur, et Mutesa resserra son étreinte. Lui enjoignant de se taire, il l'entraîna dehors, vers la foule qui s'était assemblée.

Les cris d'Ama étaient insupportables avant même que l'excision commence, mais, quand le couteau entama la chair, ils devinrent ce que j'avais entendu de plus horrible de ma vie. Je m'empoignai la tête en pensant que j'allais perdre la raison, et soudain une idée me vint. Je courus à l'endroit où j'avais laissé mon sac, pris le pistolet incapacitant. Si je ne pouvais empêcher cet acte innommable, je pouvais au moins alléger les souffrances de l'enfant.

En ressortant, je découvris une scène si révoltante que je m'arrêtai net. Il n'y avait pas de lieu spécial délimité pour l'opération, pas même une couverture jetée par terre : le mépris dans lequel on tenait l'« enfant femelle » était amplement démontré par la façon dont on mutilait ses parties génitales dans la poussière, comme on aurait châtré un animal. Avec un rugissement, je mis fin à la cérémonie. Et lorsque je levai mon arme, le sorcier, le couteau sanglant à la main, s'écarta de la fille, m'offrant une ligne de tir. J'appuyai aussitôt sur la détente, le corps d'Ama tressauta et elle sombra dans l'inconscience.

— Elle dort seulement ! criai-je, haletant, utilisant le peu que je savais de leur langue.

Je braquai ensuite mon arme sur les gardes et ajoutai en anglais :

— Mutesa, dis au sorcier qu'il peut terminer, maintenant.

Je soulevai le rabat de la tente, retournai à l'intérieur en marmonnant :

— J'espère que vos dieux vous pardonneront.

45

Il va sans dire que les choses ne furent plus jamais les mêmes pour moi au camp de Dugumbe après cette soirée. Oh! certes, j'abordai le sujet avec le chef, j'en discutai avec lui de nombreuses fois de nombreux soirs. Mais, la plupart du temps, il trouvait mes déclarations simplement amusantes, même si parfois elles semblaient l'irriter. Une femme qui prend du plaisir dans l'acte sexuel ne peut être contrôlée, disait-il, elle passe de tente en tente comme une prostituée, et il ne voulait pas de prostituée dans son camp. En outre, ajouta-t-il, bien qu'il appréciât ma compagnie et les efforts que je déployais pour son peuple, je ferais mieux de choisir mes batailles avec plus de soin : il y avait une limite à l'impertinence qu'il pouvait tolérer d'un homme, en particulier d'un homme blanc, et il n'avait aucune envie de faire un exemple avec moi. Sachant que ses menaces voilées étaient sérieuses, je renonçai finalement à discuter et résolus de faire secrètement tout ce que je pourrais pour apprendre aux mères du camp à administrer à leurs filles des analgésiques et — quand nous pouvions en fabriquer — des opiats, avant la terrible cérémonie. A vrai dire, beaucoup de ces femmes, ayant enduré la même torture, ne semblaient pas enclines à soulager les souffrances de celles qui étaient pourtant leur chair et leur sang, et les mutilations se poursuivirent.

L'usage que j'avais fait de mon pistolet n'eut pas de suite. Je savais que les soldats présents à la cérémonie signaleraient le fait à Dugumbe (le sorcier, se refusant à reconnaître chez un autre des pouvoirs supérieurs aux siens, n'en parlerait probablement pas) et, le soir même, je me glissai hors du camp et vidai les piles de l'arme. Quand Dugumbe demanda à voir le pistolet, je le lui offris en cadeau et, comme il ne parvenait pas à en tirer l'effet attendu, il le jeta sur le côté en déclarant que les gardes étaient des idiots, qu'Ama s'était simplement évanouie de douleur. Ne disposant plus désormais que d'une arme mortelle, je dus me surveiller soigneusement, éviter les disputes (ce qui signifiait éviter le sorcier) et me concentrer sur mes tâches médicales.

Ma désillusion rendait cependant cette vie difficile, et, avant longtemps, je me surpris à me demander si, en venant en Afrique, j'avais vraiment échappé aux maux de « l'âge de l'information ». Qu'étaient les traditions de la tribu de Dugumbe si ce n'était de l'information ? Non écrite, certes, mais néanmoins puissante, et manipulable. Qu'avait fait Mutesa le soir de la cérémonie si ce n'était se convaincre de quelque chose qu'au fond de lui il savait erroné, mais à quoi il lui fallait adhérer s'il voulait préserver sa place et sa foi dans la tribu ? N'aurait-il pas pu accrocher lui aussi au-dessus de sa tente *Mundus vult decipi* ? Les maux que j'avais cherché à fuir en montant à bord de l'avion des Français, à la sortie de Naples, n'étaient-ils pas en fait des maux inhérents à la nature humaine, défiant le temps et la technologie, et transmis en tous les lieux où l'espèce humaine choisissait d'établir sa domination? Malcolm n'avait-il pas raison en déclarant que nous ne changerions rien à cette situation avant d'être capables de manipuler le passé?

Ces pensées me consumaient non seulement quand j'étais éveillé mais aussi pendant mon sommeil, et quand, une nuit, mes rêves furent accompagnés d'un bruit dans lequel je reconnus le grondement émis par le vaisseau lorsque Malcolm souhaitait terrifier ses ennemis ou déstabiliser leurs structures, je me dis en m'éveillant que c'était seulement mon subconscient qui procédait à une association appropriée. Ce ne fut que lorsque Mutesa me secoua pour me tirer totalement du sommeil et m'informer des rumeurs selon lesquelles un étrange vaisseau se dirigeait vers notre camp que je me rendis compte que le bruit avait été réel.

— Il paraît qu'ils te cherchent, Gideon, me dit-il d'un ton pressant. Quand on les attaque, ils détruisent des champs, des zones entières de forêt et même des villages en augmentant la puissance du soleil.

Je m'assis sur mon lit de camp en tentant de comprendre. Manifestement, le vaisseau approchait — aucun sorcier n'aurait eu autant d'imagination — et, manifestement, il venait pour moi. Cela me parut d'abord, à la lumière de mon sentiment récent sur la vie au camp de Dugumbe, une excellente chose. Mais quand mon esprit s'éclaircit, d'autres pensées firent naître en moi un pincement de terreur.

Pourquoi venaient-ils? Ma querelle avec Malcolm avait été totale, et je le connaissais trop pour penser qu'il accepterait le retour au bercail de quelqu'un ayant émis des doutes aussi sévères sur son travail. Les autres non plus, d'ailleurs, malgré notre affection mutuelle : même Larissa n'avait exprimé aucun désir de me voir rester, puisque je ne croyais plus à ce qu'ils faisaient. Pourquoi, alors ? Je n'avais aucune connaissance technique particulière qui leur était indispensable : le succès avec lequel ils avaient utilisé les matériaux de l'opération Washington en avait apporté la preuve. Que voulaient-ils ?

Toutes les voies d'explication possibles ne menaient qu'à une conclusion : Malcolm m'avait dit en toute sincérité qu'il n'aimait pas l'idée de « me lâcher dans la nature » avec ses secrets, et ce sentiment de vulnérabilité avait dû torturer son esprit instable au point qu'il venait maintenant mettre fin à l'un de ses soucis au moins — et définitivement.

Pendant les deux jours qui suivirent — c'est-à-dire ces deux derniers jours —, alors que le grondement continuait de se répercuter dans les montagnes et que les rapports nous parvenaient plus nombreux des villages des contreforts, j'ai essayé mais en vain de trouver une autre, *n'importe quelle autre* interprétation de la situation. Je ne sais pas pourquoi Larissa ou les autres prendraient part à mon exécution, à moins que Malcolm, persuasif comme il peut l'être, n'ait réussi à les convaincre. Peut-être a-t-il même fabriqué des preuves de ma « trahison ». Je ne sais, et je ne l'apprendrai probablement jamais.

Le jour se lève et j'entends Mutesa préparer son barda devant ma tente. S'il insiste à tout prix pour m'escorter jusqu'à la côte, c'est en partie à cause de notre amitié, en partie à cause de la gratitude — que j'ai toujours lue dans ses yeux, mais qu'il n'a jamais exprimée en mots — qu'il me témoigne parce que j'ai réduit les souffrances de la malheureuse Ama. Il me sera très pénible de dire adieu à Mutesa et à sa famille, mais peu d'autres aspects du camp me manqueront. Les occasionnelles perles de sagesse de Dugumbe — en particulier son affirmation que l'information n'est pas la connaissance — ne peuvent, je regrette d'avoir à le souligner, justifier ses actes. Et si, comme je l'ai dit, je lui suis reconnaissant du souci qu'il prend de ma sécurité, je puis déclarer dans l'intimité de ces pages que, tout bien pesé, sa propre définition de la connaissance n'est bonne ni pour sa tribu ni pour le monde. Je lui ai recommandé, quand le vaisseau arrivera, de ne pas engager le combat ni d'hésiter à révéler à ceux qui se trouvent à son bord où je me suis réfugié. J'espère qu'il suivra mon conseil, mais sa fierté belliqueuse l'en empêchera peut-être.

Mutesa murmure mon nom de l'autre côté de la toile de tente ; je dois partir. J'ai décidé, si nous parvenons à la côte, d'envoyer ce document quelque part sur l'Internet, pour le peu de bien qu'on pourra en tirer. Je ne me fais pas d'illusions : je peux chercher à fuir, mais si Malcolm et les autres veulent vraiment me voir mort, c'est comme si je l'étais déjà.

46

Au large de Zanzibar,
deux jours plus tard

Si prompt que j'aie pu être pour raconter cette histoire, je peux l'amener à son terme plus promptement encore, car les événements de ces douze dernières heures font que personne ne croira à ce que j'ai écrit. Nous vivons tous dans un monde différent de celui qui existait il y a une cinquantaine d'heures, celui que j'habitais lorsque j'ai commencé mon récit. A quel point ce monde est différent, je ne le sais pas encore, je n'en ai vu qu'une petite partie. Mais si cette partie nous en donne la mesure, alors ceux d'entre nous qui se trouvent à bord de ce vaisseau pourraient bien être les seuls êtres humains sur Terre conscients du bouleversement radical qui vient de se produire. Tous les autres n'ont d'autre choix qu'accepter cette réalité nouvelle comme étant ce qui a toujours été, et ce que j'ai écrit semblera non seulement peu plausible mais dément.

J'écris « à bord de ce vaisseau » parce que c'est là,

curieusement, que je me trouve : à bord du grand vaisseau électromagnétique que je considérais jusqu'à hier matin comme la plus grande invention de Malcolm Tressalian. Larissa dort à côté de moi dans le lit de ma cabine tandis que j'écris, épuisé, comme nous le sommes tous, par mes efforts pour tâcher de comprendre ce qui s'est passé. Ces efforts n'ont évidemment pas entamé ma joie d'être de nouveau auprès d'elle et d'avoir découvert que mes amis ne voulaient en fait pas ma mort. Ces tentatives m'ont cependant suffisamment éprouvé pour donner à ces moments de bonheur l'apparence de l'irréalité, et je m'attends à tout moment à me réveiller dans le camp du chef Dugumbe, au bruit du repas qu'on prépare et des armes qu'on fourbit. C'est peut-être pour cette raison que je ne peux pas dormir — que je ne *veux* pas dormir — avant d'avoir consigné ce dernier épisode, car si ce monde nouveau existe toujours la prochaine fois que je m'éveillerai, je devrai peut-être consulter ces pages pour me rappeler comment il est advenu.

Mutesa et moi avons perdu les quelques hommes qui nous accompagnaient moins de douze heures après avoir quitté le camp. La vue du vaisseau de Malcolm, quand il apparut enfin à l'horizon derrière nous, leur fut simplement impossible à supporter, comme elle faillit l'être pour moi. Mais Mutesa, plus vaillant que jamais, nous trouva un abri au creux d'un baobab gigantesque et se prépara à livrer avec moi ce qui serait sans doute notre dernier combat. Comme il insistait pour que je prenne une arme, je tirai de mon sac avec réticence le pistolet à rail, incapable cependant de me faire à l'idée que je devrais peut-être l'utiliser contre Larissa et les autres et me demandant s'il ne valait pas mieux que je me rende. C'est ce que je décidai finalement de faire, à la consternation de Mutesa. Lorsque le vaisseau approcha de l'arbre dans lequel nous étions cachés, mon ami voulut à tout prix m'accompagner quand je m'avançai dans la cuvette herbeuse qui entourait le baobab, afin que je ne sois pas simplement abattu comme un chien. Comment exactement entendait-il l'empêcher, ce n'était pas clair, mais j'acceptai volontiers sa compagnie pour ce que je pensais sincèrement être ma dernière balade sur cette terre.

La bravoure de Mutesa tourna à la confusion quand le vaisseau descendit lentement dans notre direction jusqu'à ce que le fond de sa coque effleure le haut de l'herbe ondulante. Puis les petites lumières vertes se mirent à clignoter et la porte s'ouvrit, révélant Fouché et, derrière lui, Larissa. Tout terrifié que j'étais, je sentis mon cœur bondir en la voyant : elle était plus belle que jamais, si belle que je ne remarquai pas tout de suite qu'elle me criait quelque chose d'une voix désespérée par-dessus le vacarme des moteurs. Il me fallut quelques minutes pour distinguer les mots et, quand enfin je compris, mon visage se crispa. « Malcolm a disparu », disait-elle.

Tandis que Larissa et Fouché me faisaient signe de monter à bord, je m'efforçais de trouver un sens à la situation. Or ce sens m'attendait dans le vaisseau, pas dans la savane. Je me tournai pour dire adieu à Mutesa, qui souriait déjà : je lui avais parlé de Larissa (à défaut du vaisseau) et, après l'avoir vue, il en avait immédiatement conclu que tout irait bien pour moi. Je le serrai dans mes bras et il me dit que je ne devais pas regretter de retourner dans mon monde, car le sien n'était vraiment pas meilleur. J'acquiesçai en souriant puis courus vers le vaisseau, sautai à bord et dans des bras qui avaient longtemps été la cause de mes peines, éveillé ou endormi.

Après que Fouché m'eut accueilli lui aussi par presque autant de baisers, je les suivis, Larissa et lui, à l'avant du vaisseau, où Slayton et les Kuperman attendaient. Il y eut d'autres embrassades chaleureuses qui firent grimper en flèche mon soulagement de m'être totalement trompé sur leur compte. Mais, avant de pouvoir discuter sérieusement de ce qui s'était passé, nous devions nous cacher quelque part où nous serions à l'abri des diverses tribus dont mes amis s'étaient par mégarde fait des ennemis dans leurs efforts pour me trouver. Le lac Albert semblait tout indiqué, et nous nous retrouvâmes bientôt sous sa surface, entourés de tous les déchets humains, animaux, militaires et industriels qui y avaient été déversés pendant le long déclin de l'Afrique. Par chance, la nuit tomba, dissimulant ce panorama lugubre et, installés autour de la table de réunion, nous n'allumâmes pas les projecteurs du vaisseau, en partie par crainte d'être détectés, en partie pour échapper à la laideur qui nous cernait.

Le bras de Larissa enlacé au mien, je commençai à écouter l'histoire de la disparition de Malcolm, qui se révéla brève. Le succès de l'opération Washington l'avait plongé dans une profonde dépression. Convaincu que la mystification serait rapidement dévoilée, ce qui entraînerait finalement une prise de conscience générale du peu de confiance qu'on pouvait accorder aux systèmes d'information modernes, il avait été effaré de la voir devenir, pendant l'hiver et le printemps, une autre source de bourdes médiatiques et de révisionnisme universitaire. Au début de l'été, Malcolm avait cessé de manger régulièrement puis n'avait plus mangé du tout. Il sortait si rarement de son laboratoire que les autres se demandaient comment il survivait. Finalement, après qu'il fut resté enfermé trois jours de suite, Larissa avait pulvérisé la porte avec son pistolet à rail.

Ils avaient découvert à l'intérieur du labo un appareil qu'aucun d'entre eux n'avait jamais vu. Impossible de dire à quoi il servait à l'origine car il était fortement endommagé, résultat d'une crise de fureur destructrice ou d'un dysfonctionnement explosif. En tout cas, il n'y avait pas trace de Malcolm, ni de son corps, ni d'une seule goutte de son sang, et ce fait rappela à Larissa que je l'avais mise en garde contre l'éventualité d'un suicide de son frère. Pendant les jours qui suivirent, elle et les autres avaient vainement cherché une trace de lui dans la mer ; pendant quelques jours de plus, ils s'étaient creusé la cervelle pour trouver dans quel autre endroit Malcolm aurait pu disparaître et comment. Reconnaissant finalement son incapacité à résoudre le mystère, Larissa avait décidé que le moment était venu de me retrouver et de voir si je n'avais pas une idée de l'endroit où l'état mental désespéré de son frère aurait pu le conduire.

Bouleversé mais pas tout à fait surpris, je tâchai d'avancer quelques hypothèses autres que l'explication la plus sombre. Mais la tentative était sans espoir dès le début et, quand ce fait devint patent, mes compagnons s'excusèrent et regagnèrent un par un leur cabine pour se résigner à la seule conclusion possible : découragé non seulement par la mystification Washington mais aussi par l'échec de sa dernière invention technologique, Malcolm avait brisé l'appareil et s'était jeté dans la mer. Qu'il ne restât aucune preuve ou trace de son suicide n'était pas étonnant : les eaux de l'Atlantique Nord étaient vastes, si vastes que même le système de détection sophistiqué du remarquable vaisseau de Malcolm n'avait pas réussi à repérer son corps avant qu'il ne soit déchiré par des prédateurs ou simplement entraîné au fond de quelque abysse.

Larissa s'était bien doutée que la conclusion la plus pessimiste était inévitable, bien sûr, mais étant donné la nature unique et poignante de ce qu'elle partageait avec son frère, ces doutes ne contribuèrent aucunement à atténuer le choc quand il se produisit enfin, et je fus content de me trouver à ses côtés pour l'adoucir, aussi peu que ce fût. Ce n'était pas les retrouvailles romantiques que je m'étais vainement efforcé de chasser de mes pensées pendant des mois — en fait, nous ne quittâmes pas la table de réunion de toute la nuit —, mais, tandis qu'elle se rapprochait de moi, j'eus au moins le sentiment qu'elle survivrait à la perte de son frère et que nous avions un avenir ensemble. L'aube nous trouva tous deux dans cet état d'épuisement nébuleux qui accompagne souvent le chagrin, et puis quelque chose d'étrange commença à se produire.

Un soleil brillant pénétra dans le vaisseau. Les eaux du lac Albert avaient été débarrassées d'une manière ou d'une autre de la saleté qui sautait aux yeux la veille, et ce spectacle était si miraculeux que nous ne pûmes, Larissa et moi, faire autre chose que nous lever, nous approcher de la coque transparente et rester à sourire, émerveillés, pendant plusieurs minutes.

Les autres accoururent, non pas un par un mais en un bruyant troupeau, criant la nouvelle et demandant — je me souviens vaguement de leur ton un peu railleur — si nous avions vu ce qui s'était passé. Il n'y avait absolument aucune explication rationnelle à l'événement : nous n'avions entendu aucun bruit d'engins au travail pendant la nuit, et, de plus, l'équipement pour réaliser une opération d'une telle ampleur n'existait pas en Afrique, ni probablement dans le monde. Cela ressemblait vraiment à un miracle, mais les surprises ne faisaient que commencer.

Après avoir mis en marche le projecteur holographique, nous nous portâmes au-dessus de la surface de l'eau pour découvrir que la côte ouest du lac ne montrait plus aucune trace de conflit. On y voyait en outre des animaux : les espèces sauvages dont j'avais lu et constaté moi-même qu'elles étaient éteintes proliféraient partout, faisant ressembler la région à la vieille affiche jaunie que j'avais contemplée dans le bar misérable de Naples. Aucun de nous ne trouvait quelque chose à dire, mais ce n'était pas le silence horrifié habituel du bord qui pesait sur nous. C'était un ravissement muet, ponctué de temps à autre par des rires et de brèves exclamations étonnées.

La question de ce que nous allions faire émergea assez lentement. Je suggérai de gagner la côte pour voir si, en chemin, nous ne pourrions pas trouver une explication de ce qui se passait. Mais le voyage qui suivit ne fut que plus déroutant encore. Des villages et des villes prospères parsemaient le paysage là où, quelques jours auparavant, il n'y avait que ruines fantomatiques laissées par la guerre et la peste. La faune abondait et des cars de luxe amenaient des touristes à pied d'œuvre pour l'admirer. Comme nous approchions de la côte, les signes d'une civilisation remarquable se faisaient plus nombreux et plus impressionnants, et nous parvînmes enfin à l'océan pour contempler...

... Zanzibar. L'île misérable de Zanzibar, jadis centre du trafic d'esclaves et plus récemment vestige décrépit, rongé par la maladie, de ce passé néfaste. Mais maintenant... Ce qui se dressait devant nous ressemblait davantage à Hong Kong, ou plutôt à ce que Hong Kong aurait été si elle avait été dessinée par des gens ayant non seulement de l'argent mais aussi du goût. Une ville resplendissante occupait le centre d'une île magnifiquement aménagée, avec des tours qui reprenaient en les accentuant les couleurs de la mer, de la jungle du continent et le blanc immaculé des plages de corail de Zanzibar. Bref, une oasis de beauté et d'industrie éclairée dont l'existence était impossible à expliquer.

Notre vaisseau mouille maintenant sous les vagues qui baignent cette oasis. Nous n'avons toujours pas de réponses définitives, bien sûr, et les systèmes d'écoute et de communication du bord ne nous ont pas été d'une grande aide : nous avons des difficultés à capter des signaux clairs et, quand nous y parvenons, nous entendons d'étranges messages qui semblent aussi dénués de sens que ce que nous avons vu dans l'Est africain. Autant de faits qui viennent à l'appui d'une hypothèse apparemment impossible mais cependant criante : Malcolm a réussi dans sa quête pour conquérir le temps.

Si c'est bien exact, l'appareil qu'il a utilisé s'est détruit de lui-même après avoir rempli sa tâche — il avait peut-être été conçu pour le faire —, et nous n'avons donc aucune idée de l'endroit, ou plutôt du moment, où Malcolm est allé. La liste des possibilités est infinie, comme nous l'avons découvert ce soir, pendant le dîner, en tâchant de déterminer avec précision quel lieu, quel moment de l'histoire il aurait fallu atteindre — et ce qu'il aurait fallu y faire après y être parvenu — pour produire les effets dont nous avons été témoins. Nous ne connaissons pas encore non plus l'étendue de ces effets : à supposer que l'incompréhensible soit bel et bien arrivé, nous devons maintenant parcourir le monde comme Larissa m'avait un jour proposé de le faire, vivant selon notre propre loi, observant ce qui pourrait bien être les signes de l'exploit de notre défunt ami et frère, dans une nouvelle tentative pour résoudre l'énigme de sa destination. Mais le temps et l'histoire sont des toiles infinies ; la moindre pression sur l'un de leurs innombrables filaments peut provoquer des changements qui dépassent l'imagination, et la vérité nous échappera peut-être toujours.

Si Malcolm a vraiment réussi, a-t-il laissé une piste ? Des notes ? Nos compagnons n'avaient rien trouvé, mais nous devons retourner à St Kilda pour chercher à nouveau. Pourtant, si nous découvrons un tel document, l'un de nous le comprendra-t-il suffisamment pour pouvoir répéter l'expérience ? Le voudrons-nous, d'ailleurs ? Encore des questions sans réponse. La seule chose dont nous pouvons être sûrs, c'est que Malcolm ne reviendra jamais. Je ne crois pas qu'il le souhaiterait. Tout amélioré que ce monde nouveau paraisse être, il est encore notre monde moderne, et il ne conviendrait pas davantage à Malcolm qu'auparavant. Sa vie durant, ses terribles blessures physiques et mentales avaient fait de lui un homme à qui le Temps ne pouvait offrir aucun moment de paix. Peut-être a-t-il renvoyé l'ascenseur en détruisant le concept même de Temps ; peut-être a-t-il éprouvé ce faisant, fût-ce pendant un bref instant, cette satisfaction humaine ordinaire qui lui avait constamment et tragiquement échappé dans cette réalité.

Quant à nous, nous avons tous puisé un réconfort dans l'idée que Malcolm avait réalisé son rêve, et Larissa plus que tout autre. Ce frère avec qui elle avait partagé plus de secrets et de chagrins que nul n'en connaîtra jamais lui manquera, bien sûr. Mais qu'il ait brisé le Temps ou qu'il ait été brisé par lui, elle sait qu'il a trouvé la paix et que les tourments qui lui semblaient éternels sont enfin apparus comme les tracas passagers d'un monde perturbé, un monde qu'il a peut-être contribué, finalement, à rendre moins fou.

Cet ouvrage a été réalisé par

FIRMIN DIDOT

GROUPE CPI

Mesnil-sur-l'Estrée

pour le compte des Presses de la Cité
en juin 2001

Imprimé en France
Dépôt légal : mars 2001
N° d'édition : 6891 - N° d'impression : 55935